夜ごと死の匂いが

西村京太郎

角川文庫
20940

目次

夜ごと死の匂いが

1

熱帯夜というのだろうか。夜に入っても、気温は三十度を超えたままだった。じっとしていても、身体中が汗ばんでくる。日頃、元気のいい犬までが、腹這《はらば》いになって、荒い息を吐いている。

都内のMデパートの屋上に設けられたビア・ガーデンは、勤め帰りのサラリーマンや、O・Lで一杯だった。

その中に、二十五歳の田沼順子《たぬまじゅんこ》もいた。

色白で、大柄な順子は、さして美人というのではないが、丸味をおびた身体に、男の気を引くものがあった。

もちろん、すでに男を知っていた。四、五人の男と関係を持ち、その中の一人の子供を宿し、四か月で中絶した。

だからといって、順子が、特別にだらしがないというわけではなかった。まじめに、結婚を考えているのだが、なかなか、そうした相手が見つからなかっただけのことである。

酒は強いほうである。今夜も、職場の同僚四人とやって来て、ジョッキで五杯ばかり飲んだ。いつになく酔ってしまったのは、二年近くつき合っていた男と、別れてしまった直後のせいだった。すぐ、男に好かれるのに、なぜか、長続きしないのだ。

(あんたの眼の下の泣きボクロがいかんのだ)

と、易者にいわれたことがある。色白なので、目立つホクロだった。

酔って、新入社員にからんだらしい。らしいというのは、気がついたときは、タクシーに乗っていたからだった。誰かが、強引に彼女をタクシーに乗せてしまったらしかった。

「その角で止めて」

と、順子は、運転手にいった。

短大生の妹と二人、代々木八幡《よよぎはちまん》に2DKのマンションを借りているのだが、この十九歳の妹が、変に潔癖だったから、夜道を少し歩いて、酔いをさまそうと思ったのである。

タクシーを降りた所からは、公園を横切って、五、六分だった。

小さな公園だが、人気《ひとけ》のない深夜に歩くと、何となく薄気味わるい。自然に、順子の足は、速くなった。

歩きながら、街灯の明りで、腕時計を見た。もう十一時を過ぎている。

あと少しで、公園を抜けるところまで行ったときだった。

植込みの向うで、ふいに、何かが動いたような気がして、順子は、ぎょっとした。

(何かいるのだ)

顔から血の気がひいていくのがわかった。

(早く逃げよう)

と、思い、順子が走り出そうとしたときだった。

植込みの暗がりから、突然、何かが、空気を引き裂いて飛んできた。

あまりにも、ふいのことで、順子には、それを躱《かわ》す余裕がなかった。

それは、順子の喉《のど》に、ぐさりと突き刺さった。

2

投光器の明りが、すでに死体となってしまった田沼順子の土気色の顔を照らし出していた。

何よりも無残なのは、喉に突き刺さった矢だった。鋼鉄製の強靭《きょうじん》な矢尻《やじり》は、順子の白い喉を貫通し、首の反対側に頭を出していた。

血は、ほとんど流れていなかった。が、死体を見た十津川《とつがわ》警部は、多分、即死だろうと思った。窒息死だ。

「凶器は、ボウ・ガンだな」

と、十津川は、亀井《かめい》刑事に向っていった。

「ボウ・ガンというと洋弓のことですか？」

「洋弓を銃のようにしたものさ。強力なゴムを使って、十メートル離れていても、人間を殺せると聞いたことがある。照準装置がついているから、女子供でも、狙って射《う》てるはずだ。それに、銃と違って、発射したときに爆発音がしないから、この被害者は、この矢が突き刺さる瞬間まで、気がつかなかったんじゃないかね」

「ボウ・ガンは市販されているんですか？」

「二、三万出せば、誰でも買えるよ。それに、洋弓や、日本の弓は、かなり大きく、持っていると目立つが、ボウ・ガンなら、ハンディタイプのものがあるから、あまり人目につかずに持ち運び出来るはずだよ」

「被害者の倒れた位置から見て、向うの植込みから狙ったと考えるのが順当のようですね」

亀井刑事は、ケヤキの樹に向って歩いて行った。

雨のない日が続いていたので、周囲の土は乾いていて、犯人の足跡は見つからなかった。煙草の吸殻も落ちていない。

「何もありませんね」

と、亀井刑事は、首をふった。が、その顔は、さほど落胆してはいなかった。

被害者のハンドバッグも、その中の財布も盗まれていなかったからである。財布には一万六千円入っていた。オメガの婦人用腕時計も、手首にはめられたままである。

（痴情または、怨恨《えんこん》による殺人）

ということになれば、流しの犯行と違って、容疑者の範囲が限定出来る。

被害者の身元は、ハンドバッグの中にあった身分証明書によって、すぐわかった。

新橋《しんばし》に本社のある建築会社の女事務員で、田沼順子、二十五歳。殺人現場から百メートルほど離れたマンションに、妹と一緒に住んでいた。

警察は、直ちに、殺された田沼順子の男関係を洗ってみた。

五人の男の名前が浮かんできた。現代の二十五歳の独身女性としては、多くも少なくもない平均的な数であろう。

五人のうち、四人が独身。一人は、妻子のある四十二歳の課長だった。

警察が、五人の中で、一番マークしたのは三十歳になる係長の男だった。この男の子供を、順子が堕《お》ろしたことがあるという情報が入ったからである。

この男の名前は、矢沢伸一《やざわしんいち》。スポーツマンタイプの背の高い男で、銃の趣味があり、現に猟銃を所持していた。そのことも、警察がマークした一つの理由だった。銃と洋弓は違うし、ボウ・ガンも少しは違うだろう。だが、狙って射つという共通点はあるはずだった。

まず、矢沢を、参考人として呼び、アリバイが調べられた。

事件の日、矢沢は、八時まで、部下二人と残業をしている。そのあと、一人で、帰宅したと、矢沢は、十津川の質問に答えた。

「君の家は、確か下高井戸《しもたかいど》だったね？」

と、十津川は、矢沢にきいた。

「そうですよ。下高井戸にあるマンションの三階にひとりで住んでいます」

「車を持っているかね？」

「中古ですが、一台持っています」

「会社から車で帰宅したとして、まっすぐに帰れば、三十分ぐらいの距離かな？」

十津川は、何気ない調子できいた。訊問《じんもん》するというよりも、話しかける調子だった。

「高速を使いましたから、十五分で着きましたよ」

「すると、八時二十分には、マンションに帰っていたことになるね」

「ええ。そうなりますよ。しかし、僕は、彼女を殺したりしていませんよ」

　矢沢の顔が赤くなり、声が甲高くなってきた。十津川は、微笑して、

「まあ、落ち着きたまえ。われわれは、君を犯人と断定してるわけじゃない」

「犯人だと断定したら、今頃、君の両手に手錠がかかってるよ」

　と、横から、カメさんこと亀井刑事が、脅かすようにいった。

「八時二十分に帰ったあと、どうしたのかね？」

　十津川は、相変らず優しくきいた。

「残業で疲れてましたからね。テレビを見て、風呂《ふろ》へ入って、ベッドで寝ましたよ」

　矢沢は、本当に疲れたような声を出した。

「あの夜は面白いテレビがあったのかね？」

「巨人《きょじん》・阪神《はんしん》戦を途中から見ましたよ。それが、尻切《しりき》れトンボで終ったんで、むしゃくしゃして、風呂に入ってすぐ寝ちまったんですよ」

「さっきは、疲れたからといったようだが」

「その両方ですよ。どっちだっていいじゃありませんか。とにかく、残業して家に帰って、そのまま寝た。それだけのことです。あの夜は、また外出なんかしませんよ」

「田沼順子が殺されたのは、十一時から十二時の間だ。とすると、八時二十分に帰った君は、車でその時間までに、現場である代々木八幡まで、ゆっくり行けたことになる」

「行けたかどうか知りませんがね。僕は行ってませんよ。第一、何故、僕が彼女を殺さなきゃ

ならないんです？」

「彼女は、君の子を堕ろしたことがあるんだろう？」

「一年半も前のことですよ」

「しかし、女は、そう昔のこととは思っていなかったんじゃないかね？　そして、君の顔を見るたびに、闇に葬った子供のことを口にしていたんじゃないのかね？」

「そんな。冗談じゃありませんよ」

「彼女は、一度も、君に向って、グチをいわなかったというのかね？」

「そりゃあ、何回か嫌味をいわれましたよ。でも、僕は、柳に風と聞き流していたんです」

「そいつは、たいした度胸だ」と、亀井刑事が、皮肉ないい方をした。

「私だったら、女にそんなことをいわれたら、おたおたしちまうがね」

「今日は、ここへ泊って貰《もら》わなきゃならないな。どうせ、明日は日曜日だから、構わんだろう？」

十津川がいったとき、沛然《はいぜん》と、強い雨足が落ちてきた。今日は、少しは涼しくなりそうだった。

3

涼しさは、二日と続かなかった。

約三時間続いた豪雨が、クーラーの役目をして、土曜日の夜は、珍しく二十五度まで気温が下がったが、翌日の日曜日は、また、朝から、目のくらむような暑さになった。

湘南《しょうなん》海岸は、三十万人を超す人出になり、都内のプールは、どこも超満員になった。

夜になっても、気温は下がらず、雨の降る気配もなかった。

新宿《しんじゅく》西口の中央《ちゅうおう》公園は、深夜近くなっても、涼を求めてやって来たアベックで賑《にぎ》わっていた。

安田《やすだ》健一《けんいち》と、近藤《こんどう》不二子《ふじこ》のアベックも、その中の一組だった。

安田は、新宿のスナックで働く二十四歳のバーテンで、不二子のほうは、キャバレー風クラブのダンサーだった。年齢は十八歳と若い。足のきれいな女の子である。

「これから、おれの家へ来いよ」

と、安田は、不二子の乳房を指先でもてあそびながら、彼女の耳元でささやいた。

「これからア？」

不二子は、腕時計を水銀灯の明りのほうへ持っていった。

「もう午前一時だわ」

「いいじゃないか。どうせ、アパートに帰ったって、誰もいやしないんだろ？」

「そりゃあそうだけどサ。あんたのところ、クーラーついてる？」

「ああ。ちょっと無理してつけたんだ」

「そいじゃ行くわ。この暑さじゃあ、アパートに帰ったって眠れないもン」

「よし。決った」

二人は、立ち上がって、服についた土をはたいた。

公園の出口に近いところまで来て、安田が、

「ちょっと待ってくれよ」

と、トイレに駈《か》け込んだ。今まで我慢していたらしく、一目散という駈け込み方がおかしくて、不二子は、クスクス笑ってしまった。

安田を待っている間、不二子は、ハンドバッグから煙草を取り出して、口にくわえた。ライターを、カチリと鳴らして火をつけ、その火を煙草に近づけた。暗闇の中で、彼女の顔が、ぼうっと照らし出された。

その瞬間だった。

闇を引き裂いて、一本の矢が、不二子めがけて飛んできた。

「ぎゃあッ」

と、不二子が悲鳴をあげて、その場に崩れ折れた。その胸に、長さ約六十センチの矢が突き刺さって、ぶるぶる震えている。

「助けてえ――」

不二子は、苦痛に顔をゆがめ、闇に向って手を伸ばした。

そこへ、トイレから安田が出て来た。

もともと、気の小さい男だったとみえて、不二子の白いTシャツが、血で真っ赤に染っているのを見ると、動転して、

「助けてくれ！」

と、悲鳴をあげた。

通りかかった別のアベックが、あわてて、一一九番した。

救急車が来て、不二子が病院に運ばれたのは、三十分後だった。彼女は、その五分後に、出血多量で死んだ。

4

暑い夜の街を、十津川警部と亀井刑事は、救急病院へ急いだ。もう午前二時を過ぎているのに、いぜんとして、三十度を超えていた。

「参りましたな」

亀井刑事が、汗を拭《ふ》きながら、溜息《ためいき》をついた。が、十津川は、別に、どうということもない顔で、

「何がだい？」

「これで、矢沢は犯人でなくなったわけですから、捜査は、初めからやり直さなければならなくなります」

「まだ、そう決ったわけでもないだろう」

「しかし、真夜中に、ボウ・ガンで若い女が殺されるパターンは、全く同じです」

「まるで、この日本に、ボウ・ガンが一挺《いっちょう》しかないみたいないい方だねえ」

「しかし——」

「まあ、今日の事件もよく調べてからのことさ」

と、十津川は、慎重にいった。

病院には、被害者と一緒にいた安田健一も、蒼《あお》い顔で、廊下のベンチに腰を下ろしていた。

「何が何だかわからないんだよ。おれには」

と、安田は、声をふるわせて、十津川の質問に答えた。

「トイレから出て来たら、彼女が、血だらけになって、地面をのた打ち廻《まわ》ってたんだ。それで、あわてて、救急車を呼んだ。呼んだのは、おれじゃなかったけど――」

「彼女は、死ぬ前に何かいわなかったかね？」

「何かって？」

「自分を射《う》った人間についてだよ」

「そんなもの一言もいわなかったよ。ただ、痛い、苦しい、助けてくれだけをいってたんだ」

「君たちは、あの公園に、どのくらいいたのかね？」

「二時間くらいかな」

「その間に、怪しい人間を見なかったかね？　ボウ・ガンを持った人間だ」

「そんなの見なかったな。ギターを持った奴は、二、三人いたけどね」

「君は、ボウ・ガンを射ったことがあるかね？」

「答えはノーだよ。あんなものは好きになれないんでね」

「彼女を殺したいほど憎んでいた奴に、心当りはないかね？」

「そんな。彼女は、まだ十八だったんだぜ」

「十八歳だって、人に恨まれることはあるだろう？」

「そりゃあさ。十八のくせに髪を染めたりしてたけど、仕事だから仕方がなかったんだ。本当は、すごく子供っぽい女なのさ。そんな彼女を、誰が殺したがるもんか」

安田は、むきになって主張した。

十津川は、次に、被害者の最期を看とった医者に会った。

若い医者だけに、あけすけな話をしてくれた。

「正直にいって、ここへ運ばれて来たときは、すでにチアノーゼ症状を呈していましてね。手おくれとわかっていながら、一応、手術をしてみたんです」

「死因は、出血多量ということでしたが？」

「そうです」

「前に、同じように、ボウ・ガンで若い女が喉《のど》を刺されて殺されたことがあったんですが、そのときは、ほとんど出血がありませんでしたがね」

「それは、即死だったからでしょう。今度の場合、彼女は、苦しがって、矢を抜こうとした。そのために、どっと血が噴出してしまったんです」

「なるほど」

「これが、その矢ですよ」

と、医者は、抜き取った矢を、十津川と亀井刑事に見せてくれた。

鋭く光った鋼鉄製の矢尻《やじり》。それは、第一の被害者の喉を貫通していたものと全く同じものだった。

長さは約六十センチ。羽根の部分が、血で汚れているのが生々しい感じだった。

「これで、いよいよ熱くなるな」

と、十津川は、亀井刑事にいった。

「え？」

「新聞がさ。派手に書きまくるということだよ」

と、十津川は、笑って見せた。

5

十津川の予言どおり、翌日の新聞は、第一面に事件を書き立てた。どの新聞も、記事の内容は、似たり寄ったりだった。

二つの事件を同一犯人と見て、

〈ボウ・ガンを使った殺人鬼現わる！〉

〈若い女性ばかりを狙う殺人鬼！〉

そんな派手な見出しが並んでいて、十津川を苦笑させた。

十津川も、同一犯人らしいと思ったが、警察としては、確実な証拠がつかめるまでは、断定は禁物だった。

近藤不二子の場合も、第一の殺人事件と同じように、彼女の周辺を洗うことからはじめた。彼女を個人的に恨んでいる人間が、ボウ・ガン殺人を知って、それに合わせて、ボウ・ガンを購入し、連続殺人と見せかけて彼女を殺したことも、十分に考えられたからである。

ボーイ・フレンドの安田は、根は純情なのだといったが、十人を超す男の名前が浮かんできた。

その一人一人のアリバイを、慎重に洗っていった。最近、ボウ・ガンを買ったかどうかも調べた。

一人一人と、容疑者の名前が消えていき、十二人全部の名前が、警察手帳から消えてしまった。全員のアリバイが成立してしまったのである。

その十二人の中には、もちろん、安田健一も入っていた。トイレに行くといって、被害者から離れ、公園内に隠しておいたボウ・ガンで、彼女を射ったということも、十分に考えられたからである。

もし、安田が犯人だとしたら、使用したボウ・ガンは、公園内の何処かに捨てられているはずである。そこで、刑事七人が動員されて、中央公園の一大捜査が行われた。が、ボウ・ガンどころか、水鉄砲も見つからなかったし、安田が、ボウ・ガンを持っていたのを見たという人間も見つからなかった。

「やはり、新聞が書いたように、殺人鬼の連続殺人ということになるんでしょうか？」

亀井刑事は、まるで、そのほうが面白いといいたげな顔で、十津川を見た。

十津川は、窓から相変らず入道雲のわき立っている青空を見上げた。今日はひと雨きてくれるだろうか。

「もし、そうだとしたら、何故、犯人は二人の女性を殺したんだと思うね？」

十津川は、窓の下を、喘《あえ》ぎながら歩いている通行人を見ながら、亀井刑事にきき返した。部屋の中は、有難いことに冷房がきいているが、街は、今日も、うだるような暑さだろう。

「それは、殺人鬼だからでしょう。犯人は、若い女を殺すのが楽しくて仕方がないんですよ」

「まるで、黒いマントを着た悪魔が、マントの下にボウ・ガンをかくし持って、夜の街を歩き廻っているようないい方だねえ」

「そんな感じがしないでもないんですが――」

「しかし、疑問がいくつかあるよ。何故、犯人は、凶器にナイフや拳銃《けんじゅう》ではなく、ボウ・ガンを使っているのか？　何故、他の女ではなく田沼順子と近藤不二子を殺したのか？」

「何故、あの二人が狙われたのかはわかりませんが、犯人がボウ・ガンを使っているのは、いくつか理由があると思います。スポーツ用品なので、簡単に手に入ること。そのくせ、威力があることなんかが、その理由じゃないでしょうか」

「じゃあ、実際に、犯人の使っているボウ・ガンの威力が、どれほどのものか、調べてみようじゃないか」

と、十津川はいった。

二本の矢には、アメリカの会社のマークが入っていたことから、アメリカから輸入されたものであることがわかった。

東京で、ボウ・ガンを専門に輸入しているのは、日本橋《にほんばし》にある「国際ボウ・ガン販売K・K」という会社だった。

十津川は、亀井刑事とその会社を訪ね、実験をして貰《もら》うことにした。

もっとも強力だというボウ・ガンが持ち出された。

五メートルのところに、厚さ二センチのベニヤ板がセットされた。

専門家が射ったのでは、威力がよくわからない恐れがあるというので、素人の亀井刑事が、射手になった。照尺で狙いをつけ、亀井刑事が引金をひいた。

五メートル先に置かれたベニヤ板が、命中と同時に、真っ二つに割れて、宙に飛んだ。

次は、十メートルの距離で、同じことが行われた。この距離では、さすがに、厚さ二センチのベニヤ板は割れなかった。が、矢尻が板に突き刺さった。十メートルでも、十分に殺傷力があることが証明されたわけである。

「この店では、何挺《ちょう》ぐらいのボウ・ガンを売られました？」

と、十津川は、店の販売員にきいてみた。

「そうですねえ。五年前に、この店が出来てから二万八千挺は売られたんじゃないですか。ここで買っていかれた方もいますし、通信販売も二割くらいはあったと思います」

「二万八千挺――ですか」

その一つ一つについて調べていくことは、不可能に近い。とくに、店頭で売られた場合は、相手の名前がわからないとなれば、なおさらだった。ボウ・ガンのほうから、犯人を絞っていく方法は、あきらめたほうが、よさそうである。

二人が、捜査本部に帰ると、待ちかねていたように、十津川の机の電話が鳴った。

十津川が、受話器を取った。

「こちら、調布《ちようふ》署ですが」

と、若い声がいった。

「十分前に、京王多摩川《けいおうたまがわ》駅付近の河原で、死後約五日を経過したものと思われる若い女性の死体が発見されました」

「それで？」

「胸に、ボウ・ガンの矢が刺さっています」

6

十津川と亀井刑事は、京王線で、京王多摩川に向った。

水の少ない河原に、西陽が容赦なく照りつけていた。白茶けた石に、太陽が反射して、眼が痛かった。

河原のところどころに、身の丈以上もの雑草が生い茂っていた。

その草むらの一つで、調布署の刑事二人が、待っていてくれた。

若い女の死体が、草むらの奥に仰向《あおむ》けに横たわっていた。

死後約五日というだけに、すでに腐敗がはじまっていて、蛆《うじ》がわき、すごい臭いが立ちこめていた。

年齢は二十七、八歳といったところだろうか。ホットパンツ姿で、胸に、同じボウ・ガンの矢が突き刺さっていた。

「身元は、割れましたか？」

と、死体を見下ろしたまま、地元の刑事にきいた。

「この近くにあるマンションの住人です。名前は、沼倉加代子《ぬまくらかよこ》。二十八歳。新宿のソープランドで働いている女で、３ＬＤＫのマンションにひとりで住んでいます。この服装からみて、河原へ夕涼みにでもやって来たところを狙われたんじゃないでしょうか」

「ソープ嬢ですか」

そういえば、そんな感じがないでもなかった。左手の小指に光っているのは、本物のダイヤらしい。なんとなく、ちぐはぐな感じを与えるのは、水商売独特のものだろうか。

死体は、解剖のために、大学病院へ送られて行った。

「暑いですなあ」

と、亀井刑事が、うんざりしたような声を出した。

「どうして、こんな暑いときに、犯人は三人も女を殺すんでしょうかね」

「暑いから、むしゃくしゃして殺したのかもしれんよ」

と、十津川はいった。

こう暑い日が続くと、警察官の十津川でも、いらいらする。いつもなら腹が立たないことでも腹が立ってくる。それを抑えているのは、社会常識というものだが、抑えられない人間だっているだろう。それとも、何か特別の理由があって、若い女を殺しているのか。ボウ・ガンを使って、三人もの女を殺した人間も、そんな、忍耐力のない奴だろうか。

解剖の結果は、だいたい、予期されたとおりのものだった。

死亡推定時刻は、八月七日の午後八時から十時までの間という報告だった。

八月七日ということは、他の二人が殺される前ということである。

十津川は、三人の女が殺された日を、捜査本部の黒板に書き並べた。

八月七日　沼倉加代子（三八）

八月八日　田沼　順子（三五）

八月十日　近藤不二子（一八）

その名前の下に、手に入れた彼女たちの顔写真をピンで止めた。「どうだね」と、十津川は、部下の刑事たちの顔を見廻《みまわ》した。

「この三人に、何か共通点があると思うかね？　もし、何か共通点があるとすれば、犯人を限定出来るかもしれないし、次の犠牲者を出さずにすむかもしれないからね」

「犯人は、四人目を狙うと思われますか？」

と、亀井刑事がきいた。

「こういうやつは、麻薬と同じでね。最初は何かの目的があって殺したのかもしれないが、二人、三人と殺していくうちに、殺すこと自体に快感を覚えるようになる。その快感を楽しむために、次の殺人を犯すことになるのさ。そこが、われわれのつけ目でもあるがね。どうだい？　誰か、三人の女性の共通点を見つけた者はいないか？」

「三人とも、若くて美人ですね」

と、一番若い佐藤刑事が、ぼそぼそした声でいった。

「確かに、みんな若くて美人だがねえ」と、十津川は、苦笑した。

「そんな女性は、東京都内に何万人といるだろう。もし、犯人が、ただ若くて美人というだけのことで、この三人を殺したのだとしたら、四人目の候補者は、何万人どころか何十万人もいることになって、防ぎようがなくなってしまうじゃないか」

「私も、われわれが気がつかない重要な共通点があると思います。なければ不自然です」

亀井刑事が、腕を組み、考えながらいった。

「何故、不自然なんだい？」

「もし、犯人が、若くて美しい女であれば、誰でもいいのであれば、もっと楽に人選して殺していたろうと思うからです。第一の殺人の場合、犯人は、わざわざ、京王多摩川の河原まで行き、被害者が夕涼みに出て来るのを待っていました。第二の殺人の場合も、犯人は、公園で被害者を待ち伏せていた気配があります。被害者の田沼順子が、あの公園を通り抜けたのは、午後十一時から十二時というわけです。もし、女が偶然狙われたのだとしたら、犯人は、あの公園に待っている間、何故、他の女性も狙わなかったのか、それが不可解になります。というのは、あの公園は、あの近くの人たちにとって近道になっていますから、田沼順子の前にも、何人も、若い女性が通ったはずだからです。三人目の犠牲者についても、同じことがいえます。新宿西口の中央公園には、アベックが大勢いたはずです。どのアベックも、ほとんど無防備の状態だったと思うのに、犯人は、近藤不二子を最初から狙い、連れの安田健一がトイレに行くのを待っていて殺したような節があります」

「それで、君は、この犯人にどんな共通点があると思うのかね？」

「いくつか考えてみました」

「うん」

「第一は、住所が近いのではないかということです。しかし、沼倉加代子は京王多摩川のマンション。田沼順子は代々木八幡近くのやはりマンション、そして、近藤不二子は、中央《ちゆうおう》線の三《み》鷹《たか》近くのアパート住いで、離れていて、第一の推理は外れました」

「第二は何だね？」

十津川は、膝《ひざ》を乗り出すようにして、亀井刑事を見た。もちろん、十津川自身も、一つの意見を持っていて、亀井刑事の話を聞きながら、内心で比較しているのだった。

「第二は、三人の過去を考えてみました。三人の年齢を考えると、二十八歳、二十五歳、十八歳と違っています。ということは、現在の彼女たちに共通点があるのではなく、過去に共通点があるのではないかと考えたのです。同郷ではないか、同じ学校の先輩、後輩ではないか」

「残念ながら、どちらでもないねえ。三人のうち、二人は東京出身で、一人だけ鹿児島の生れだ。また、小学校、中学校、高校とも、三人は、違う学校を出ているし、O・Lの田沼順子は短大を出ている」

「そのとおりです。それで、第三点として外見が似ているのではないかと考えてみました。アメリカで、髪の長い娘ばかりを殺す殺人鬼がいたからです。第一若い近藤不二子は髪を長くしていましたが、他の二人は、髪を短くしています。身長はどうでしょうか。田沼順子は百六十八センチと女性としては大柄ですが、あとの二人は百五十四センチ、百五十六センチで、どちらかといえば、可愛らしい女性に属します。次にバストを考えました。夏は、若い女性が薄着になって、身体の線が、あらわになる季節です。大きく、魅力的なバストを見て、激情にかられ、殺したとも考えられるからです。ところで、バストが一番大きいのは田沼順子で九十二センチ。職場の同僚の話でも、彼女はノーブラで、夏物のセーターなんか着ていると、ゆさゆさとゆれる乳房がわかって、ちょっと変な気になることがあったといっています。ソープ嬢の沼倉加代子も、八十六センチで、形のいい乳房だったといいます。しかし、一番若い近藤不二子は、バスト七十三センチで、自分でもペチャ・パイだといっていたそうです。血液型も三人とも違っていました。正直にいって、お手あげになりました。何か、この三人には共通点があるはずなんですが警部のお考えはいかがですか？」

「私も、正直にいって、壁にぶつかっている」と、十津川は、部下たちの顔を見廻した。

「だが、一つだけ、共通点じゃないかと思われることがある。新宿という街だよ。沼倉加代子は、新宿のソープランドで働いている。十八歳の近藤不二子も、働き場所は、新宿のキャバレー風クラブだ」

「しかし、田沼順子は、新宿とは関係ないんじゃないですか？」

と、井上刑事が、反論した。

「確かにそうだ。彼女の勤務先は、新橋の建築会社だからな。だが、彼女は、新橋から地下鉄で新宿に出て、新宿から小田急《おだきゅう》で代々木八幡の自宅に帰るコースを、いつも通っていたのだ。弱いつながりだというのはわかっているが、この三人は、新宿という街で、辛うじてつながっているんだよ」

「それは、三人が、新宿のどこかで会っているということですか？」

「そうなってくれれば、突破口が開けるんだがねえ。Ｏ・Ｌとソープ嬢、それに、ダンサーじゃ、あまり共通点がないような気がするんだが」

7

十津川が注目したのは、近藤不二子が働いていた歌舞伎町《かぶきちょう》裏の『ピンクパンサー』というキャバレー風クラブだった。ソープランド嬢の沼倉加代子と、Ｏ・Ｌの田沼順子は、客として、この店に来たことがあるのではないかということである。

亀井刑事たちが、すぐ、『ピンクパンサー』に飛んで、店の従業員や、客たちに、沼倉加代子と田沼順子の写真を見せて廻った。が、結果は思わしくなかった。この二人を、店で見たという証人は、一人も現われなかったからである。

その夜、八月十一日も、暑い日だった。暦の上では、すでに立秋を過ぎているのだが、暑さは、いっこうに去ってくれない。

午後十一時。

ホテル・ニューオータニを、北林千恵《きたばやしちえ》が、やや上気した顔で出て来た。夫が出張中のアバンチュールだった。今夜は、男の部屋で泊りたかったのだが、夫が明朝早く帰宅することになっていた。

ロビーまで送って来た男に手を振ってから、ホテルの入口で、タクシーに乗った。

「田園調布《でんえんちょうふ》へ行って頂戴《ちょうだい》」

と、運転手にいってから、千恵は、眼を閉じて、三歳年下の男の激しい愛撫《あいぶ》を思い出していた。

彼女の乳房には、男のキッス・マークがついている。今夜、家に帰ったら、風呂《ふろ》に入って、よくマッサージし、夫が帰宅するまでに消しておかなければならない。

(前に彼とモーテルで会ったときは、歯形をつけられて、それを消すのに苦労したっけ)

そんなことを考えるたびに、千恵の胸は、甘い楽しさで満たされた。

タクシーは、いつの間にか、田園調布に着いていた。

田園調布には、美しいマロニエの並木道があり、その両側は、高級住宅地である。その中ほどで、千恵はタクシーを降りた。

軽く、和服の裾《すそ》を直してから、殊更、昂然《こうぜん》とした足取りで、自宅の門に向って歩いて行った。

そのとき、ふいに、背後で、強く指を鳴らす音が聞こえた。

深夜で、その音は、大きくひびいた。

千恵は、ぎょっとして振り向いた。夜気を引き裂いて、鋭く光った矢が、彼女めがけて飛来したのは、その瞬間だった。

激痛が、千恵を叩《たた》きのめした。六十センチの長さの矢は、着物の上から、容赦なく彼女の肉体に食い込んだ。

余りの痛さに、千恵は、がっくりと両膝《りょうひざ》を地面についた。

「助けて！」

と、叫んだ。

だが、胸が痛くて、大きな声にならない。次第に、意識がうすれていく。

千恵は、両手を地面につき、犬のように這《は》った。血が、地面に、ポタ、ポタとしたたり落ちた。

眼の前に、自分の家の門があった。「北林」という大きな表札が、かすんで見える。

あの門についている呼鈴《ベル》を押せば、お手伝いが出て来てくれるだろう。そして、救急車を呼んでくれれば、助かるのだ。

あと、五、六メートルだ。だが、足が、身体が、鉛のように重く、息が苦しい。眼が見えなくなってくる。

「助けて――さん」

と、最後に、千恵は、会って来たばかりの男の名前を呼んだ。

8

「今夜は、若い女とはいえませんな」

と、亀井刑事が、当惑した顔で、十津川を見た。

「美人ではありますが」

「それに、前の三人と違って、今夜の北林千恵は人妻だ」

十津川も、この男には珍しく、眉《まゆ》を寄せ、考え込んでしまった。

「年齢は三十八歳。主人の北林は、北林宝石店の社長です」

亀井刑事は、メモした手帳を見ながら、十津川に説明した。

「北林は、資産十数億円といわれています」

「子供は？」

「子供はいません」

「すると、有閑夫人が、夜おそくまで遊び歩いて、ご帰館になったところを、ボウ・ガンでやられたということか」

「お手伝いの話では、主人の北林は、三日前から博多《はかた》へ出張していて、明日の朝帰宅するそうです」

「明日じゃなく、もう今日になったようだよ」

十津川は、白くなってきた東の空を見上げていった。腕時計の針は、四時半をさしている。

「すると被害者は、夫の留守中に何処かで浮気《うわき》をし、帰って来たところを、犯人に殺《や》られたということになるのかな」

北林千恵の遺体は、解剖のためにすでに運び去られ、その後のコンクリートの歩道には、白いチョークで、人型が描いてある。

「その公算が強いですね」

「じゃあ、君と井上君で、被害者の男関係を洗ってみてくれ。それから、念のために、夫のアリバイも確認しておいて欲しい」

「夫の北林が怪しいと、お考えですか？」

「ボウ・ガンを使う殺人鬼が、四人目の犠牲者を血祭りにあげたのかもしれない。多分、それが本命だろう。しかし、ボウ・ガン殺人鬼のことは、連日、テレビ、新聞が、騒ぎ立てている。北林が、妻の浮気に手を焼き、ボウ・ガン殺人鬼の犯行に見せかけて、妻を殺したのかもしれないからな」

と、十津川は、真剣にいった。

夜が完全に明けると同時に、刑事たちは、一斉に捜査に取りかかった。

夫の北林が、昨夜おそくまで、博多のホテルのバーで、得意先の男二人と飲んでいたことが、確認された。

夫は、容疑圏外に去ったのだ。が、十津川は、さほど落胆は、なかった。北林を調べさせたのは、あくまで、念のためでしかなかったからである。

昼頃には、被害者の北林千恵を、ホテル・ニューオータニから、田園調布まで乗せたタクシーの運転手が見つかった。
二十七、八の若い運転手で、ペラペラとよく喋《しゃべ》る男だった。
「あれは、絶対に男に会って帰るところでしたね。私の眼に間違いはありませんよ」

運転手は、得意そうにいった。

「何故、男に会ったと考えたのかね？」

「第一、ホテルから上気した顔で飛び出して来たからです。男の姿は見ませんでしたが、車に乗ったあと、後ろに向って、しばらく手を振っていました。それに、車の中では、眼を閉じていたけど、ふっと、思い出し笑いなんかしていましたからね」

「君の探偵眼は、たいしたものだ」

と、十津川は、そのタクシー運転手を賞《ほ》めあげた。

被害者が夫の出張中に、ホテル・ニューオータニで、男と会っていたことは、まず間違いなさそうだった。

人妻の浮気など、今どき、別に珍しくもない。問題は、まるで、浮気を弾劾するように殺されてしまったことである。

夕方になると、被害者が会った男の名前もわかった。

黒木雄太郎《くろきゆうたろう》。三十二歳。被害者と夫の北林が、伊豆《いず》の別荘の設計を頼んだとき、それを引き受けた若い建築家だった。

ホテル・ニューオータニで、十津川が会ったとき、黒木は、すでにニュースで北林千恵の殺されたことを知っていて、蒼《あお》ざめた顔で、十津川を迎えた。

「われわれは、別に、あなたが北林千恵さんを殺したと思っているわけじゃありませんよ」

十津川は、まず、相手を安心させるようにいった。

「じゃあ、何故、僕を訊問《じんもん》なんかするんです？」

「協力して頂きたいだけですよ。北林千恵さんと交際中、彼女が、誰かに狙われているとか、自分を付け廻《まわ》す妙な男がいるとか、そんな話をしたことはありませんか？」

「ありませんね。そんな話は」

黒木は、そっけなくいった。十津川は、粘り強く、

「よく考えて下さい。彼女は、家の前で殺されました。犯人は、彼女が帰宅するのを粘り強く待っていたものと思われるのです。昨夜だけ、偶然、待ち伏せていたのではなく、彼女の行動をよく調べていたんじゃないかと思うのです。とすると、彼女は、何かに気づいていた公算も大きいのですよ」

「何にも聞いていませんよ。彼女の旦那《だんな》が、嫉妬《しっと》に狂って殺したんじゃないんですか？　なかなか、やきもちやきだそうですからね」

「いや。彼女の夫には、アリバイがありました」

「じゃあ、今評判のボウ・ガン魔の犯行でしょう。それなら、彼女が狙われたので不運ということになる」

黒木は、他人事《ひとごと》みたいな調子でいった。この男は、殺された北林千恵を、全く愛していなかったようだ。

「かもしれません。しかし、犯人は、田園調布の彼女の家の前で待ち伏せしていたのですよ。何かの関係があったからこそ、彼女の家の前に隠れていたとしか考えられない。沼倉加代子、田沼順子、近藤不二子という三人の名前に心当りはありませんか？」

「その三人は、ボウ・ガン魔に殺された女性たちでしょう。僕が個人的に知っているはずがないでしょう？」

「北林千恵さんは、昔、新宿で働いていたということはありませんか？　結婚する前でも、あとでもいいんだが、デパートで働いていたとか、何か店をやっていたとか――」

「そんな話は、全然、聞いたことがありませんね」

また、黒木は、そっけなくいった。

だが、黒木の話は本当だった。北林千恵は、名古屋《なごや》の資産家の次女として生れ、短大を卒業後、二年間フランスに遊び、帰国後、宝石商の北林と結婚している。新宿で働いたことも、他で、何か店を持ったこともなかった。他の三人と共通点も、発見出来なかった。

「何かあるはずだ」

と、十津川は、一枚増えた北林の写真に眼をやった。部下の刑事たちにいった。

「なければおかしいんだ。どんな些細《ささい》なことでもいいから、気がついたら、いってみてくれ」

だが、すぐには、返事は戻ってこなかった。無理もなかった。議論は、ほとんど出つくしてしまっていたからである。

「被害者のことではなく、犯行が行われた日ですが」と、井上刑事が発言した。

「八月七日、八日、十日、そして、十一日に北林千恵が殺されました。連日のように見えますが、八月九日だけが、空白です。何故、八月九日だけ、殺人が行われなかったのか考えてみました。この日がどんな日だったかを思い出してみると、夕方から三時間ばかり、猛烈な雷雨があって、気温が急激に下がり、珍しく、過ごし易い夜になっているのです。それに引きかえ、他の四日は、三十度を超すか、或《あるい》は二十五度以上のいわゆる熱帯夜なのです」

「それは面白い。犯人の輪郭が少しだが、わかってきたじゃないか。犯人は、熱帯夜になると、殺人の激動にかられるんだ」

「警部」と、一番若い佐藤刑事が、遠慮がちにいった。

「つまらないことかもしれませんが――」

「どんなことだい？」

「田沼順子と、近藤不二子の二人は、髪を茶色く染めていました」

「わかってるよ。確かに、この二人は髪を茶色く染めていた。だがね。他の二人、沼倉加代子と、今回殺された北林千恵は、染めていなかったんだ」

「ええ。そうなんです。それで、つまらないことだといったんですが」

「いや、ちょっと待ってくれよ。ひょっとすると、それは、大事なことかもしれないぞ」

突然、カメさんこと、亀井刑事が、大声で、割って入った。

「それは、どういうことだね？」

と、十津川がきいた。

「二人が髪を茶色に染め、他の二人は染めていませんでした。しかし、ソープ嬢の沼倉加代子なんかは、髪を染めていて、もっともおかしくない女じゃないでしょうか？」

「つまり、他の二人も、ときどき、髪を茶色に染めていたが、殺されたときは、たまたま、元の黒い髪に戻していたときだというのかね？」

「もし、そうだとすると、それが被害者四人の共通点になるんじゃないでしょうか？」

9

いってみれば、藁《わら》をつかむような話であった。現実に、沼倉加代子と北林千恵は、黒い髪で殺されていたからである。

それでも、わずかの可能性に賭《か》けて、刑事たちは、街に散って行った。

亀井、井上の二人の刑事は、沼倉加代子が働いていた新宿のソープランド『あけぼの』に足を運んだ。

ソープランド嬢の何人かに会って、沼倉加代子が、髪を染めていたことはないかと、きいてみたが、女たちは、いちように、首を横に振った。

「うちは、日本風が売り物のソープランドだから、髪を茶色く染めてなんていたら、マネージャーにどやしつけられるわ」

と、ピンク色の長じゅばん姿のソープランド嬢たちは、クスクス笑いながら、亀井刑事と井上刑事にいった。

確かに、長じゅばん姿が売り物のソープランドだったら、茶色く髪を染めていたら、おかしなものだったろう。

北林千恵のことで、夫の北林に会った佐藤と柴田の両刑事も、期待した答えは得られなかった。

「うちの家内が、髪を染めてることなんか、一度もなかったね。あいつは、しつけのいい家庭に育ったんでね。髪を染めるなんてことは、考えもしなかったはずだよ」

北林は、大きな声で断言した。お手伝いさんも、奥さんが、髪を染めていたのを見たことはないと主張した。

刑事たちは、失望して、捜査本部に引き揚げて来た。つかんだと思った手掛りが、ぷつんと切れてしまったのだ。

殺された四人の女性の共通点が見つからなければ、第五の犠牲者が出るのを防ぐのは難しかった。

都内の各警察署は、夜に入って、非常態勢に入った。警邏《けいら》も強化された。だが、都内に住む何万、或は、何十万人という女性を一人一人ガードは出来ない。それも、未婚、既婚どちらが狙われるかわからないのでは、有効な手が打てそうになかった。

ただ、有難いことに、この日は、夜に入って、雷雨になり、気温が下がってくれた。気温は、二十三度まで下がり、熱帯夜ではなくなった。

「これで、今夜だけは、犠牲者が出なくてすみそうだな」

と、十津川は、部下たちにいった。

窓の外には、まだ、とき折、稲妻が走り、強い雨足が、斜めに走っていた。しかし、この雨は、いつか止むのだ。そして、明日も、雷雨があるとはかぎらない。また、熱帯夜になったら、確実に、五人目の女が狙われるのだ。

ふいに、電話が鳴った。

十津川は、ぎょっとして、受話器に手を伸ばした。顔色が蒼ざめているのは、ひょっとして、犯人の気が変って、この雷雨の中で、五人目の女を殺したかもしれないと思ったからである。それに、東京といっても意外に広い。雷雨の降らなかった場所だって、あるかもしれないのだ。

「川西《かわにし》です」

と、男の声がいった。

「川西？」

「大学病院の川西です。沼倉加代子さんの遺体の解剖に当った――」

「ああ、川西先生ですか？」

十津川は、ほっとして、表情を和らげた。

「それで、何かご用ですか？　解剖の結果について、違う点でも見つかったんですか？」

「いや。解剖結果に変更はありません。死亡推定時刻も、前のままで正しいと確信しています」

「では、何を？」

「非常につまらないことなんですが、思い出したことがありましてね。前に、あなたが、どんな些細なことでも、気がついたら知らせて欲しいと、おっしゃったので」

「ええ。何を思い出されたんですか？」

「遺体は、解剖のために裸にします。当り前の話ですが。そのとき、妙なものを見たんです。例の場所のヘアが金色《ブロンド》に染めてありましてね」

「ブロンドに染めてあった？」

「そうです。どうも妙な感じでしたねえ」

「本当ですか？」

「ええ。何かの役に立ちますか？」

「もちろん！」

と、十津川は、大きな声でいった。

10

十津川は、受話器を置くと、眼を輝かせて、部下の顔を見廻《みまわ》した。

「突破口が開けそうだぞ。あそこのヘアがブロンドに染めてあったということは、頭髪もブロンドだった可能性があるということだ」

「しかし、警部」と、井上刑事が、首をかしげていった。

「殺された沼倉加代子は、髪を染めていませんでしたし、彼女が働いていたソープランドでは、髪でも染めようものなら、クビになってしまうということでしたが」

「わかってるさ。だから、彼女は、職場である新宿のソープランドでは、髪は染めてなかったし、もちろん、あそこのヘアだって、ブロンドになんてしてなかったろう。しかし、殺されたとき、彼女は、あそこのヘアをブロンドに染めていたんだ。これは、明らかに営業用だ。髪を染めるのを楽しみにしている女だって、あそこのヘアまで染めたくないだろうからね。営業用で、裸になる女だからこそ、沼倉加代子は、あそこのヘアも、ブロンドに染めていたんだ。頭のほうは、おそらくブロンドのかつらを使っていたんだろう。彼女は、彫りの深い、バタ臭い顔立ちだから、ブロンドのかつらが似合ったかもしれん」

「つまり、特別の客だけを、自分のマンションに呼んで、個人営業のソープランドをやっていた。そのときには、サービスとして、ブロンドのかつらをかぶり、あそこのヘアも、ブロンドに染めた。そういうことですか？」

「そのとおりさ」

「しかし、四人目の北林千恵は、どうなります！」

「もう一度、調べ直すんだ。夫だけでなく、今度は、愛人の黒木にも当ってみろ」

かったのは、夫が出張中で、見つかる心配がなかったからだそうです」

色のかつらをかぶり、サングラスをかけて変装していたそうです。殺された日にそうしていな

「警部のご推察どおりでした。黒木の話によると、北林千恵と二人で出歩くとき、彼女は、茶

答えは、一時間後に見つかった。黒木に会った佐藤刑事から、電話が入ったからである。

若手の刑事二人が、すぐ、雷雨の中へ飛び出して行った。

と、十津川はいった。

11

四人の犠牲者の共通点は少なかった。が、素直に喜べない空気が、捜査本部に生れていた。新しい疑問が浮かんでしまったからである。

亀井刑事が、代表する形で、その疑問を、十津川に、ぶっつけてきた。

「共通点が見つかったのは、一つの前進だと思います。五人目が狙われるとしたら、その女は、髪を染めているか、違う色のかつらを愛用しているはずだと思います。しかし、犯人は、何故、沼倉加代子が、ブロンドのかつらを持ち、北林千恵が変装用に茶色のかつらを使っていたのを知っていたんでしょうか？」

「君たちの中で、この疑問に答えられる者はいないかな？」

と、十津川は、部下を見た。

「犯人が、北林千恵の愛人、黒木だったらどうでしょう？」と、いったのは、井上刑事だった。

「黒木は、北林千恵の愛人ですから、彼女が茶色いかつらをかぶっていたことを知っています。また、黒木が、マンション・ソープの特別の客の一人だったとすれば、沼倉加代子のブロンドのかつらも、あそこのヘアがブロンドに染めてあることも知っていたはずです」

「確かに、そのとおりだがね。そうだとすると、黒木が、他の二人を殺した理由が、わからなくなってくるんじゃないかね？」

「髪を染めている女への病的な憎悪が動機だとすれば、他の二人を殺した理由もわかるんじゃないですか？」

「もし、そうだとしたら、一番手近な北林千恵から殺したんじゃないかねえ」

「すると、どう解釈したら？」

「私はね。新しい疑問が生れたことに、今度の連続殺人の謎を解くキーがあると思っているんだ。犯人は、無作為に、この四人の女性を殺したんじゃない。沼倉加代子と北林千恵の二人が、かつらを使うことがあるのを知っていたし、他の二人についても、狙って殺したとしか考えられない。犯人は、髪を染めた女に対して、異常な憎悪を持っているとみていいだろう。だが、髪を染めている女を、やみくもに殺しているわけでもない。自分の知っている女の中で、髪を染めていたり、茶色や、ブロンドのかつらを使う女を殺しているのだ。四人全部を知っている人間ということになると、黒木は、弱くなってくるんじゃないかね。第一、黒木が犯人だったら、もし北林千恵が、自分と会うとき、茶色のかつらをつけて来たなどと証言はしないだろう。彼が黙っていれば、絶対にわからなかったんだからね」

「しかし、警部。職業も、年齢も、生活環境も違う四人の女全体を、よく知っている人間なんているでしょうか？　私は、犯人は男だと思っているんですが、そんな色男がいるもんでしょうか？」

亀井刑事が、難しい顔できいた。

「君は、考え違いをしているよ」と、十津川は、微笑した。

「私も、犯人は男だと思うが、その男は、別に色男じゃなくてもいいのだ。四人の女のすべてを知る必要がないからだよ。犯人は、四人の頭の毛のことだけを知っていればいいからだ」

「四人の女の頭のことだけをよく知っている人間というと、まず考えられるのは、美容院ですかね。かつら専門店では、他の二人が該当しなくなります。大きな美容院なら、かつらも用意しているはずです」

「それだよ。カメさん」と、十津川は、ニッコリと笑った。

「新宿の美容院だ」

「何故、新宿の美容院だと思われますか？」

「前に、私が、三人目の近藤不二子が殺された時点で、三人の共通点が、新宿にあるんじゃないかといったのを覚えているかね。あのときは、新宿の何なのかわからなかったが、それが、美容院だったのさ。四人は、お互いを知っていなかったが、同じ美容院へ通っていたんだよ」

「北林千恵は、田園調布に住む主婦ですが、わざわざ、新宿の美容院を利用していたんでしょうか？」

「カメさん。北林千恵は、ヒマと金を持て余していたんだよ。それに、美しくなることに、女は、どんな犠牲でも我慢するものなんだ。新宿に評判のいい美容院、有名な美容院があると聞けば、田園調布からだって、どこからだって、出掛けて行くさ。そして、女というのは、気に入った美容院が出来ると、なかなか変えないものなんだ。美容院だけでなく美容師もね」

12

四人の被害者が通っていた美容院を捜せを合言葉に、刑事たちは、新宿周辺にある美容院を、片っ端から洗って行った。

その結果、浮かび上がってきたのは、タレントなどもよく行くといわれる『アン・杉山《すぎやま》美容院』だった。

四人の被害者の写真を見せたところ、見覚えがあるという答えがもどってきたからである。

その電話報告を受け、十津川は、新宿の高層ビル内にある『アン・杉山美容院』へ急行した。

すでに、雷雨は止んでいる。午前0時に近く、『アン・杉山美容院』も、従業員は、あらかた帰ってしまい、院長のアン・杉山だけが、十津川を待っていてくれた。

フランスで八年間、美容研究をしてきたというアン・杉山は、四十歳近い年齢なのに、二十代の感じの若作りだった。

「こんな時間に申しわけありません」

と、十津川は、丁寧に頭を下げてから、

「四人とも、ここのお客だったそうですね？」

「ええ。いいお客様でしたのに、あんなことになって本当にびっくりしておりますわ」

口では、そういいながらも、習慣になっているのか、アン・杉山は、十津川に向って、艶然《えんぜん》と笑って見せた。

「かつらも、ここで提供したんですね？」

「そうですわ。今や、かつらは、人生をエンジョイするための小道具なんです。特に女性にとってね。日本人だから、黒い髪しか似合わないというのは、大きな偏見だと思いますのよ。ブロンドの似合う日本女性だっているんですからね。殿方の場合だって、赤毛や、ブロンドのほうが似合う日本の男性は多いと思いますわ。警部さんだって、彫りの深い顔をしていらっしゃるから、今の黒い髪より、栗色のほうがお似合いになると思いますけど。栗色のかつらは、精巧なもので、二十五、六万円でお作り致しますわ」

「家へ帰って、鏡と財布に相談してみましょう」と、十津川は、笑った。

「ところで、従業員は、何人いらっしゃるんですか？」

「男子が五人、女子が七人ですけど」

「そのうち、男子の従業員の中で、最近、様子がおかしい者はいませんか？」

「うちの従業員の中に、あの恐ろしい犯人がいるとお思いですの？」

「残念ですが、その可能性が強いのです。ええと、従業員の方は、この店では何と呼んだら——

——？」

「ヘア・デザイナー」

「なるほど。ヘア・デザイナーというのは、お客の髪をいじりながら、いろいろと、お客と話もするわけでしょう？」

「ええ。ときには、お客様の悩みを聞いて差しあげますわ。それもサービスの一つですから」

「お客の住所も、ヘア・デザイナーには、わかるわけですね？」

「うちには、お客様の名簿がありますから、それを見ればね」

「さっきの件ですが、五人の男性ヘア・デザイナーですが、最近、様子がおかしい者はいませんか？」

「あの五人は、みんな若くて、いい男の子ばかりですけど」

「お気持はわかりますが、これは、殺人事件なのです。協力して頂きたいですね。下手に隠されると、このお店に傷がつくことになりますよ」

　十津川のその言葉が、アン・杉山には痛かったようだった。彼女は、顎《あご》に手を当てて、しばらく考えていたが、

「山崎《やまざき》クンかしら――」

「どんな男です？」

「二十五、いえ、この間二十六歳になったはずですわ。腕もいいし、大人しい、いい子なんですが、最近、様子がおかしくて――」

「どうおかしいんですか？」

「急に怒り出したり、それを注意すると、ふっと、帰ってしまったり」

「理由は何だと思います？」

「失恋かしら」

「山崎という男は、失恋したんですか？」

「うちの女の子で、可愛い子がいたんですよ。純日本風なね。山崎クンとは、将来を誓い合っていたんですけどねえ」

「その女の子が、裏切ったわけですか？」

「名前は、高垣幸子《たかがきさちこ》といいましてね。その子。急に化粧が変ったんです。口紅の色も変ったし、髪も赤色に染めて。女は、化粧が急に変ったときには用心しないとね。結局、その子は、フィリピン人と結婚して、マニラへ行ってしまいましたよ。それから、山崎クンは、性格が変ったみたいになりましてね。しばらく休暇を取ったほうがいいと、いってあげたんですけど」

「彼は、ボウ・ガンをやりましたか？」

「お店では、持っているのを見たことはありませんね。ただ――」

「何です？」

「彼女が、ボウ・ガンをやっていましたから、山崎クンも、習ってたかもしれませんわね。彼は、彼女のいうことなら、何でも聞いていましたからねえ」

「山崎の住所は？」

「無駄ですわ」

「何故です？」

「今日、無断欠勤したんで、彼のアパートに電話したら、管理人が出て、一週間前に引越していることがわかりましたから。どこへ引越したのか、私にも、わかりませんのよ」

（一週間前か）

住所を変えてから、連続殺人をはじめたのかもしれない。

「お客の名簿は、各自も持っているんでしょう？」

「ええ」

「山崎のものは？」

「そこの引出しに入っているはずですけど」

アン・杉山は、右端の机の引出しをあけ、可愛らしい手帳を取り出して十津川に見せた。この店のマークの入った手帳で「担当・山崎明」と書いてある。

十二人の女の名前がのっていた。そこに、殺された四人の女の名前が入っていた。残りは八名ということである。

「この残りの八人の中に、髪を茶色く染めていたり、黒以外のかつらを愛用したりしている女性はいませんか？」

「ちょっと拝見」

と、アン・杉山は、名簿を受け取って、さあっと見てから、

「この八人の中には、髪を染めていらっしゃる方はいらっしゃいませんねえ。かつらを愛用な

さっていらっしゃる方も」

「本当ですか？」

「私は嘘はいいませんわ」

アン・杉山は、きっぱりといった。

すると、山崎は、もう連続殺人をやめてしまうのだろうか。それとも、このあとは、無作為に、髪を染めた女を狙うのだろうか。もし、無差別殺人に走られたら、防ぐのは大変だ。

「他のお客の中には、茶色く髪を染めている人はいるでしょうね？」

「そりゃあ、いらっしゃいますわ。かつらを愛用なさっていらっしゃる方も」

「その人たちのことも、山崎は、よく知っていますか？」

「いいえ、うちは、自分の受持ちのお客様だけを大事にするように申しつけておりますの。従業員同士で、お客の取り合いなんかしたら困りますし、細かなサービスが出来なくなりますものね」

「女子の従業員が七人いましたね。その人たちの中に髪を染めている人はいませんか？」

「三人は自分の好みに染めていますけど、あの子たちは大丈夫ですわ」

「何故、大丈夫なんです？」

「うちでは、女の子たちは、全員、マンション形式の寄宿舎に入れているんです。みんな若い娘さんばかりですからねえ。それに、今度の事件が起きてからは、夜間の外出はしないようにいってありますし、ガードマン会社から、ガードマン一人に来て貰《もら》っています。だから、大丈夫と申しあげたんですわ」

「しかし、一応、その寄宿舎のある場所を教えて頂きましょうか。それに、髪を染めている三人の名前もね」

と、十津川はいった。

13

念のために、山崎の住んでいたアパートにも、刑事二人が飛んだが、アン・杉山がいったとおり、山崎は、引越したあとであり、管理人も、隣室の住人も、彼が何処へ引越したのか知らなかった。

だが、収穫が全くないわけではなかった。井上刑事の質問に対して、管理人が、こう答えたからである。

「前に二、三度、屋上で、例のボウ・ガンの練習をしているのを見たことがありますよ」

これで、山崎明が、犯人であることは、ますます、強くなった。

山崎の顔写真が焼き増しされ、捜査員全員に渡された。

山崎の経歴も洗われた。

年齢二十六歳。

東北の高校を卒業後、ヘア・デザイナーを志して、専門学校に入学。ここを卒業後、『アン・杉山美容院』に就職。

両親は健在。五歳年上の兄は、すでに結婚して、仙台《せんだい》で木材店をやっている。

身長百七十三センチ。体重六十キロ。

性格は内向的。

しかし、こうした経歴よりも、十津川が知りたいのは、今、山崎が、何処で、何を考えているのかということだった。

夜が明けた。

東京都内で、三件の殺人事件が起きたが、その中に、ボウ・ガンによる若い女の殺人は含まれていなかった。殺されたのは、老人一人、それに中年の夫婦者、そして、七歳の子供だった。

山崎は、四人の女を殺したことで、満足して、殺しをやめてしまったのだろうか。それとも、昨夜、熱帯夜でなかったからだろうか。

午前十時に、『アン・杉山美容院』が、店を開いた。が、山崎明は、顔を現わさなかった。

刑事たちは、陽が落ちるまで山崎を見つけ出そうと、必死の捜査を続けた。

山崎の友人たちを一人一人、訪ねて廻《まわ》りもした。

東北の両親宅も、県警に依頼して、訪ねて貰った。仙台市内の兄夫婦の家もである。

しかし、山崎明は、どこにもいなかった。

すでに、どこかに高飛びしてしまったのか。それとも、この東京のどこかで、ボウ・ガンを傍におき、五番目の犠牲者を殺そうとして、夜を待っているのか。

十津川は、後者だと、信じた。

山崎は、恋人が髪を染めて裏切ったときから、髪を染めたすべての女性が、憎むべき悪魔に見えているのかもしれない。それならば、山崎は、逮捕されるまで、殺人を続けるだろう。身近なところから。

陽が落ち、夜がやってきた。

今夜は、雷雨は期待出来そうになかった。

気温が下がる気配もない。熱帯夜になりそうだった。

「今夜が勝負だ」

と、十津川は、部下の刑事たちにいい聞かせた。

今夜、山崎を逮捕することが出来ず、五人目の犠牲者を出してしまったら、明日、犯人を逮捕出来たとしても警察は、面目を失うことになるからである。

午後九時に、『アン・杉山美容院』は、店を閉める。

まだ、五人目の犠牲者は出ていなかった。

七人の女子従業員は、新宿御苑《しんじゆくぎよえん》近くの寄宿舎へ帰る。それを、亀井刑事たちが、護衛して、送り届けた。

何事も起きなかった。

午後十時、十津川は、その寄宿舎に足を運んだ。

次に狙われるとすれば、彼女たちに違いないと考えたからだった。

特に、日頃、髪を茶色く染めている三人は、大部屋に集め、亀井刑事たちが、ドアの外を固めていた。

十津川は、部屋の中に入って、三人に会った。

平均年齢が二十一、二歳の彼女たちは、意外に平気な顔をしていた。その平静さが、十津川には不思議で、

「君たちは、怖くないのかね？」

と、三人の娘を見廻した。

「全然、怖くないってことはないけど、山崎さんが犯人なら、あたしより先に狙う人たちがいるはずだもの」

と、一人がいった。

「それは誰だね？」

「院長よ」

「何故？」

「院長は、山崎さんと幸子が結婚するのに、最初から反対だったし、彼女が、フィリピンの貿易商と結婚するのを、積極的に応援したんだから」

「何故、院長はそんなことをしたのかね？」

「よくわからないけど、そのフィリピンの貿易商が、マニラに、うちの美容院の支店を開くのを援助してくれるといったからだって噂よ」

「しかし、院長は、君たちみたいに、髪を茶色く染めてはいないよ」

「でも、かつらを沢山持ってるわ」

「それをかぶることもあるのか？」

「ええ。特に、赤毛のかつらが好きみたい。色が白いから、赤毛か、ブロンドが似合うんだって、いってたもの」

「カメさん！」

と、十津川は、怒鳴った。怒鳴りながら、部屋を飛び出し、階段を駈《か》けて降りていた。

亀井刑事が、すぐ、その後に続いた。

寄宿舎を飛び出すと、そこに駐まっていた覆面パトカーに乗り込んだ、十津川が自分でハンドルをにぎり、アクセルを踏んだ。

「今度狙われるのは、院長のアン・杉山だ」

と、十津川は、助手席に乗った亀井刑事に向って、大声でいった。

「しかし、あの院長は、そんなことは何もいっていませんでしたが――？」

「自信過剰なのさ。自分だけは、山崎に憎まれているはずがないと思っているんだ」

「どこへ行きます？」

「院長の家は久我山《くがやま》だったな。まず、そこへ行ってみる。この時間なら、帰宅しているはずだ」

十津川は、甲州《こうしゅう》街道を西へ向って、パトカーをすっ飛ばした。

「拳銃《けんじゅう》を持っているな」

と、十津川は、深夜の甲州街道を走らせながら、亀井刑事に確かめた。

「持っています」

「今夜は、それを使うことになるかもしれないぞ」

と、十津川は、笑い声でいった。

久我山の院長宅に着いた。が、アン・杉山は、まだ帰宅していなかった。

留守番をしていた中年のお手伝いさんに、十津川は、

「何時頃、帰って来るか、院長はいっていませんか？」

と、きいた。

「さっき、お電話がありまして、十二時までには帰宅するとおっしゃっていましたけど」

「電話は、どこからでした？」

「わかりません。奥さまは、いつも、おっしゃらないので」

と、お手伝いは、首を振った。

十津川は、腕時計を見た。間もなく、十二時になる。

「とにかく、外で、彼女の帰宅を待とうじゃないか」

十津川は、亀井刑事を促して、玄関へ出た。

そのとき、門のところに、アン・杉山の運転する白いフェアレディが止まるのが見えた。

だが、十津川の大きな見開かれた眼は、その先、道路の向う側に駐まっている黒いカローラに向けられた。さっきまで、そこになかった車だった。

しかも、運転席のドアが大きく開かれ、黒い人影が、うずくまるような格好で、こちらを狙っている。

手に持っているのは、明らかに、ボウ・ガンだった。

フェアレディから、アン・杉山が降りた。車道側に降りる形になって、ボウ・ガンの格好の標的だ。

十津川は、内ポケットから拳銃を引き抜くと、

「やめろ！　山崎！」

と、叫びながら、門に向って突進し、カローラにめがけて、拳銃を射《う》った。

犯人に当る当らぬは問題ではなかった。犯人をひるませたかったのだ。

そうしておいて、十津川は、呆然《ぼうぜん》と突っ立っているアン・杉山にタックルした。

二人の身体が、道路に転がった。

次の瞬間、鋭く風を切って、ボウ・ガンの矢が倒れた十津川の頭上すれすれに飛び去って行った。

犯人は、あわてて、新しいボウ・ガンを手に取った。ボウ・ガンを二挺《ちょう》持って来ていたのだ。

十津川は、アン・杉山にタックルしたとき、拳銃を落としてしまっていた。

「カメさん、射て！」

と、十津川は、叫んだ。

亀井刑事が、腰をおとし、狙って引金をひいた。

犯人の身体が、車から転げ落ちるのが見えた。彼の手からボウ・ガンが飛び、発射された矢は、空しく闇に消えていった。

十津川は、立ち上がると、犯人の傍に近寄った。

「山崎ですか？」

と、後ろで亀井刑事が、息をはずませながらきいた。

十津川は、屈《かが》み込んだ。写真で見た、若い山崎明の顔がそこにあった。

弾丸は、腹に命中したらしく、両手で押えた腹部から、猛烈な勢いで血が噴き出している。

顔は、蒼《あお》いというよりも、すでに土気色に近かった。

(腹では、助からないかもしれんな)

と、思いながら、十津川は、

「救急車だ。カメさん！」

と、怒鳴っていた。

危険な賞金

1

品のいい老人である。いや、品のいい老人だったと過去形でいわなければならない。口ひげを生やし、いつも金ぶちの眼鏡をかけていた六十歳の医者、佐藤幸太郎《さとうこうたろう》は、小雨の降り続く狭い路地に、血まみれになって死んでいたからである。時間は夜の八時。

愛用の眼鏡は、二メートルばかり離れた場所に転がり、レンズは粉々にくだけていた。俯《うつぶ》せの後頭部には、血がこびりついていたが、その血は、降りしきる雨に流され、パックリと傷口がひらいてしまっている。その他、顔面や胸にも打撲傷があった。

場所は、バス通りから少し入ったところである。商店街へ抜ける近道で、路地の両側はマンションと町工場になっていた。

昼でも、薄暗い場所である。そのため、発見がおくれ、パトカーと救急車が駈けつけたときは、すでに事切れてしまっていた。

身元はすぐわかった。

佐藤医師は、この辺りでは、名士の一人だったからである。

現場から歩いて数分のところに、佐藤医院があり、そこの医者だった。

二階建のさして大きくない構えの医院で、医者も佐藤医師一人だったが、丁寧な診察で評判がよかった。娘二人はすでに結婚していた。妻君は、五年前に死亡し、今は、一人暮らしである。

警視庁捜査一課の十津川警部は、部下の刑事たちから、それだけの報告を聞いた。

小雨は、いぜんとして降り続いている。梅雨特有の雨で、寒さは感じないが、ジメジメとうっとうしい。

十津川は、往診用の鞄《かばん》が、死体から数メートル離れた、路地の出口に近いところで見つかったことに興味を持った。

佐藤医師が往診の行きか帰りに、犯人に襲われたことは間違いない。眼鏡は、殴られたときに飛んだのだろうが、鞄のほうは、犯人が、路地の出口まで運んだのだろう。その証拠に、鞄の口があき、中が引っかき廻《まわ》されている。犯人は、診察鞄の中に、何か金目のものでも入っていると思ったのだろうか。

「兇器《きょうき》は、どうやら鉄パイプのようなものらしいですね。或《あるい》は、車のスパナかもしれません」

死体を調べていた鑑識課員が、雨に濡《ぬ》れた顔を、白い手袋をはめた手で拭《ふ》きながら十津川にいった。

十津川は、黙って肯《うなず》いただけである。何か重い鈍器が、兇器だということは、鑑識課員にいわれなくともわかっていた。問題は、その兇器を見つけることだ。

死体に毛布がかぶせられたとき、佐藤医院の看護婦が、蒼い顔で駈《か》けつけて来た。三十歳くらいの小柄な女である。十津川は、彼女に念のために死体を確認させてから、雨をよけるためにパトカーの中で質問をすることにした。

「佐藤医師は、今夜は、どこへ往診に行ったのかね？」

「六時に今日の診察が終りまして、私は、夕食の支度をしていたんです。そうしたら往診依頼の電話がありまして、先生が、食事をなさってからお出になったんです。私もと思ったんですけど、先生が一人で大丈夫とおっしゃるもんですから」

「往診先はわかるかね？」

「先生は、大熊《おおくま》さんだとおっしゃってました。商店街の大熊時計店のご主人です」

看護婦がいい、十津川が、傍にいた鈴木《すずき》刑事に眼を向けると、ベテランの鈴木刑事は、心得て、商店街に駈けて行った。

「商店街に往診に行くときは、佐藤医師は、いつも、この路地を通るのかね？」

「はい。これが近道ですから」

「佐藤医師が、他人に恨まれているようなことはなかったかね？」

「先生が人の恨みを買っているなんて、絶対に考えられませんわ」

看護婦は、抗議するような口調でいった。

「貴女《あなた》は、住み込みかね？　それとも通いかね？」

「院内に部屋を借りて、寝起きしております」

「佐藤医師が亡くなったとなると、医院はどうなるのかね？　佐藤医師が一人でやっていたようだが」

「私にはわかりません。お嬢さん二人とも、医者の方と結婚なすっているので、どちらかが、いらっしゃるかもしれませんけど」

看護婦は小さく首を振った。

佐藤医師の死体が、警察の車で解剖のために運ばれたあと、商店街に調べに行っていた鈴木刑事が戻って来た。

「大熊時計店の主人に会って来ました。五十二歳で、もうあの場所に十六年間、時計と貴金属の店を出しているそうですが、今夜、夕食のあと、急に腹痛に襲われて、なじみの佐藤医師に電話したそうです。佐藤医師は、七時頃来てくれて、注射をしてすぐ帰ったといっていました。妻君も、佐藤医師が七時に来て、二十分ほどいて帰ったと証言していますから、間違いないと思います」

2

佐藤医師は、腹痛を起こした大熊時計店に往診に出かけ、その帰りに、暗い路地で殺されたと考えて、よさそうだった。

大熊夫婦の証言が正しければ、佐藤医師は、午後七時二十分に、往診を終えて、帰途についたことになる。大熊時計店は、商店街の中ほどにあるから、現場まで歩いて五、六分であろう。単純に計算すると、佐藤医師が犯人に襲われたのは、午後七時二十五、六分ということである。

「流しの犯行とみていいんじゃないでしょうか」

と、鈴木刑事が、パトカーの中で、十津川にいった。

十津川は、リアシートに呆然《ぼうぜん》とした顔で腰を下ろしている看護婦に、ちらりと眼をやってか

ら、

「被害者の財布が失くなっていたからか？」

と、きいた。佐藤医師の財布の他、腕時計もなくなっていた。看護婦の言葉だと、佐藤医師は、いつも、百万以上するパテックの腕時計をしていたという。財布の中身はわからなかったが、少なくとも、五、六万円は持っていたろう。

「それもありますが、大熊時計店の夫妻の話では、佐藤医師は、あの商店街の人たちの行きつけの医者で、尊敬もされていたし、頼りにもされていたというのです。この辺りには、他に頼りになる医者がいないので、信用は絶大だったそうです。ですから、この辺りの人間が、佐藤医師を殺すはずがないというのです」

鈴木刑事が説明した。

十津川は、看護婦に眼をやった。

「佐藤医師が、ここで開業したのは、いつ頃かね？」

「確か、二十年前だと聞きました。私がお世話になるようになったのは、五年前ですけど」

「二十年前とすると、この辺りに、知らない人はいないだろうな。医者や、教師というのは、人々から信頼される人種だ。よほど出来が悪くなければ、人々から命を狙われるようなことはあるまい。とすると、やはり、流しの犯行ということになるのか」

（この辺りのチンピラグループでも洗ってみるか）

十津川は、いぜんとして降り続く小雨を見上げて呟《つぶや》いた。

その夜のうちに、所轄署に捜査本部が置かれた。

捜査本部内の見方も、流しの犯行説が有力だった。ただ、流しの犯行と見た場合、脅かして金品を奪うだけでなく、佐藤医師を、何故、撲殺してしまったのかが問題になったが、それに対しては、二つの理由が考えられた。一つは、今は、やたらに殺して金を奪う風潮がある。この事件の犯人も、そんな狂犬のような人間だからであろうというのであり、もう一つは、犯人が、現場近くのチンピラで、佐藤医師とは顔見知りのために殺したのだろうという説だった。

捜査は、まず、その方向で進められた。放り出されていた診察鞄から、犯人の指紋が検出されるのではないかという期待が持たれたが、このほうは失敗だった。犯人が手袋をはめていたか、あの雨に濡れたためか、犯人の指紋は検出されなかったのである。

刑事たちは、現場付近の不良グループの洗い出しに全力を集中した。

一日で、十五、六名が訊問《じんもん》を受けた。その中には、前科三犯というしたたか者もいたが、その中に、佐藤医師を殺したと思われる者は見つからなかった。

もちろん、刑事たちは、不良グループの洗い出しばかりをやっていたわけではない。

盗《と》られたパテックのナンバーはわかっていたから、この高級時計の写真を持って、付近の質屋を廻《まわ》って歩いた刑事もいた。が、このほうの収穫もなかった。

鈴木刑事は、十津川の命令で、現場近くのもう一つの個人医院を訪ねて、被害者のことをきいた。同じ医者同士なら、商店街とは違った被害者の評判が聞けるだろうと、十津川が考えたからである。

「ちょっと面白い話が聞けました」

と、鈴木刑事は、不精ひげの生えた顎《あご》のあたりをなぜながら、十津川に報告した。

「会ったのは、若い医者で、開業して一年半ということでしたが、殺された佐藤医師のことを、あまりよくいっていませんでしたね」

「それは、商売敵だからかね？」

「それもあるようです、患者がみんな、佐藤医院のほうに行ってしまって、なかなか、自分のほうへ来てくれないといっていましたから」

「それは仕方がないだろう。佐藤医師のほうは、あそこで二十年も開業していたんだから。患者の信頼だって、当然、あったろう」

「面白い話だと思ったのは、そのあとです。佐藤医院は、見かけは小さいですが、佐藤医師は、相当な金持ちだったようです」

「まあ、百万以上するパテックをはめていたんだから、財産はあったろうね」

「それが、佐藤医師は、伊豆に別荘を持っていて、三千万円もするヨットを持っているというのです」

「本当かね？」

「私の会った医者は、実際に、佐藤医師にそのヨットに招待されたそうです。多分、億単位の財産を持っているんじゃないか、と、羨《うらや》ましそうに話していましたが」

「億単位ねえ」

「それから、佐藤医師の女性関係ですが」

「住み込みの看護婦が妻君がわりにというんだろう？」

「わかりますか？」

「想像はつくさ」

「どうも、他にも女がいるようなんです。六十歳にしては、お盛んなものでしたと、苦笑してましたから」

と、鈴木刑事も笑った。

面白い話には違いない。小さな医院の医者が、億単位の財産家で、三千万円のヨットを持っていた。だが、そのことが、今度の事件と果たして関係があるかどうか、十津川は、すぐ結びつけるのは危険だと思った。流しの犯行なら、鈴木刑事の集めてきた情報は、何の参考にもならないからだ。

二日目も、犯人は見つからなかった。

流しの犯行説に、十津川は、少しずつ疑問を持ちはじめた。

そんなとき、新聞に、奇妙な広告がのったのである。

3

〈六月二十三日（火）に、N区本町三丁目の不動通り商店街近くの路地で殺された、佐藤医師（六十歳）について、その犯人に心当りのある人は、本社デスクまでお知らせ下さい。もし、

犯人だった場合は、五百万円差しあげます〉

『五百万円の賞金』という太字の見出しつきである。

もちろん、全国的にのっていたのではなく、都内版の頁《ページ》にのっていたのだが、珍しいことに違いはなかった。

アメリカあたりでは、殺人犯人の検挙に、民間人が賞金を出すことはよくあるらしい。日本でも、最近は、テレビのモーニングショーなどで、兇悪《きようあく》事件の犯人のモンタージュ写真を公開し、通報者に礼金を出したりしているが、これは、あくまでも警察に協力するという形をとっている。金額もせいぜい十万円ぐらいである。

その点、今日の新聞記事は異常だった。金額も五百万円と高額だし、この新聞社が、その賞金を出したとは思えなかった。

十津川は、いったん無視しようとも考えたが、五百万円の賞金を出したのが一体、どんな人物なのか知りたくなって、新聞社のダイヤルを回してみた。

十津川が、警察の者だがというと、電話口に出た社会部のデスクは、打てばひびく形で、

「ああ。今日の広告のことでしょう。実は、警察に連絡してからと思ったのですが、その時間がなくて――」

「いや、それは構いませんが、五百万円の賞金を出したのは、一体、誰なのか知りたいと思いましてね」

「別にかくすつもりはありませんが、よくわからないのですよ」

「わからない？　何故です？」

「実は、あの殺人事件が起きてすぐ、うちに小包が届いたんです。消印は、東京中央郵便局です。速達でした。最初は、本かなと思ったのは、そのくらいの大きさだったからです。しかし、開けてびっくりしました。百万円の札束が入っていたんでね。それで、手紙が同封されていました。ここにありますから読みましょう。そうすれば、簡単に事情がわかって貰《もら》えますから」

　ガサガサという紙を取り出す音が聞こえ、デスクは、次のように、手紙を読んでくれた。


〈昨夜、われわれの敬愛する佐藤先生が、暴漢に襲われて尊い生命を失われました。先生は、われわれにとって、最も頼りになる医者であると同時に、人生相談の師でもありました。その先生を殺した犯人に対して激しい憎しみを覚えます。それで、犯人逮捕の一助になればと思い、われわれで、犯人逮捕に賞金をかけることを考えました。広告を出して下されば幸甚です。

N区本町有志一同〉

「字にも誤りがありませんから、まあ、中年の方が書いたものだと思いますがね」

「有志一同というのはあいまいですが、どこの誰が五百万円出したか、そちらで調べられましたか？」

「もちろん、調べました。しかし、結局、わからんのです。うちの記者が、不動通り商店街を中心にきいて廻ってみたんですが、誰も、金を出したとはいわないし、そんな話は聞いたことがないというわけです。それでも、うちとしては、広告料金も同封してありましたから、一週間は、このまま掲載することにしていますが」

「広告は、おたくの新聞にだけのっていますが、何故でしょうね？」

「それは、こちらにもわかりませんが、N区の本町付近は、うちの新聞が一番多くとられているんです。これは宣伝じゃありません。そんなことで、うちに広告を頼んだんじゃないかと思いますがね」

「その小包と、同封されていた手紙を見せて貰えますか?」

と、十津川はきき、相手の同意を得てから、若い刑事に新聞社へ行ってくれるように頼んだ。

十津川は、煙草をくわえ、思案するような眼になって、鈴木刑事を見た。

「君はどう思うね?」

「今の段階じゃ、何ともいえません。本当に、現場付近の人たちが金を出し合って、この広告を出したのかもしれません。五百万円は大金ですが、それだけ、殺された佐藤医師が、人々から信頼されていたということになりますし――」

「しかし、少し異常だとは思わないかね? 確かに、佐藤医師は、あの場所で二十年も仕事を続けてきた。医者として信頼もされていたろう。近くの人々が、佐藤医師を殺した犯人を憎む気持があったとしても不思議はない。だがね。だからといって、犯人逮捕に五百万円もの賞金を出すというのは、やはり異常な気がするね。しかも、今度の事件では、犯人の輪郭がわかっていないんだ。流しの犯行だと考えていたが、この考えも怪しくなってきているわけだからね。犯人の顔写真でもあって、この人間を知っている人は知らせてくれという広告ならわかるが、ただ犯人を見つけてくれでは、この広告を見ても、何もわからんだろう？」

「そういえばそうですね」

鈴木刑事が肯《うなず》いたとき、若い刑事が部屋に飛び込んで来て、叫んだ。

「佐藤医院の看護婦が殺されました！」

4

佐藤医院は、鉄筋二階建で、一階が診察室や待合室、レントゲン室になっていて、二階が、住居になっている。

その二階の奥の部屋で、服部文子《はっとりふみこ》というあの看護婦が、佐藤医師と同じように、全身を殴られて死んでいた。布団の上にパジャマ姿で倒れている。

そのピンクのパジャマに、血が飛び散っていた。

和室、六畳の部屋である、和ダンスや、鏡台などがあり、女の匂いがするところをみると、彼女がずっと、この部屋を使っていたのだろう。

十津川は、彼女が、実質的に、殺された佐藤医師の妻の立場にいたことを考えながら部屋に入った。

部屋の隅には、死体の発見者だという若い男女が、蒼《あお》ざめた顔で立ちすくんでいた。佐藤医師の長女・冴子《さえこ》と、夫の中田《なかだ》一郎《いちろう》だった。

中田が、十津川に話してくれたところによると、今日、この医院をどうするかを、服部看護婦に相談するつもりで来たところ、彼女が殺されているのを発見したのだという。

「この医院を、私が引き受けるにしても、彼女に相談する必要があったと思ったんです。ここ二、三年、義父の面倒をみてくれていた人ですから」

と、中田はいった。

十津川は、畳の上に跪《ひざまず》き、死体をくわしく調べた。致命傷は、後頭部の打撲傷らしいが、その他、顔などにも打撲傷がある。佐藤医師の場合によく似ていた。ということは、同じ犯人ということだろうか。

和ダンスの引出しがあけられ、中が、かき回されている。

他の部屋を調べていた鈴木刑事が戻って来て、

「書斎や居間もかなり荒らされていて、銀行の預金通帳が見つかりません。盗《と》られたのではないかと思いますが」

十津川は、中田冴子に眼を向けた。

「お父さんは、銀行に預金なさっていましたか？」

「ええ。していたはずです。T銀行の支店長が、ときどき父にあいさつに来ていましたから」

「金額は、かなり多額ですか？」

「私にはわかりません。でも、銀行からの贈物が沢山ありましたから、かなりしていたと思いますけど」

「その他に、株券の類《たぐい》はどうです？」

「よくわかりません。でも、父が、よく、ラジオの株式情報を聴いていたのを覚えています」

「なるほど」

十津川は、肯いたものの、頭の中では、これで、流しの犯行説は完全に、消えたと考えていた。

十中八九、服部看護婦を殺した犯人は、佐藤医師を殺した犯人と同一人であろう。とすれば、自動的に、流しの犯行説も消えるのだ。

問題は、動機だった。

佐藤医師は、殺されて、財布やパテックの高級腕時計を奪われている。その上、犯人は診察鞄《かばん》の中まで調べた形跡がある。今度の看護婦殺しも同じだ。彼女は殺され、部屋は荒らされた。一見すると、物盗りのための犯行に見えるが、そう見せているのかもしれない。見せているのだとしたら、本当の動機は、怨恨《えんこん》か。それとも、佐藤医師の財産か。

財産が狙いだとすれば——十津川は、ちらりと、中田夫妻に眼をやった。この二人にも動機がある。それに、次女も医者と結婚しているから、その夫婦にも動機があることになるだろう。

「殺された服部文子さんは、どんな人でした？」

と、十津川は、さりげなく、冴子にきいた。

「母が亡くなったあと、父の面倒をよくみていて下さったので、感謝していました。それが、殺されるなんて――」

「正式の結婚はしてなかったようですね？」

「はい。私は、服部さんに悪いから、正式に結婚してあげなさいと、父にいったんですけど」

「ほう。それで、お父さんは何といわれていたんです？」

「考えておくといってましたけど――」

「もう一人、次女の方がおられましたね？」

「ええ。ゆかりです」

「そのゆかりさんは、お父さんと服部文子さんのことを、どう考えていたかわかりますか？」

「二、三度、話したことがありますけど、ゆかりも、私の考えに賛成でした。私たちが面倒をみなければならないのを、服部さんに委《まか》せてしまったわけですから」

模範的な考え方だなと、十津川は思った。

だが、冷静に考えれば、佐藤医師と、看護婦の服部文子が次々に死んで、一番トクをしたのは、二人の娘とその夫ということになるのだ。服部文子が、佐藤医師と結婚してしまってからでは、財産の分け前が減るはずだから。

「ちょっと来てくれ」

と、十津川は、部下の鈴木刑事を、ベランダに連れて行った。

「すぐ調べて貰《もら》いたいことがある」

「わかっています。二人の娘夫婦のアリバイを調べて来ます」

「それと、殺された佐藤医師の全財産がいくらあるかだ。もう一つ、服部文子が本当に入籍されていなかったかどうかも調べてくれ」

「わかりました」

と、鈴木刑事は肯き、同僚の刑事一人を連れて出て行った。

5

捜査本部の考え方も、看護婦服部文子の死によって、流しの犯行説から、怨恨或《えんこんある》いは、財産目当ての犯行説に変った。

一番疑いのかかるのは、二人の娘と夫の四人だが、この四人については、鈴木刑事の捜査が一つの結論を見出してくれるだろう。

それまでの間、十津川は、五百万円の賞金を誰が、何のために出したかを、他の刑事たちに調べさせることにした。五百万円の賞金は、直接、二つの殺人事件には関係がないかもしれないが、十津川には、やはり気になったからである。

夕刻になって、まず、鈴木刑事と、もう一人の刑事が、捜査本部に帰って来た。

「さあ、聞こうか」

と、十津川は、鈴木刑事に煙草をすすめてから、うながした。

「まず、アリバイのことからですが、佐藤医師の件については、中田夫婦にはアリバイがあります。もう一組の近藤《こんどう》夫婦のほうは、旦那《だんな》の近藤利之《としゆき》のほうは、犯行時刻に大学病院に残っていたのが確認されました。妻君の近藤ゆかりのほうは、自宅にいたということで、確固としたアリバイはありませんが、生まれて九か月の赤ん坊がいるので、彼女が、父親を殺したとは、ちょっと思えません。看護婦殺しのほうは、まだ死亡時刻がわかりませんので、アリバイのほうも、はっきりしませんが」

「財産のほうはどうだ？」

「全部はつかみきれませんでしたが、かなりの金額です。不動産は、あの医院と、伊豆の別荘。この二つだけで、八千万にはなります。その他に三千万円のヨットがあります。預金は、約八千万円。それに株券も、優良株ばかり持っているようです。額はわかりませんが、時価にして、四億円以上ではないかという話を聞きました」

「預金通帳も、株券もなかったな。犯人が、持ち去ったのか」

「T銀行で聞いたんですが、中田夫婦から、すでに、盗難の知らせが届いているそうです。ですから、犯人が盗んだとしても、預金は引き出せないわけです」

「手まわしがいいことだ」

と、十津川は笑ってから、

「服部文子の入籍のほうはどうだ？」

「まだ籍は入っていませんでした。しかし、彼女と親しかった友だちの同じ看護婦に聞いたんですが、文子は、三年前から完全な内縁関係になっていたそうです」

「それなら、正式に入籍していなくても、いくらかの財産分与にはあずかれるはずだったわけだね」

十津川は、微笑していたが、内心では、これで、いよいよ、事件は難しくなったなと覚悟を決めていた。二人の娘夫婦は、鈴木刑事の話で、まず、容疑の圏外に出たと見るべきだろう。流しの犯行説もすでに消えている。となると、あとは誰が残るのか。

一時間後に、他の刑事たちが戻って来た。

彼等は、不動通り商店街を一店ずつ、しらみ潰《つぶ》しに、きいて廻《まわ》って来たのだった。

「結果は、うまくありませんでした」

と、代表する形で、所轄署の日高《ひだか》刑事が、十津川に報告した。

「どの店の者も、例の五百万円の新聞広告のことは知っていて、いろいろと、噂し合っているようです。一体、誰があんな広告を出したんだろうかと」

「それで、五百万円の主は見つからずか？」

「見つかりません。誰かをかばって、嘘をついているようにも思えませんでした。そうかといって、商店街の連中が金を出し合って、あの広告を出したような気配も感じられませんでした」

「新聞社から借りてきた小包は、みんなに見せたのか？」

「もちろん、一店、一店見せて歩きました。が、小包の文字に心当りがあるという言葉は聞けませんでした」

「そうかもしれないな。あの筆跡は、明らかに、わざと下手に書いたような字だったから、わからないという答が返ってきても、おかしくはない。商店街以外にも当ってみたのか？」

「可能なかぎり、きいて廻りました。同業者の医者のところにもです。しかし、あの広告に心当りがあるという返事は聞けませんでした」

「今度の事件についての商店街の噂はどうだ？」

「それが、ちょっと面白いんですが」

日高刑事が、顔を突き出すようにした。

「面白い、というのは？」

「殺された佐藤医師は、あの辺りの人々に信頼されていたということだったので、犯人を憎む声や佐藤医師への同情しか聞かれないだろうと思っていたんですが、意外に、佐藤医師に対して、冷たい声も聞かれたんです」

「ほう。どんな風に冷たいんだ？」

十津川も、興味を感じて、眼を光らせた。

「もちろん、殺された佐藤医師の悪口をいう人はいませんでした。しかし、五百万円も賞金が出されたにしては、佐藤医師の死を悼む声が聞かれないのです」

「しかし、佐藤医師が殺された時点では、信頼出来る医者を失ったという声が強かったはずだよ」

「今でも、正面切ってきけば、惜しい人を失ったという声が、返ってきます。しかし、その声が、冷たいんですよ。これは、私だけの感じではなくて、他の者も同じ感じを受けたといっています。佐藤医師が死んでから時間がたったからとも考えられますが、ひょっとすると、本音が出てきたんじゃないでしょうか？」

「すると、実際には、佐藤医師は、それほど近くの人々に信頼されていなかったということになるのかね？」

「かもしれません」

「推測では弱いな。何か具体的な話は聞けなかったのか？」

十津川がきくと、他の若い刑事が、

「私は、もう一つの病院に廻ったんですが、佐藤医院にかかっていた患者が、一斉に、こちらに変って来たといっていました」

「しかし、患者にしてみれば当然だろう。病気のことなんだから」

「そうですが、その患者の中には、遠慮勝ちにですが、死んだ佐藤医師の悪口をいう者もいるそうです」

「それは、新しい医者におもねているんじゃないのか？」

「しかし、私の会った医者は、四、五人の患者から、佐藤医師が不親切な医者だったという話を聞かされたといっていました」

「それが本当だとすると、妙なことになるな」

「何がです？」

「最初の事件のときのことを考えてみたまえ。佐藤医師は、商店街の時計店へ往診に行った帰り道で殺されたんだ。個人の医院で、診療時間が終ったあとで、気軽く往診に来てくれる医者は少ないんじゃないかね。これだけでも、不親切な医者という言葉とは違う気がするがね」

「それはそうですが――」

「もう一つ、五百万円の賞金のことがある。君たちは、この賞金の主を見つけ出せないでいるが、誰かが、金を新聞社に送ったことだけは間違いないのだ。もし、佐藤医師が不親切な医者で、殺されても悲しむ者がいなかったとすると、一体、誰が、何のために、五百万円もの大金を、犯人探しの賞金に出したのかね？」

その五百万円を包んだ紙片と、添えられた手紙は、新聞社から借り受けて来たが、筆跡からも、指紋検出からも、賞金の主は浮かんでこなかった。

6

服部看護婦の解剖結果が報告されてきた。

死因は、十津川の推測どおり、後頭部の打撲傷で、その他、顔面などに六か所の打撲傷が認められたというものだった。

死亡推定時刻は、午前三時から四時の間ということだった。これで、パジャマ姿で殺されていた理由がわかった。多分、寝ていたところを犯人に襲われたのであろう。だが、犯人が、何故、あんなにも、めった打ちに殺したのか、その理由が、十津川にはわからなかった。

あの家から、何かを見つけ出すつもりで忍び込んだのなら、何故、服部文子を殺す必要があったのだろうか？　もし、目をさましたとしても、一撃で気絶させることは可能だったはずである。

では、最初から彼女を殺すことが目的で押し入ったのか。しかし、それなら、なぜめった打ちにして殺すような手数のかかる真似をしたのだろうか。鈍器など使わず、ナイフを使えば、簡単に殺せるはずなのだ。

その辺のところが、どうもわからないのだ。

十津川の当惑に同調するように、捜査は、いっこうに進展しなかった。

佐藤医師の二人の娘と、その夫は、シロの線が一層強くなってきた。それほど確固としたものではないが、アリバイは、一応あるし、何よりも、彼等が、財産目当てに佐藤医師と看護婦を殺したとすれば、あんな下手な殺し方をしないだろうと、十津川は思うのだ。

娘夫婦なら、父親にも、服部看護婦にも、容易に近づけるわけだから、病気に見せかけて殺すことも出来たはずである。

とすると、どうしても、娘夫婦は除外されてしまうのだが、そうなると、容疑者は一層わからなくなってくる。

十津川は、ワラをもつかむ気持で、新聞社に電話し、五百万円の広告の反応をきいてみた。

「ずい分、電話がかかってきましたよ」

と、電話に出た社会部のデスクは、笑いながら答えてくれた。

「広告を出してから、合計、二十七回です」

「それで、これはと思う通報はありましたか？」

「残念ながらありませんな。また、あったら、そちらへ連絡していますよ。アパートの隣の男が、夜中にうなされているが、きっと、犯人に違いないといった種類のもので、調べてみたら、腹痛で苦しんでいるのを、うなされていると勘違いしたという滑稽《こっけい》なものがほとんどです。ただ二通ばかり、妙な電話がありましたよ」

「妙なというと？」

「受話器をとると、いきなり、何故、あんな医者のために五百万円も賞金を出したのかと抗議されましたよ。どうも、殺された佐藤医師をよく思っていない人もいるようですね」

「具体的に、電話の主は、どんなことをいったんですか？」

十津川は、興味を覚えて、受話器を握り直した。日高刑事から、同じようなことを聞いていたからである。

「別に具体的なことはいわないんですが、とにかく、医者としては最低だとか、金儲《かねもう》けばかり考えている医者だったとかいったことを早口でまくしたてて、ガチャンと電話を切ってしまったわけです」

「二回とも同じ人間ですか？」

「いや、一回は男で、二回目は女でした。どちらも、二十代から三十代と思いましたね。最初は、無責任ないたずら電話かと思ったんですが、聞いていると、声に真実味が感じられましてね。単純に、いたずらと決めつけるわけにもいかないと考えているんです」

「五百万円の主は、まだ現われませんか？」

「全然です。われわれとしても、ニュースになるんで、いろいろと探しているんですが、いまだに正体をつかんでいません。とにかく、犯人逮捕に五百万円も賞金を出した人間というのは興味があるし、実際に犯人が逮捕されたら、この五百万円を一体どうしたものか、その心配もしているんですよ。警察が逮捕したら、そちらへお贈りしようかと」

「つつしんで辞退しますよ」

十津川は、電話を切った。

彼は、新しい疑惑が生れたのを感じた。いや、ぼんやりとしていた疑惑が、かなり鮮明な形になったといったほうが正確だろう。

十津川は、鈴木刑事に声をかけ、怒ったような顔で捜査本部を出た。

今日は、雨こそ降っていないが、相変らずのうっとうしい梅雨空である。雷でも鳴って、早く、梅雨が明けて欲しい。それは、早く今度の事件に解決のメドがついて欲しいという願いにも通じていた。

「どこへ行かれるんですか？」

並んで歩きながら、鈴木刑事が、十津川を見てきいた。

「君は、佐藤医師の評判についてどう思うね？」

十津川は、逆にきき返した。

「最近になって、悪い評判が出てきたことですか。いろいろと、評価が分かれるのは、人間である以上、仕方がないと思うんですが」

「普通の場合ならな。だが、今度の事件では、何者かが五百万円もの賞金を出している。全く事件に関係のない人間が、面白半分に五百万円もの大金を出すはずがないだろう。三億円事件のように社会的に反響の大きかったものなら別だが、今度の事件は、いわば地域的な事件だからね。とすると、五百万円を出した人間は、何等かの意味で、事件に関係があるとみていいと思う。最初は、同封の手紙どおり、佐藤医師の死を悲しみ、犯人に対する憎しみのためと考えた。しかし、佐藤医師が必ずしも信頼されていなかった、とすると、その考えは、変えなければならない」

「どういう風に考えるわけですか？」

「犯人に対する憎しみからではなく、ある人間が五百万円もの賞金を出したとすると、その人間の目的は一体何だと思うね？」

「まさか警部は、犯人が五百万円の主だと思われているんじゃないでしょうね？」

「犯人じゃないな。もし、犯人が、自分に向けられる疑惑をそらすためにやったとすれば、匿名でするはずがないからだ」

「すると、警部は、どうお考えですか？」

「佐藤医師の死に対する悲しみからでも、犯人に対する憎しみからでもなく五百万円を出した。つまり、この人間が、ある利益を考えて大金を出したとすると、一体どんな利益が考えられると思うね？」

「私にはわかりませんが」

「はっきりしたことは、私にもわからん。だが、一つだけ確かなことがある。それは、五百万円以上の利益があると、その人間は思ったに違いないということだ」

「五百万円以上の利益ですか」

「そうだ」

十津川は、強くうなずいて見せた。それがどんな利益なのか、まだ、十津川自身にもわかってはいなかったが。

7

二人は、不動通り商店街に着いた。売り出しの小さな赤いノボリが、ところどころに立っている。あの二つの殺人事件の影は、どこにもないように見えた。五百万円の主は、この商店街の中にいるのだろうか。それとも全く別のところにいるのか。

「最初から検討し直してみようと私は思っている」

と、十津川は、商店街に入ったところで立ち止まり、鈴木刑事にいった。

「最初からといいますと？」

「佐藤医師は、確か、この商店街の時計店へ往診に行った帰りに殺されたんだな」

「大熊時計店です。しかし、私が会ったかぎりでは、あの時計店の主人や妻君に怪しい点は見られませんでした。犯人とは思えません」

「何も、犯人とはいってないさ」

十津川は、苦笑し、とにかく、もう一度、会ってみようと歩き出した。

十津川が、大熊時計店を訪ねるのは、はじめてだった。かなり大きな店で、貴金属も売っている。すでに、主人や妻君に会っている鈴木刑事が、十津川を紹介した。

五十二歳だという小太りの大熊晋吉《しんきち》は、十津川と鈴木刑事を、奥の和室に案内した。十坪ぐらいの庭があり、池には、大きな緋鯉《ひごい》が泳いでいた。

「あの中には、一四、百万する鯉もおります」

と、大熊晋吉は、自慢げにいった。が、十津川には、興味のないことだった。

「事件の夜、佐藤医師は、ここへ往診に来たわけですね？」

「そうです。こちらの刑事さんにお話ししましたが、私が急に腹痛に襲われましてね。食中毒です。それで、電話してあの先生に来て頂いたんです」

「佐藤医師は、すぐ往診に来てくれる人でしたか？」

「ええ。その点は、気楽に来て下さるいい先生でしたね」

「佐藤医師とのつき合いは長かったわけですか？」

「そうですねえ。五年以上になりますかねえ」

大熊晋吉は、池に眼をやった。

「佐藤医師について、いろいろと悪い噂があるのを知っていますか？」

「ええ。しかし、私には、信頼出来る、いいお医者さんでしたよ。ですから、五年以上も、ずっと、佐藤さんだけに診て貰《もら》っていたんです」

「五百万円の主は、あなたじゃありませんか？」

「とんでもない。私も、新聞を見てびっくりした一人です」

相変らず、大熊晋吉は、自慢の池に眼をやったまま答えた。

「佐藤医師が、往診に来たとき、何か、事件を予測されるようなことを話していませんでしたか？　家族の不和とか、誰かに恨まれているとかいったことですが」

「何も聞きませんでしたねえ」

大熊晋吉は、そっけなくいった。

十津川は、妻君が果実をすすめてくれるのを断り、鈴木刑事をうながして立ち上がった。

外へ出ると、鈴木刑事が、不満そうに十津川を見た。

「あれだけのことでしたら、前に私が聞きましたが」

「わかってるよ」

と、十津川は笑って、

「返ってきた答も、同じだというんだろう？」

「そのとおりです」

「だが、私は、少なくとも二つの収穫があったと思っているよ」

「私には、どうもわかりませんが」

「一つは、大熊晋吉の態度だ。しゃべりながら、彼は、池のほうを見ていた」

「それが何か意味がありますか？」

「いいかね。大熊は、私にも、君にも、佐藤医師は立派な医者で、五年以上ものつき合いだといった。それなのに、私と佐藤医師のことを話しているとき、池を見ていたんだよ。君も気づいていたはずだ」

「気づいてはいましたが、死者の話なので、わざと視線をそらせていたのじゃないかと、私は、善意に解釈したんですが」

「そうは思えないね。あの男は、明らかに、話したくないという態度を示したんだ」

「どういうことでしょうか？　それは」

「決まっている。言葉とは裏腹に、大熊晋吉は、殺された佐藤医師を快く思っていなかったということさ」

「しかし──」と、まだ、鈴木刑事は、首をひねっていた。

「佐藤医師が殺された夜、あの主人は、腹痛の往診に来てもらっていたはずです。たとえ、あまりいい感情を持っていなかったにせよ、自分を診てくれた帰りに殺されたとなれば、悪口はいえないはずだと思うのです。それどころか、私だったら、自分のために殺されたような気がして、申しわけない気がすると思いますね。あの時計屋の主人だって同じだと思いますが」

「私がいいたかった第二の点はそれだよ」

「といいますと？」

「今度の事件の最初から、妙に、頭に引っかかっていたことがあった。それが、事件の夜の往診のことだ」

「まさか、警部は、あの往診が嘘だとおっしゃるんじゃないでしょうね？」

「そんなことはいわんよ。看護婦の服部文子が、あの夜、往診依頼の電話があったと証言しているし、大熊晋吉、妻君も、佐藤医師が来たと証言しているんだからね。だが、問題は、そのときの佐藤医師の態度だ」

「別におかしいとは思いませんでしたが。往診依頼の電話があって、出かけた。それだけのことじゃありませんか？」

「看護婦の証言をもう一度思い出してみたまえ。彼女が食事の支度をしていたとき、電話が鳴った。それが、大熊晋吉からの往診依頼の電話だった。こうだったろう？」

「そのとおりです。そして、佐藤医師は、一人で往診に出かけた。看護婦を連れずに出かけたのが不審なわけですか？」

「いや。看護婦を連れずに出かけることは、よくあるはずだから、そんなことには疑問は持たんさ。問題は、往診に出かけたのが、電話を受けてすぐではなく、夕食をすませてからだということだ。服部文子は、こう証言したはずだ。先生は食事をなさってからお出になりましたとね。一方、大熊時計店の主人は、腹痛、それも食中毒で、佐藤医院に電話したといっている。食中毒というのは私も経験があるが、苦しいものだ。脂汗が出てきてね。医者、それも親しい医者なら、すぐ駆けつけるはずだよ。それなのに、佐藤医師は、電話を受けたあと、ゆっくりと夕食をとり、それから出かけている。おかしいとは思わないかね」

「往診を頼んでも、医者がすぐ来てくれない場合があるんじゃないですか。特に最近は」

「かもしれん。しかし、大熊時計店と佐藤医師は、五年もの間のつき合いなんだよ。第一、大熊晋吉は、食中毒で苦しんでいて、なかなか来てくれない佐藤医師に腹を立てなかったというのがおかしいじゃないか。あの近くには、他にも病院はあったんだ。一一九番で救急車を呼んでもよかった。食中毒なら、注射で楽になるからね。別に、いつもかかっている佐藤医師でなくてもよかったはずだ」

「それは、やはり、佐藤医師がかかりつけの医者だから、義理を立てたんじゃありませんか？」

「食中毒で苦しみながらかね」

と、十津川は笑った。

「しかし、現実に、大熊晋吉は、じっと、佐藤医師が来てくれるのを待っていたわけですよ。妙かもしれませんが、事実は曲げられませんが」

「だが、妙なのも事実だ」

「これからどうします？」

「やり直すのさ。佐藤医師は、往診の帰りに殺され、その往診に妙な臭いがしているんだからな」

8

だが、鈴木刑事は、まだ納得出来ない顔をしていた。

「具体的に話して貰えませんか。大熊晋吉の態度がおかしいとすると、やはり、あの男が犯人かもしれないということですか？」

「違うな。あの男は犯人じゃない。往診の帰りに佐藤医師が殺されて、一番疑われるのは、最後に会った人間、つまり、大熊晋吉だ。あの男にだって、そのくらいの常識はあるだろう。自分が疑われるのがわかっていて、殺人を犯すバカはいない。大熊晋吉が犯人だとすれば、自分に不利になるような日と場所を選ばなくても、他に、いくらでもチャンスはあったはずだよ」

「すると、一体、何を調べるんですか？」

「まず、佐藤医師は何者かということだ」

「何ですって？」

「別に驚くことはないだろう。被害者についての知識は、捜査の第一段階じゃないかね」

「しかし、佐藤医師については、もう調べましたよ。年齢六十歳。あの場所に二十年前から開業し、財産家で、二人の娘はそれぞれ医者と結婚している。佐藤医師を信頼している人が多い。一方、批判的な人もいるが。これでは不十分ですか？」

「そうした大ざっぱな知識で十分だと思っていたんだ。だが、もっと正確な知識が必要になったと、私は感じている。一番佐藤医師にくわしいと思われていた大熊時計店の主人の言葉に疑惑が持たれてきたわけだからね」

「それは、佐藤医師の過去に暗いものがあるのではないかということですか？」

「多分、何かあるだろうと、私は睨《にら》んでいる。われわれが、最初、佐藤医師について調べるとき、二十年間も、ここで開業していて、信頼されている医者ということだった。二十年も同じ所で患者を診ていれば、多少、偏屈な医者でも、患者の信頼を得るものだよ。おまけに、最初の調査では、往診にも気軽く出かける医者だった。これまで見ると、平均より上の医者だ。ところが、次第に悪口が聞かれるようになったし、五年以上のつき合いだという大熊晋吉の態度もおかしいとなれば、佐藤医師には、かくされた何かがあると考えるのが常識というものじゃないかね」

十津川は、自信に満ちた声でいった。まだ、ぼんやりとしていたが、少しずつ、何かがわかりかけてきたのだ。少なくとも、手応《てごた》えに近いものを、十津川は感じとっていた。

「他には、何か？」

鈴木刑事がきいた。

「そうだな。佐藤医師のことを、特別に良くいっている人間のリストを作ってくれ。私の勘が当っていて、佐藤医師に暗い過去があったとなれば、それがわかっていて、殊更に、ほめそやしている人間のほうが怪しくなってくるからな」

「わかりました。その中に犯人がいるとお考えですか？」

「かもしれん。それに、例の五百万円の賞金の主がその中にいる可能性も強い」

「しかし、それだとすると、その人間は、何故、五百万円もの賞金を出したんでしょうか？」

「別に答えたとおりだよ。その人間にとって、五百万円以上の利益が期待出来るからさ。そうだ。今のリストが出来たら、彼等の一人一人が五百万円のことで、どんな反応を示すか調べておいて貰《もら》いたい」

「すぐ、みんなと一緒にやりますが、警部はこれからどうするんですか？」

「佐藤医院に廻《まわ》ってみるよ。何故、犯人が、服部看護婦まで殺さなければならなかったか、それが知りたいんだ」

十津川は、商店街の入口で鈴木刑事と別れ、相変らずのうっとうしい重い雲の下を佐藤医院まで歩いていった。

医院では、長女の中田冴子が来て、部屋の片づけをしているところだった。彼女は、十津川を見て、硬い笑顔を作った。刑事が来て、心から歓迎する人間はいない。

「預金通帳や株券は見つかりましたか？」

十津川は、部屋の中を見廻しながらきいた。

「ええ。見つかりました」

「ほう」

十津川は、意外な気がした。預金通帳などが、そんなに簡単に見つかったとすると、犯人は、あんなに部屋中をひっくり返して、一体何を探していたのだろうか。

「何処にあったのですか？」

「それがおかしいんです。今朝、ここへ来たら、郵便受けに入っていたんです。袋に入って」

中田冴子は、奥から、茶封筒を持って来た。十津川は、手袋をはめ、中身を取り出してみた。

彼女のいうとおり、預金通帳や、証券類が詰まっていた。預金のほうは、定期と普通を合わせて、八千万円近い。

「今朝は、何時に来られたんですか？」

「八時頃ですわ」

とすると、それまでに、何者かがこれを郵便受けに入れておいたということなのか。

「私が、すぐ銀行や証券会社に連絡したんで、盗んだ犯人が、どうしようもなくて、返したんじゃないでしょうか」

と、横から冴子がいった。多分、彼女のいうとおりだろう。だが、犯人は、何故、わざわざ返したのか。金を引き出せないとしても、燃やしてしまえばいいのだから。

十津川は、指紋を調べたいからと、茶封筒ごと借りることにして預り証を書いて彼女に渡した。多分、犯人の指紋は出てこないだろうが念のためであった。

「その他、今朝来てみて、前と様子の違っていたことはありませんか？」

十津川がきくと、中田冴子は、気がつかなかったといった。

「これは、答えにくい質問かもしれませんが、亡くなったお父さんのことで、悪い話を聞いたことはありませんか？　噂でも構いませんが」

十津川の質問に、中田冴子は、案の定、眉《まゆ》をよせ、きっとした眼になって、彼を睨んだ。

「父は立派な人でした。そんな詰まらないことを質問なさるひまがあったら、早く、父を殺した犯人を捕まえて下さい」

美人だが、よく見れば、険のある顔だなと、十津川は思った。父を殺した犯人を、とはいったが、服部看護婦の名前は出ない。そんなところにも、中田冴子の我の強さがにじみ出ているような感じだった。ひょっとすると、殺された佐藤医師は、この娘と同じような性格だったのかもしれない。

十津川は、捜査本部に戻り、茶封筒を鑑識に回した。

しかし、結果は、十津川の予期したとおりで、中田冴子の指紋しか検出出来ないというものだった。犯人は、返すとき、通帳や証券類まで、きれいに拭《ふ》いたのであろう。

十津川が鈴木刑事に頼んだ調査のほうは、翌日の昼までかかった。

鈴木刑事が、手帳を見ながら報告してくれたことは、次のようなものだった。

佐藤医師は、軍医として中国で終戦を迎え、ほとんど無一文で郷里の四国香川県に復員し、そこで、結婚した。

昭和二十九年、夫婦揃って上京し、現在の場所に開業、当時、すでに二人の娘が生まれていて、生活は苦しかったが、五、六年くらい前から、急に金廻りがよくなり、四年前には、伊豆に別荘を購入、三年前にはヨットを買った。その間、二度、所得税の不正申告で告発されている。昔を知る人間は、一様に、佐藤医師が野心家だといっている。

「急に金廻りがよくなった理由はわかったかね？」

十津川は、煙草をかむようにしながらきいた。

「わかりません。しかし、当時、患者の数が、急に多くなったということはありませんでした。

株や土地に手を出してかなり儲《もう》けた事実はありますが、時期が違います」

「面白いね。五、六年前というのは、大熊時計店の主人が佐藤医師とつき合いはじめたという時期とだいたい一致しているじゃないか。ところで、リストのほうは出来たかね？」

「出来ました。かなり厳密に、佐藤医師の悪口を絶対いわないという条件を出したので、人数は四人にしぼられました。いずれも、不動通り商店街の店主です」

「四人か。意外に少人数だな」

「それだけ、佐藤医師に対する風当りが強いということになるかもしれません」

鈴木刑事は、リストを十津川に示した。

大熊晋吉（五二）　大熊時計店主人
渡辺鉄三《わたなべてつぞう》（五五）　呉服店主人
川崎　勉《かわさきつとむ》（四七）　電気店主人
竹内一郎《たけうちいちろう》（五一）　スーパーマーケット経営者

「この四人には会って話を聞いて来ました。大熊晋吉については、ご存知なので、他の三人について報告します。この中で、一番盛大にやっているのは、スーパー経営の竹内一郎で、あの商店街ではただ一つのスーパーなので繁盛しています。従業員八人。妻君との間に子供一人。男で二十五歳。別居して役人として働いています。川崎勉の店は、十五年前からあそこで店を出し、まあまあの経営のようです。妻君との間に、大学生と高校生の子供がいます。渡辺鉄三は、三人の中で一番古くからあの商店街で店を開いていて、商店街の役員をやっています。妻君との間に子供はいません。いずれも、殺された佐藤医師をかかりつけの医者としていました」

「五百万円の賞金に対する反応はどうだ？」

「さりげなく、切り出してみましたが、私の見るかぎりでは、同じような反応でした。自分には心当りがない。新聞の広告を見てびっくりしたと」

「大熊時計店の主人と同じいい方だな」

「この四人が金を出し合って、五百万円の賞金を出したとは考えられませんか？」

「いや、違うね。出したのは一人だ。それでなければおかしいんだ」

十津川の言葉は自信にあふれていた。

「どうおかしいわけですか？」

「そのうちにわかるさ。私の推理が正しければ、この四人の中に、佐藤医師と看護婦を殺した犯人もいるはずだよ」

「それを、どうやって見分ければいいんですか？」

「今日から、この四人を、監視することだ。犯人はきっと尻尾《しっぽ》を出す」

「本当ですか？」

「まず間違いないね。五百万円の賞金を出した人間も、同じように、犯人が尻尾を出すのを待っているんだ」

「しかし、何故、そんなことをする必要があったんでしょうか？　警部のお考えでは、この四人は、言葉とは反対に、佐藤医師を憎んでいたことになりますが、それなら、誰かが佐藤医師を殺してくれたことに感謝するはずじゃありませんか。それを何故五百万円の賞金で脅かして、犯人を見つけようとするんですか？」

「見つけるだけの価値があるからだ。この間いったように、見つけることが五百万円以上の価値があるということだよ。その人間にとってだ」

「すると、犯人以外の三人が共同して出資したということは考えられませんか？」

「それはあり得ないね。君のいうとおりなら、その三人には、犯人が誰かわかっているはずだからだよ。残る一人が犯人というわけだからね。そうなれば五百万円を出す必要がないだろう」

十津川は笑った。が、すぐ、厳しい眼になって、

「監視は、四人にはわからないように慎重にやってくれ。下手をすると、三人目の犠牲者を出すことになるからな」

9

十津川も、率先して、問題の四人の監視に当った。それとなく、それぞれの店をのぞいたり、近所の噂を聞き廻ったりするのだが、四人の男も、その家族にも、これはと思われる動きは見

られなかった。

十津川の確信は崩れなかったが、それとは関係なく、焦燥感が生れてきた。五百万円という賞金がかけられただけに、街の片隅の殺人事件としては、異例なほどの注目を集めてしまった。それからくるプレッシャーもあったし、十津川自身の個人的な焦りもあった。

そこで、十津川は、相手にもプレッシャーをかけることにした。その手はじめとして、スーパーマーケットの経営者、竹内一郎を参考人として、捜査本部に来て貰《もら》うことにした。

勿論《もちろん》、今の段階で、この男が犯人だという確証もないし、五百万円の主だという証拠もない。十津川の狙いは、石を投げて、その波紋がどんな効果をあげるか見定めることだった。同じ商店街にいるだけに、噂の広がるのは早いだろうし、それが、他の三人をどう動かすか見たかったのだ。悪いたとえだが、十津川にしてみれば、狸を穴からいぶり出すような気持だった。

それだけに、捜査本部に出頭した竹内一郎に対する十津川の質問は、当りさわりのない大ざっぱなものに終始した。本当の狙いが別のところにあったためだが、その他に、この竹内一郎自身が、犯人かもしれなかったし、五百万円の主かもしれないということがあったからである。もし、そうならば、こちらの手のうちを見せる必要はない。

十津川は、わざと、竹内一郎に夕方近くに来て貰い、暗くなってから帰って貰った。それは、もし、他の三人の中に犯人なり、五百万円の主なりがいれば疑心暗鬼にとらわれ、或《あるい》は、竹内一郎を襲うのではないかという計算があったからである。そのため、十津川自身を含め四人の刑事が、竹内一郎の帰途を監視した。

しかし、十津川の期待に反し、何事も起こらぬまま、竹内一郎は、自宅に帰ってしまった。結果的には失敗だったが、十津川は、失望しなかった。

だから、翌日、十津川は、今度は、電気店の主人、川崎勉を捜査本部に呼んだ。同じような簡単な質問をし、同じように帰宅させたが、何事も起きなかった。

「あと二人しか残っていませんが」

と、鈴木刑事が不安気に、十津川にいった。他の刑事たちの顔にも、不安の色が広がっていた。四人にしぼった今度の捜査が失敗に終れば、捜査は完全に振り出しに戻ってしまうからである。

しかし、十津川は、平然とした表情で、三人目として、呉服店主の渡辺鉄三に、捜査本部に来て貰うことにした。鈴木刑事はあと二人といったが、十津川は、あと一人だと思っていた。大熊時計店の主人は、彼の推理の中で、犯人にも、五百万円の主にも当てはまらない存在だったからである。渡辺鉄三にも、十津川は、前の二人と同じような簡単な質問しかしなかった。

暗くなってから、小雨が降り出し、そのことが、十津川に、いや応なしに、最初の事件の夜を思い出させた。

渡辺鉄三が、傘をさして、捜査本部を出た。十津川は、部下の刑事たちに目くばせして、そのあとをつけた。妙にむし暑い、ジメジメする夜だった。

商店街へ抜ける例の細い路地へ、渡辺鉄三の小柄な姿が入った。当然、十津川たちは緊張した。

次の瞬間、暗い路地から悲鳴が聞こえた。十津川たちが、路地に向って駈《か》け込んだ。路地の中ほどで、もつれ合っている二つの黒い影が見えた。

「二人とも逮捕しろ！」

と、十津川が叫び、懐中電灯を突きつけた。

10

逮捕されたのは、渡辺鉄三と、スーパーマーケットの経営者、竹内一郎だった。竹内は、小雨の中を待ち受けていたらしく、全身が濡《ぬ》れ、手にはハンマーを持っていた。渡辺のほうは、それで顔を殴られ、顔から血を流している。

「竹内一郎が、犯人ですか？」

鈴木刑事が、興奮した口調できくので、十津川は、首を横に振った。

「竹内一郎は、五百万円の主だ」

「じゃあ、犯人は？」

「それは、調べていくうちにわかってくるさ。まず、竹内一郎から訊問《じんもん》だ」

十津川は、取調室に、竹内一郎一人を呼び入れた。従業員八人を使い、いつもさっそうとしている男だが、今は、どぶ鼠のように濡れ、身体をふるわせている。十津川は、タオルを貸してやってから、

「さて、説明して貰いたいですね」

「私は犯人じゃない。佐藤医師も看護婦も殺していない。信じて下さい」

「勿論、信じますよ。あんたを犯人だとは思っていない」

「じゃあ、何故、逮捕したんです？」

「呉服店主に対する暴行。それに、例の五百万円の賞金の主として、事情をききたいと思いましてね」

「五百万円なんて、私は知りませんよ」

「嘘をいっちゃあいけません」

十津川は、ニヤッと笑った。

「私は嘘をついていませんよ」

「駄目ですよ。全部わかっているんです」

「何が全部わかっているんですか？」

「何もかもですよ。今度の事件は、最初からおかしかった。殺された佐藤医師の評判が極端に分かれていること、犯人が看護婦まで殺していること、それに、五百万円もの賞金です。だが、次第に真相がつかめてきましたよ。まず、殺された佐藤医師のことです。最初あなた方は、信頼のおける立派な医者だといったが、次第に、悪い評判が聞こえてきました。どうも、それが本当らしくなってきた。更に、佐藤医師が、数年前から急に金廻《かねまわ》りがよくなったことがわかりました。医者は、良心的にやれば、あまり儲《もう》からないものです。それが、急に、土地を買い、別荘を持ち、三千万円ものヨットを手に入れるようになったのは、不正があったと考えざるを得ないのですよ。いや、もっと、悪いことです。つまり、恐喝です。こう考えたのは、あなたのためではなく、大熊時計店の主人の奇妙な行動のためです。食中毒で佐藤医師に往診を頼みながら、食事だということで待たされています。しかも、立派な医者だとほめている。更に奇妙なのは、立派だと口でいいながら、顔はゆがんでいるのですよ。このことから、私は、一つの結論を下さざるを得ないのです。つまり、大熊時計店の主人は、佐藤医師から、何かをタネに恐喝されていて、あの往診は、金を支払うためのものだったのです。恐らく、腹痛だから来て欲しいというのが、金を払うという合図だったのだと思う」

「何故、そんな話を私にするんですか？」

「あなたや、呉服店の主人、電気店の主人も同じように、佐藤医師に恐喝されていたに違いないと思うからですよ。あなたは、佐藤医師が殺されたとき、これで、恐喝を受けずにすむと喜んだに違いない。しかし、新しい不安もわいてきた。それは、犯人が、恐喝のタネを奪い、新しい恐喝者になる可能性が出てきたからです。だが、誰が犯人かわからないのでは、どうしようもない。それであなたは、五百万円の賞金をかけたのだ。そうすれば、佐藤医師を殺した犯人は動揺して、顔色に出し、自然にわかると考えたからでしょう？　違いますか？」

「知らんといったら？」

「佐藤医師や看護婦を殺した容疑者として逮捕せざるを得ませんね」

「そんな馬鹿な！」

と、竹内一郎は顔を赧《あか》くしたが、十津川が、黙っていると、「わかりましたよ」と、肩をすくめた。

「五百万円は、私が出したんです」

「佐藤医師に恐喝されていたことも認めますね？」

「ええ。認めますよ。あいつはひどい男です。最初は、笑顔で接してくる。夜中でも、電話すれば、すぐ飛んで来て診てくれるというので、いやでも信用してしまうんです。医者に対する信頼というのは、いわば命をあずけているだけに特別ですよ。自然に、他の人に話せないことまで、つい話してしまうんです。私は独力で今のスーパーを開くために、法に触れるようなこともしました。それを、うっかり話してしまったんですが、それが、いつの間にかテープにとられていたんです」

「それで恐喝された？」

「そうです。しかも、あっというような大金は要求してこない。楽に払える金額を毎月、払わされるんです。私は、もう五年間、払わされてきてかなりの額になりましたよ。まるでヤクザのやり口ですよ。その佐藤医師が殺されたとき、ほっとしました。しかし、あなたのいわれたとおり、あのテープを犯人が持ち去ったのではないかということで、新しい不安が生れたのです。それで、五百万円を新聞社に送ったんです」

「そして、今夜、渡辺鉄三を襲ったのは、彼が犯人と思ったからですか？」

「そうです。私も馬鹿じゃないから、自分と同じように、佐藤医師から恐喝されているらしい人間には、前々から目星をつけていました。その中に犯人がいるだろうと思っていたんです」

「渡辺を犯人だと確信した理由は？」

「前に二人を警察が呼んだでしょう。それがすぐ釈放されたので、最後の渡辺さんが犯人だと思ったのです。しかし、彼を殺す気はなかったんです。私のテープを返して貰《もら》いたかった。それだけです。殴ったのも、返して貰いたい一心からです。佐藤医師が死んでも、その後を引きついだ人間に、また何年も恐喝され続けるんじゃかないませんからね」

（それだな）

と、十津川は思った。犯人も、佐藤医師から、自分が恐喝されているテープなり文書なりのあり場所を、聞き出すために、痛めつけたのだ。看護婦が、同じようにメッタ打ちにされていたのも、白状させるためだったにちがいない。預金通帳や証券類だけ返したのは、実際問題として、金にならなくなったためもあるだろうが、その他に、犯人の妙な正義感のためだろう。自分が佐藤医師や服部看護婦を殺したのは、正当防衛なのだという意識だ。

「ところで、犯人は、やっぱり渡辺さんなんでしょうか？」

竹内一郎は、タオルで額のあたりを拭《ふ》きながらきいた。

「あんたには、何もいわなかったんですか？」

「ええ。だから、脅かしに殴ったんですが」

「われわれは、渡辺鉄三か、電気店の川崎勉かのどちらかと思っていますよ」

「どちらかわからないんですか？」

「いや、今夜中にわかるはずです」

十津川は、それだけいって、取調室を出た。

十津川は、渡辺鉄三を竹内一郎と一緒に捜査本部に連行したあと、刑事二人を、彼の店に行かせていた。その刑事が帰って来たとき、眼の輝きから、自分の推理が当っていたのを知った。

刑事は、「やはり、見つかりました」と、十津川の前に、テープや、フィルム、それに佐藤医師の持っていたパテックの腕時計を並べて見せた。

「妻君立会いで、部屋を調べさせて貰ったんですが、金庫の中に、それが入っていました。兇《きょう》器《き》は残念ながら見つかりませんでしたが、車を持っていて、工具箱にスパナが残っていましたから、それを使ったのかも知れません」

と、刑事は、いった。

十津川は、彼等の持って来た品をそのまま、黙って、渡辺鉄三の前に置いた。それまで不当逮捕と叫んでいた渡辺鉄三の顔が蒼《あお》ざめ、がっくりとうなだれてしまった。

「六年間の恨みですよ」

と、渡辺鉄三は、うつむいたままの姿勢で十津川にいった。

「私は、十九歳のとき、若気のいたりで、他人を傷つけたことがありましてね。ケンカですよ。それで、相手は死んだが、私は捕まらなかった。それを、もう時効だし、戦前の話なので、うっかり、診察を受けているとき、佐藤医師にしゃべってしまったんです」

「それをテープにとられた？」

「そのとおりです。法律的には時効になっていても、公にされれば商売にひびくし、商店街の役員をしている私の立場もなくなる。それで、私は、六年間いわれるままに、あの医者に金を払ってきたんです。それが我慢がならなくなって、とうとう――」

あとは聞かなくてもわかっていた。多分、この呉服店主は、自分が佐藤医師に代わって、恐喝者になるつもりだったのだろう。人間とはそういうものなのだ。

危険な判決

1

その男は、自分に向ったナイフが振りおろされるまで、殺されることに気がつかなかった。彼は、恋人に会うために胸をはずませていたからである。あるクラブのショーガールで、バスト九十二センチの魅力のある娘だった。ぜいたくが好きな娘だが、若いんだから仕方がない。今夜も、彼の手の中には、彼女への贈物に買った金のブローチが、しっかりと握られていた。ちょっと無理をしたのだが、あの子の笑顔が見られるのなら安いものだ。

スナックや小料理屋のひしめく裏通りを、男は、小走りに急いだ。自分のあとから、同じ歩調の足音がつけて来るのに気がついていない。

人通りが、ふと、途切れたとき、彼のあとをつけて来た人間が、急に追いつき、手に持ったナイフを彼の背中に突き刺した。

悲鳴をあげ、彼は、背中にナイフを突き刺したまま、すえた臭いのする路地に倒れた。

血が、ぱあッと噴き出し、急速に意識がうすれていく。それでも彼は、自分がなぜ刺されたのかわからなかった。

2

十津川は、降り出した小雨に顔をしかめながら、死体を見下ろした。刑事になってから、もう十二年になるベテランだが、死体というやつは、いつになっても、平気で見ることが出来ない。
二十五、六歳の若い男である。まだ、長い未来があったろうに、もう、この男は、何をすることも出来ない。
鑑識の焚《た》くフラッシュが、夜の闇を切りさいて光る。

「どうやら、物盗《ものと》りの犯行らしいな」

と、同僚の鈴木刑事がいった。

「財布がないし、腕時計もはめてない。多分、盗られたんだろう」

「しかし、いきなり背中から刺してから強奪するというのは、乱暴な犯人だな」

十津川は、舌うちをした。最近、強盗も手口が荒っぽくなっていたが、これも、その口だろうか。

「上衣《うわぎ》のポケットに、こんなものが入っていたよ」

と、鈴木刑事が、小さな紙片を、十津川に渡した。

領収書だった。「田中貴金属店」とあり、三万五千円と金額がスタンプされていた。

「女の子に、ネックレスでも贈物に買ったんだろうね。それもなかったよ」

と、鈴木刑事が、自分の考えをいった。

「身元を証明するようなものはなかったかい？」

「これがあったよ」

鈴木刑事が、運転免許証を見せた。

〈上条雄一郎《かみじょうゆういちろう》〉

という名前が、そこに書いてあった。齢《とし》は二十五歳ということである。

（やはり、鈴木刑事のいうように物盗りの犯行らしいな）

と、十津川は思った。個人的な恨みから殺したのであれば、まず、身元をかくすために、運転免許証のたぐいは、持ち去ってしまうだろうからである。

身元のわかるものを残し、財布や腕時計などを持ち去っているところをみれば、物盗りと考えるのが常識である。

十津川と鈴木刑事は、運転免許証に書いてある住所へ廻《まわ》ってみた。そこは、東京郊外の木造アパートだった。

十津川が、管理人に、運転免許証の写真を見せると、

「上条さんなら、二階の八号室ですよ」

と、ごま塩頭の管理人は、二階を見上げた。

「ここには長くいるのかね？」

「三年前からいますよ」

「どんな仕事をやっていたのかな？」

「それがよくわからないんですよ。トラックの運転手をやってたかと思うと、パチンコ屋で働いたり。定職なしというんですかね。でも、部屋代は、きちんと払ってくれていますよ」

「結婚は？」

「独り者ですよ。最近、好きな女が出来たとは聞いてますがね。なんでも、ショーガールとかで、今日も、その娘に会いに出かけたはずなんだが、上条さんがどうかしたんですか？」

「死んだ。殺されたんだ。身寄りがいたら、警察へ来るように伝えて欲しい」

驚いている管理人を残して、二人はアパートを出た。

どうやら、上条雄一郎は、ごくありふれた平凡な青年の一人だったようである。ただ、不運だっただけのことだろう。

領収書にあった「田中貴金属店」にも当ってみた。店員は、昨日の夕方、十八金のブローチを買いに来た上条雄一郎のことを、はっきり覚えていた。

「なんでも、踊り子への贈物にするんだとか、おっしゃってましたよ」

と、店員は、微笑した。

その踊り子は、田口《たぐち》ゆかりという二十歳のショーガールで、今夜、上条雄一郎に会うことになっていたといった。上条は、彼女への贈物である金のブローチを持って行く途中で襲われたのだろう。

「やはり、物盗りの犯行のようだね」

と、鈴木刑事が、結論を下すようにいったのは、その夜、おそくである。捜査本部が設けられたが、流しの犯行となると、容疑者の範囲が広がり、逮捕は難しくなる。刑事たちは、一様に渋い顔をした。それでも、翌日から、刑事たちは、数人現場近くのきき込みに歩き廻った。

十津川も、鈴木刑事とき き込みに歩き廻り、何の収穫もないままに、昼時に、捜査本部にいったんもどった。今、一番欲しいのは、犯行の目撃者だが、十二時間以上たった今でも、まだ見つからずにいる。

十津川が、机にもどり、お茶を自分でいれているところへ、電話が鳴った。十津川が手を伸ばして受話器をつかんだ。相手は、鑑識の千葉技官で、十津川とは親しい仲である。

「凶器のナイフだがね」と、千葉技官は、特徴のある太い声でいった。

「残念ながら、指紋は検出されなかったよ」

「そんなことだろうと思っていたよ」

と、負けおしみでなく、十津川はいった。現場に、犯人の指紋があるなどという楽な事件はまれなのだ。

「だが、面白いことが一つわかったよ」

と、千葉技官がいった。

「どんなことだ？」

「ナイフの柄に面白い彫刻がほどこしてあるのを覚えているかい？」

「ああ、覚えているよ。あれがどうかしたのか？」

「面白い品物なので、その道にくわしい人に見せたんだが、あのナイフは、フランス製で、金が象嵌《ぞうがん》されている」

「真鍮《しんちゅう》じゃなかったのか？」

「ゴールドだよ。一九二〇年代に製造されたもので、時価三十万円はするものだそうだよ。ナイフの線から洗っていけば、案外早く、犯人が見つかるかもしれんよ」

「それも、そうだが――」

十津川は、別のことに気を取られてしまっていた。電話を切ると、鈴木刑事が「どこからだい？」ときいた。

十津川は、電話の内容を話して聞かせたあと、

「どうも妙な具合になってきたと思わないか？」

「凶器から、犯人が見つかりそうだということかい？　それなら、おれたちにとって有難いことじゃないか」

「その期待もあるが、気になるのは、時価三十万円はするという高価なナイフということなんだ。そんなものを、犯人はなぜ使ったのだろうか？」

「それは、犯人の好き好きだろう。何百万円以上もする名刀で腹を切って死ぬ奴もいるからね」

「そんなことじゃないんだ。被害者は、殺されたとき、どのくらいの金を持っていただろうか？」

「恋人に贈る金のブローチを持っていたことだけは確かだよ。三万五千円のブローチだ。他に、財布にいくらかの金が入っていただろうね」

「定職のない男だから、金額はたかがしれていると思う。外見から見ても、そう金を持っているようには見えなかったはずだ。とすると、少し妙なことにならないか。犯人は、せいぜい四、

五万円の儲《もう》けのために、三十万円もするナイフを捨てていったわけだからね。全然、計算が合わない。単なる物盗りが、こんなバカなことをするかね？」

3

「確かに、おかしいがね」

と、鈴木刑事は、慎重ないい方をした。

「だが、こうも考えられるよ。一つは、犯人が、ナイフの価値に全然気がつかずに凶器として使ったということだ。われわれだって、三十万円もするナイフとは、今まで思ってもみなかったんだ。もう一つは、犯人が、凶器を持ち去るつもりだったのに、刺したとたんに肉が収縮して、抜けなくなり、やむなく放り出したという考えだ。どちらも、可能性はなくはないぜ。だから、おれは、物盗り説が消えたとは思えないがね」

「そうも考えられるが――」

十津川は、語尾を濁した。鈴木刑事のいうとおりかもしれないが、物盗り以外の線が出てきたことだけは否定出来ない。

捜査本部の方針も、二つの線を同時に追うことになった。流しの物盗りの線と、怨恨《えんこん》説の二つである。

十津川は、怨恨の線を追うようにキャップから命令された。

怨恨ということで、まず考えられるのは、被害者が三万五千円のブローチをプレゼントしようとしていたショーガールのことである。彼以外に男がいて、嫉妬《しっと》から上条を刺し殺したというストーリーは、よくある話だけに、なおさら、無視出来なかった。

十津川は、もう一度、ショーガールの田口ゆかりに会ってみることにした。

会ったのは、彼女が働いている店から近いスナックだった。

いい身体はしているが、眼も口も大きくて、三十二歳の十津川の眼には、さして魅力のある女には見えないのだが、二十五歳の被害者には、魅力があったのだろう。

「上条雄一郎とは、どこで知り合ったんだい？」

と、十津川は、ゆかりのくわえた煙草に火をつけてやりながらきいた。

彼女は、きらきら光るネックレスにさわりながら、疲れた声で、

「どこだったかなァ。あたしが踊っている店へ来て、それから毎日みたいに来るようになってさ。そいで、口をきくようになったんだ」

「彼以外にも恋人はいるんだろう？」

「そりゃあ、いるわよ」

「何人？」

「単なるボーイフレンドなら二十人くらいかな。恋人となると、四人ぐらいね」

「その四人の名前を教えてくれないかね」

「どうして？」

「君を独占したくて、上条雄一郎を刺したのかもしれない」

と、十津川がいうと、ゆかりは、エヘへと下品な笑い方をした。

「おかしいかね？」

「おかしいわよ。あの子たちは、みんな、あたし以外にも女の子がいるもの。カッとして殺すなんてことあり得ないわよ」

「上条にも、君以外に女がいたのかね？」

「彼のことは、ちょっとわからないな。いたかもしれないけど、会ったことないもの」

「このナイフに見覚えはないかね？」

十津川は、凶器のカラー写真を、ゆかりの眼の前に広げて見せた。

「面白い模様が彫ってあるナイフね」

「君の恋人の中に、このナイフを持っている男はいないかね？」

「いないわ。そんな野蛮な男の子なんか、いないもの」

「君から見て、上条雄一郎というのは、どんな男だったね？」

「どんなって？」

「性格だよ。単純だとか、乱暴だとか」

「そうねえ。ちょっとわけのわからないところがあったわ」

「具体的にいってくれないかね」

「煙草は吸うけど、お酒は飲まないのよ。いつもは大人しいんだけど、いつだったか、彼が、昔、人を殺したことがあるって聞いてから、ちょっと怖くなったのよ」

「人を殺したことがある？」

十津川は、びっくりして、ゆかりの顔を見直した。

「いつ、どこで、人を殺したんだ？」

「よく知らないわ。あたしは、人に聞いただけだもの」

「上条本人に確かめなかったのかね？」

「もちろん、きいてみたわよ。だって、人殺しとつき合うなんて、あんまりいい気持のものじゃないもの」

「それで、上条の答えは？」

「そんなの嘘だって、笑ってたわ。そうかもしれないと思った。だって、本当に人を殺したのなら、今頃、刑務所に入ってるはずでしょう？」

「まあ、そうだね。その人殺しというのは、どんな話だったんだ？」

「さあ」

「思い出してくれないか。その話を誰に聞いたんだ？」

「二宮《にのみや》クンだったんじゃないかな」

「君の恋人の一人かね？」

「そう。上条クンとよくマージャンなんかやってたから、彼から聞いたのかもわかんないな」

「その二宮君というのに、会ってみたいね」

と、十津川はいった。

4

二宮弘《ひろし》、二十歳は、小さなバーのバーテンだった。

十津川は、『ルブラン』という四谷《よつや》三丁目近くにあるスナックで、彼に会った。角刈りにしたヤクザめいたスタイルだったが、話しているうちに、ただ単に、ヤクザに憧《あこが》れているだけの若者とわかってきた。

「あれは、一か月ばかり前だったかな」

と、二宮弘は、考え考え話してくれた。

「マージャンにあいつを誘ったんだ。ライバルだからって、別にマージャンやっちゃいけないなんてわけはないからね。そしたら、眠い眠いっていってやがるんだ。それで、ちょっと、薬をやったんだよ」

「薬？」

「おれがやったんじゃないよ。たまたま、顔を出した女の子が持っていたのさ」

「まあ、いいよ。今日はその調査で来たんじゃないんだから。薬というのは覚醒剤《かくせいざい》か？」

「そうさ」

「それで？」

「薬を射ったら、急に元気になっちまってさ。大きなことばかりいいはじめたんだ。一晩に女を何回泣かせたとか、競馬で十万儲けたとかね。だから、おれがきいたんだ。偉そうなことをいっているが、人を殺したことはないだろうってね。そしたら、あるっていうのさ」

「虚勢を張ったんじゃないのかね？」

「おれも、最初はそう思ったよ。だけど、話し方が妙に生々しかったんだ」

「一体、誰を殺したといってたんだね？」

「なんでも、今から一年前の夏、海で知り合った女の子を殺したっていってた。おれのことを馬鹿にしたので、ボートで沖へ連れてって、脅かすつもりで海に放り込んだら、溺《おぼ》れて死んでしまったんだといってたなあ。東京の女子大生で、女優のSに似ていたなんていうもんだから、本当かなって気がしてたんだ」

「上条雄一郎は、その女の名前をいわなかったのかね？」

「いわなかったなあ。花模様のビキニだったとはいってたけどね」

「どこの海ということは？」

「伊豆といってたけど、伊豆のどこか忘れちゃったな。だけど、嘘かもしれませんよ。あいつは、いいかげんな奴だから」

「どういいかげんなんだ」

「マージャンをやる前に、あいつのほうから千点百円で、負けたら絶対に払うことといい出したのに、自分が負けたら、金がないって払わなかったんだからね。そのくせ、ゆかりに、何かプレゼントするっていってたそうだから、いいかげんだっていうのさ」

「マージャンは、いくら負けたんだね？」

「あいつが？　一万円ばかりだよ」

「君を含めて、他の三人が、それを根に持って、彼を殺したんじゃないのかね？」

と、十津川がいうと、二宮は、あはははと、馬鹿にしたような笑い方をした。

「一万円ぐらいで、おれは、あんな男を殺したりしないよ。それに、アリバイっていうの？　昨日は、夕方から夜中まで、店にいたもの」

「君が殺さなくても、他の二人が殺したかもしれんじゃないか？」

「それはないよ。あのマージャンじゃ、おれ一人が浮いたんだから、他の二人は関係ないんだ」

5

十津川は、捜査本部に戻ると、念のために、静岡県警に連絡し、去年の夏、伊豆周辺の海で若い女の溺死《できし》がなかったかどうか調べて貰《もら》った。
十二、三分ほど待たされてから、返事の電話があった。
「去年の六月下旬から九月の下旬までの間に、伊豆半島で、十三人の水死が出ています」

と、静岡県警の係官は、教えてくれた。受話器に、カサカサという音が入ってくるのは、書類を繰りながら説明してくれているのだろう。

「この十三人のうち、女性は四人です。更に子供をのぞくと二人になります」

「その中に、女子大生はいますか？」

「ええ。片方は、東京文京区《ぶんきようく》のM女子短大の二年生ということになっていますね。名前は、島《しま》野涼子《のりようこ》。二十歳。住所は東京都渋谷区《しぶやく》——町になっています」

その名前と住所を、十津川はメモしてから、

「その水死は、事故として処理されたんですか？」

「最終的には、事故ということになりました。しかし、最初は、他殺事件の疑いを持ってボートに同乗していた青年を逮捕したのです」

「上条雄一郎ですね？」

「そのとおりです。だが、彼は、ボートで沖へ出たら、彼女が泳ぐといって勝手に飛び込み、溺れかけたので、あわてて助けようとしたが間に合わなかったと主張しましてね。何しろ目撃者がいないもので釈放してしまったのですが、今でも、こちらでは疑惑を持っているのです。われわれが調べたところ、島野涼子という女性は、ほとんど泳げないからです。そんな女性が、ボートで沖へ出て、海に飛び込むということは、ちょっと考えられませんから」

「遺体は誰が引き取って行ったんですか？」

「兄夫婦が来て引き取って行きましたよ。ええと、名前は、島野幸一《こういち》。二十七歳。住所は島野涼子と同じです。つまり、彼女は、兄夫婦の家に厄介になっていたわけです。あの事件について、新事実でも出たんですか？」

「それは、まだ何ともいえません」

受話器を置き、十津川が、メモを読み直していると、現場近くのきき込みに行っていた鈴木

刑事が帰って来た。

「こんなものが、現場近くのドブに落ちていたよ」

と、鈴木刑事は、ハンカチに包んだライターを、十津川に見せた。

「T・Kと、彫り込んである。犯人が落としたものだとすると、大事な手掛りになるんだがね」

「T・Kだと、ちょっと違うな」

と、十津川はいった。

去年の夏、伊豆で溺死した島野涼子という女子大生の仇《かたき》を、その家族が討ったのだとしたら、まず考えられるのは、兄の島野幸一だが、イニシアルは、K・Sである。

それでも、十津川は、一応、島野幸一に会ってみることにした。

マンションがやたらに立ち並ぶ地区に、ポツンポツンと一戸建の家がある感じで、問題の家は、その一つだった。

十津川が訪ねたとき、サラリーマンの島野幸一は、まだ会社から帰宅していなくて、十分ばかり、三歳の子供を抱いた妻君から、近くにマンションが出来て太陽が当らなくなったといったグチを聞かされた。が、結構、幸福そうな家庭に見えた。

七時近くに帰宅した島野幸一は、十津川の顔を見て、眉《まゆ》を寄せ、十津川が、

「去年、伊豆で亡くなった妹さんのことで」

と、切り出すと、

「そのことは、もう忘れたんです」

と、硬い口調でいった。

「お気持はわかりますが、そうもいかない事件が起きましてね。妹さんが殺されたのかもしれないということは、ご存知でしたか？」

「知っていたというより、今でも、妹は、殺されたんだと信じていますよ。妹は五メートルも泳げなかったんです。それに用心深かった。そんな妹が、沖で泳ぐはずがないじゃありませんか。海で知り合った男と一緒にボートに乗ったのはわかってるんですから、その男が殺したに決まっていますよ」

「その男の名前を覚えていますか？」

「確か、上条という名前でしたよ。あそこの警察は、殺人容疑で逮捕しておきながら、証拠不十分で釈放してしまった。腹が立って仕方がありませんでしたよ」

「だから、あなたが自分の手で上条雄一郎を殺したんですか？」

「何ですって？」

島野は、眼をむいた。その顔を、十津川は注意深くみつめながら、

「昨夜、上条雄一郎が、浅草《あさくさ》で殺されました。背後からナイフで刺されてです」

「本当ですか？」

「新聞に出ていたはずですよ」

「いや。気がつきませんでした。本当に、あの男は殺されたんですか？」

「感想をおききしたいですね」

「あなたはどう思われるかわかりませんが、僕は嬉《うれ》しいですよ。妹を殺した奴が死んだんですからね。妹もきっと、あの世で喜んでくれていると思います。ただし、殺したのは、僕じゃありませんよ」

「昨日の午後八時から九時までの間、どこで何をしていたか、いって頂けますか？」

「その時間なら、家にいましたよ」

「証人は奥さんですか？」

「いや。昨夜は、大学時代の友人が遊びに来ていました。十時近くまで一緒に飲んでいたから、彼が証人になってくれるはずです。名前をいいましょうか？」

「お願いします。それに、向うの電話番号も教えて頂きましょうか」

と、十津川はいった。

島野幸一のアリバイは、その友人によって立証された。

十津川は、別に失望はしなかった。

島野幸一の家を訪ね、その団欒《だんらん》を眼にして、これは違いそうだなと感じていたからである。

流しの線を追う刑事たちは、現場近くにたむろするチンピラや、不良学生を、片っ端から洗っていった。その中に、T・Kのイニシアルに合致する者がいないかも見ていたのだが、これはという容疑者は浮かんでこなかった。

凶器の線も同様だった。

一九二〇年代のフランス製ということで、有力な手掛りになると考えたのだが、輸入商に当っても、最近、手がけたことはないという返事しか戻ってこなかったし、都内のアンティックの店でもわからなかった。ナイフの写真は新聞にも大きく出たが、今のところ、ナイフについての情報提供者は現われなかった。

一方、殺された上条雄一郎が持っていたと思われる金のブローチを、犯人が入質する可能性を考えて、全国の質店にブローチの写真が配られたが、その方面からの情報も、まだ入ってこなかった。

6

鈴村尚子《すずむらひさこ》は、自称三十七歳だが、実際には四十歳を過ぎている。小作りな顔立ちと、派手な服装なので、自称どおり三十七歳に見える。

尚子の職業は、一応、実業家ということになっているが、ブローカーといったほうが正確だろう。それもかなりインチキなブローカーである。時には口から出まかせで相手を欺すこともある。

彼女を、天性のサギ師だという人もいる。ほとんど苦労もせず、嘘があとからあとから出てくるし、それがまた楽しいのだ。

この弁舌のおかげで、尚子は、今、豪華マンションに住み、車を乗り廻《まわ》している。

今日も、尚子は、ひとかどの実業家といった恰好《かっこう》で車に乗り込んだが、ハンドルに手を置いたところで、彼女には珍しく、小さな溜息《ためいき》をついた。

三日前に受け取った匿名の脅迫状のせいである。

おれは、お前が今年の三月十二日に、金持ちの老人を殺したのを知っているぞ。四十八時間以内に、五百万円払え。さもなければ覚悟がある。もし、払う気になったら、車の後ろの窓ガラスに、「O・K」と書いておけ。

T・K

尚子は、もう一度、その手紙を読み返した。どこかの雑誌から、根気よく切り抜いたらしい活字で作った脅迫状である。

三月十二日に、尚子が、金持ちの老人を殺したのは事実だった。

資産五億円といわれる老人だった。大金持ちのくせに欲張りで、尚子は、そこにつけ込んでサギを働いた。土地である。といっても、何千万もふんだくったわけではない。たかが三百万円だ。少なくとも、尚子のほうは、そう考えていた。五億円も持っていて、三百万ぐらい痛くもかゆくもないだろうと、尚子は勝手に考えたのだが、ケチな老人は、三百万を返せと、彼女のマンションにまで押しかけて来たのである。

そして争いになり、誤って、尚子は、老人を殺してしまった。つかみかかってきたので、思わず突き飛ばすと、小さな老人の身体ははね飛ばされ、机の角に後頭部を打って死んでしまったのである。

尚子は、夜半、死体を車で多摩川へ運んで川の中へ投げ込んだ。川辺を散策中に川に転落死ということに見せかけようとしたのだが、プロの警官が、そんな子供だましに引っかかるはずがなかった。

他殺ということで捜査が開始され、尚子も、容疑者として取調べを受けた。

彼女にとって幸運だったのは、老人がやたらに敵を持っていたことだった。老人を殺したい人間が、十人近くもいたのである。しかも、そのうち、六人までが、尚子同様、アリバイがあいまいだった。

そして、その六人のうちの一人が、警察の捜査中に自殺してしまったのである。遺書がなかったから、警察の取調べに対して抗議の自殺なのか、罪を悔いての自殺なのか、捜査当局も判断しかねたらしいが、それをしおに、この殺人事件は、迷宮入りになってしまった。

尚子は、顔をしかめ、もう一度、脅迫状を読んだ。

この手紙の主は、彼女が犯人だという証拠でもつかんでいるのだろうか。

（いや、そんなはずはない）

と、尚子は思った。もし、証拠をつかんでいるのなら、それを、脅迫状の中にそれとなく臭わせてくるはずだ。

（多分、古新聞であの事件を読み、当て推量で脅迫してきたに違いない）

と、思った。

それなら、金を払う必要はない。第一、警察だって、彼女が犯人と断定出来ずにいるのだ。

尚子は、手紙をくしゃくしゃに丸めて座席に放り捨て、ハンドルをにぎりしめた。

そのときである。

リアシートに忍んでいた人影が、急に立ち上がって、キラリと光るナイフを振り上げた。

7

「凶器は同じ模様のナイフだな」

と、十津川は、確認するように、同僚の鈴木刑事にいった。

十日前に起きた殺人事件で、被害者の青年の背中に突き刺さっていたナイフと同じものに見える。

「柄の模様も同じだよ。とすると、このナイフも、時価三十万円するのかね」

鈴木刑事が、口をゆがめた。

十津川は、車の中をのぞき込んだ。時間はもう午前0時に近く、車の周囲は暗い。

ただ、車内灯がついているので、車の内部だけは明るかった。被害者は、背中にナイフを突き立てたまま、ハンドルにもたれかかって死んでいた。ノースリーブのワンピースから、中年の太り気味の腕がだらりと伸びている。

被害者の身元は、傍にあったハンドバッグですぐわかった。前の殺人と同じように、財布は失《な》くなっていたが、運転免許証は残っていたからである。

鈴村尚子。四十三歳。

美人ではないが、どこか男好きのする顔である。その顔も、今は完全に生気を失ってしまっている。血の匂いが、車内に立ちこめている。

「凶器が同じ種類の高価なナイフとすると、もう、単なる物盗《ものと》りの犯行とはいえないな」

と、鈴木刑事がいった。

「同じ犯人と思うかね？」

十津川がきいた。

「十中八九、同一犯人だろう。ただ、なぜ同一犯人が、この二人を殺したのか、その動機がわからん」

「動機は、怨恨《えんこん》かな」

十津川は、首をかしげながら、なお、車内を眺め廻《まわ》していたが、助手席の床に落ちている紙つぶを拾いあげ、それを丁寧に伸ばしてみたが、

「おやッ」

と、思わず声をあげ、その紙を鈴木刑事の眼の前に差し出して、

「面白いものが見つかったよ。被害者が受け取っていた脅迫状だ」

「しかも、差出人が、T・Kになっているじゃないか。前の事件で見つかったライターに彫り込んであったイニシアルと同じだ」

と、鈴木刑事の声も、自然に大きくなった。

ろうな」

十津川は、考えながらいった。

「だから、犯人は、この女を殺したか。とすると、このT・Kという犯人は、前の上条雄一郎も、同じように脅迫していたのかもしれないな」

「この脅迫状にある三月十二日の事件というのを覚えているかい？」

「はっきりと覚えていないが、確か多摩川署管内で起きた事件だよ。大金持ちの老人が多摩川で死体になっていた事件だ。まだ犯人が見つからず、迷宮《おみや》入りになっているはずだよ」

「伊豆の事件と似ているな」

十津川は、車の外へ出て、煙草に火をつけた。

犯人のT・Kは、迷宮入りになっていたり、殺人と事故の区別のつかない事件を見つけ出しては、その犯人と思われる人間を脅迫しているのだろうか。

不謹慎ないい方かもしれないが、面白いアイデアだ、十津川は思った。最近のように事件が続出すると、どうしても未解決の事件が出てしまう。そして、現在の刑事訴訟法では、たとえ犯人と思われても、証拠がないかぎり、警察はどうすることもできない。だが、ある人間が、脅迫するのは自由だし、もし、相手が真犯人だったら、金を出す可能性もあるからである。

8

「脅迫状が、くしゃくしゃに丸めてあったところをみると、被害者は要求を呑《の》まなかったんだ十津川は、すぐ、三月十二日に起きた事件を調べてみた。

多摩川に死体となって浮かんでいたのは、守谷《もりや》徳太郎《とくたろう》（六十九歳）という老人である。解剖の結果、殺人と断定され、捜査本部が設けられている。

鈴村尚子は、重要参考人として、訊問《じんもん》を受けているが、その後、証拠不十分で釈放されていた。事件そのものは、迷宮入りとなって今日に至っている。

問題は、一般の人間に、鈴村尚子が容疑者だったとわかるかどうかということである。それで十津川は、事件当時の新聞を丹念に読み返してみた。

――捜査本部は、今日、事件の重要参考人として、被害者と取引があったブローカーのA子さんに任意出頭を求め、事情を聞いた。

と、事件後三日目の新聞に出ていた。A子と仮名で出ているが、これが鈴村尚子であることは、ちょっと調べればすぐわかったはずである。つまり、誰にでも、彼女を脅迫出来たのだ。

次に、十津川は、この事件の捜査本部が置かれた多摩川署に、事件を担当した刑事を訪れてみた。

事件を担当したのは七人だったが、その中の一人、八木《やぎ》という若い刑事が、十津川に説明してくれた。

「うちとしては、自信があったんですがね」

と、八木刑事は、いまだに口惜しそうないい方をした。

「彼女が犯人だとすると、動機は、何だったんですか？」

「金ですよ。いい土地をあっせんすると称して、老人から三百万ばかり詐欺したんです。ただし、証拠がなかったんです。殺される直前、老人が、鈴村尚子という女に三百万円だまし取られたと怒っていたということしかなかったわけです。彼女のほうは、勿論《もちろん》、否定しました。その上、他にも、老人を憎んでいた人間がいたし、捜査の途中で、その中の一人が自殺したりしましてね。それで、うやむやになってしまったんですが、あの事件を扱った者は、彼女が犯人だったと、今でも確信していますよ」

「彼女が殺されたのは知っていますか？」

「ええ。テレビのニュースで見ました」

「どう思いました？」

「残念でしたね」

「残念？」

「ええ。今もいったように、彼女が犯人だと確信していますからね。いつか、彼女の口から、自分があの老人を殺したといわせたかったんですよ。これで、その望みも消えてしまいました」

「T・Kというイニシアルに、何か心当りはありませんか？」

「T・Kですか――」

と、八木刑事は、テーブルの上に、その二文字を指で書いて、しばらく考えていたが、

「思い当りませんねえ」

と首を横に振った。

これで、事態はだいぶ呑み込めてきた。

T・Kという人間が、半年前の殺人事件をネタにして、その事件で容疑者にされた鈴村尚子を脅迫していたことは確実になった。この人物は、多分、去年の夏、伊豆で起きた事件についても、上条雄一郎を脅迫していたのだ。

どちらも、脅迫に応じようとしなかったために、犯人T・Kは、二人を殺害した。そう考えるのが一番当っているように、十津川には思えたが、疑問がないわけではなかった。
一、せっかく脅迫しておきながらT・Kは、なぜ簡単に殺してしまったのだろうか。
二、殺すのに、なぜ、三十万円もする高価なナイフを使用したのだろうか。
三、二つの事件は、東京と伊豆に分かれている。T・Kがこの二つの事件に眼をつけたのは、なぜだろうか。それとも、他の未解決の事件についても、脅迫しているのだろうか。
四、そして、T・Kとは一体、何者なのだろうか。

9

鑑識の報告も、鈴村尚子の遺体解剖報告も、おもわしいものではなかった。

被害者の車からは、犯人のものと思われる指紋は見つからなかったし、死因も、やはり背中

の刺傷によるものだという。すべて、予期したとおりだった。

脅迫状に使用された活字は、S新聞を切り抜いたものとわかったが、それは、何もわからないに等しかった。なにしろ、S新聞は、発行部数五百万を誇る大新聞である。購読者一人一人を洗うことは不可能である。

目撃者も見つからなかった。

犯人は、恐らく、車のリアシートにかくれて、鈴村尚子を待ち伏せ、彼女が運転席に着いたとき、いきなり背後から刺し殺したのだろう。だが、目撃者が見つからなければ、すべて想像にしかすぎない。

T・Kについても、さまざまな推測が行われた。

二人の男女を一突きで殺しているところからみて、男だという確率が高い。女だとすれば、かなり力の強い女だろう。

職業についていえば、学生やサラリーマンということは、ちょっと考えられない。同じ穴のムジナということがあるから、前科の一つや二つある人間というところが想像される。

それで、十津川たちは、まず、前科者カードに当ってみた。脅迫の常習者を洗い出してみることにしたのだが、候補にあがった何人かは、すべてシロであった。特に、イニシアルがT・Kに当る三人については、徹底的に調べてみたのだが、三人とも、二つの殺人事件について、強固なアリバイがあった。

捜査は壁に突き当った感じになったが、八月に入って、思わぬ情報が、捜査本部にもたらされた。

男の声で一一〇番があり、脅迫状を受け取って、当惑しているというのである。この時点では、まだ、十津川たちは、自分たちに関係がある情報とは知らなかった。

だが、その男の家に警官が行き、問題の脅迫状を見せられたとき、活字を貼りつけたその手紙の最後に、「T・K」の署名を発見したのである。

ただちに、十津川と鈴木刑事が、その男の家へ急行した。

その男の名前は、西沢豊《にしざわゆたか》、四十九歳。不動産業者だった。猪首《いくび》の太った男で、十津川の顔を見ると、

「わたしはね。こんな脅迫になんか、絶対に負けやせん」

と、いきまいた。

「とにかく、脅迫状を見せて貰《もら》えませんか」

と、十津川はいった。


おれは、お前が四月七日に、仲間の不動産業者を殺したのを知っているのだ。四十八時間以内に五百万円払え。さもなければ覚悟がある。もし払う気になったら、家の二階のベランダに鳥籠《とりかご》を吊《つ》るせ。

T・K

文章も、使用されている活字も、前の脅迫状と、全く同じである。

「わたしの友人が死んだのは事実だが、あれは事故だったんだ。わたしも、警察にいろいろときかれたが、最後は、警察も事故と認めたんだよ。第一、わたしが殺したのなら、この脅迫状のことを警察に連絡したりはせん」

西沢豊は、十津川の横でまくしたてた。

「それで、わたしは、どうしたらいいのかね?」

「脅迫状の指示に従って下さい。鳥籠は近くに売っていますか?」

「ああ、売っているよ。五百万円も用意するのかね?」

「それは必要ありません。あなたには、何の弱味もないはずですから」

一時間後、二階のベランダに、鳥の入っていないカラの鳥籠が吊り下げられた。

十津川と鈴木刑事は、二階から周囲を眺め廻《まわ》し、この家を見張っている人間がいないかを調べることにしたが、それらしい視線は発見出来なかった。西沢邸が高台にあるため、たいていの場所から見えることを考えれば、逆に犯人を見つけるのは、無理な相談だったかもしれない。

反応は、二日目の朝、あらわれた。二通目の手紙が、速達で届いたのである。

10

脅迫状と同じように、活字を貼りつけた手紙だった。

八月五日の午後二時に、五百万円を白い鞄《かばん》に入れ、多摩川T堤近くの二本榎《えのき》の根元に置け。置いたら、直ちに消えること。

すぐに、白い鞄が用意され、五百万円の代わりに古雑誌を何冊か入れた。その鞄は、午後二時に、西沢豊自身に持って貰うことにし、十津川と鈴木刑事は、覆面パトカーで、午前中に、指定場所に向った。

簡易舗装の道路が、川に沿って伸びている。その途中に、二本の榎が並んでそびえていた。

十津川たちは、その二本榎から百メートルばかり離れたところにある農家のかげに車をかくし、そこから、見張ることにした。

暑い日だった。

じっと動かずにいるだけで、汗がだらだらと流れた。

午後二時ジャストに、西沢豊が車を運転してやって来た。二本榎の根元に、白い鞄を置いて立ち去った。

あとは、十津川たちが待つ番である。

幹線道路が近くを走っているせいか、めったに車は現われない。

十津川は、犯人が現われると確信していた。とことこ歩いてやって来て、鞄を抱えて逃げ去るような真似はしまい。

一時間たった。

強い夏の陽は、いっこうに弱まる気配がない。

犯人は、まだ姿を見せない。車は三台ばかり通ったが、ただ通り過ぎただけである。

午後四時を廻ったとき、一台の車が近づいて来て、急にスピードを落とした。ゆっくりと、二本榎のそばに近づいて行く。

十津川と鈴木刑事は、目くばせしてから、運転席にいた十津川が、スターターキイを回した。車体がブルブルと小きざみにゆれた。

相手の車は、鞄の傍で止まった。運転席から腕が伸びて、鞄をつかみあげた。

「あいつだ！」

と、助手席で、鈴木刑事が叫び、十津川がアクセルを踏んだ。

向うの車も、その気配を感じ取ったのか、急にスピードをあげて走り出した。十津川は、猛然とそのあとを追った。十津川は、運転に自信のあるほうだったが、最初の百メートルの差が致命傷になった。

幹線道路に出たとたん、向うの車と、十津川のパトカーの間に、二、三台の車が入ってしまい、相手が視界からかくれてしまったのだ。

勿論《もちろん》、相手の車種もナンバーも確認したから、近くにいる他のパトカーにすぐ無線連絡をとった。

黒のトヨタカローラ、ナンバーは、練馬《ねりま》ナンバーである。

結局、この車は、二本榎から二キロほど離れた地点に乗り捨ててあるのを、発見された。リアシートには、例の白い鞄が放り投げてあった。中身の雑誌は、引きちぎられて、散乱している。犯人は、中身が五百万円でないと知って、怒りにまかせて引き裂いたのだろう。

十津川は、直ちに、西沢豊を保護するために、警官二人を、彼の自宅に急行させた。だまされたと知って、犯人が、前の二人のように西沢を殺すことが十分に考えられたからである。

三時間後、問題の車の持ち主がわかった。

練馬区に住む小池哲也《こいけてつや》。二十九歳。イニシアルは、T・Kである。

盗難車ということも考えられたが、十津川は、とにかく、この男に会ってみることにした。

石神井《しゃくじい》公園の近くに新しく建ったマンションの五階が、小池哲也の部屋だった。マンションの裏手に駐車場があり、そこには別に管理人もいないようだから、盗むのは簡単であろう。

五〇六号室のドアに、「小池」と書いた紙片が貼ってあった。

万一を考え、鈴木刑事が拳銃《けんじゅう》を構え、十津川がベルを押した。が、返事はない。二、三度、繰り返し鳴らしたあと、ノブに手をかけた。

鍵《かぎ》はかかってなかった。ドアを開けた。１ＤＫの間取りである。キッチンの向うに、フスマが見え、それを開くと、六畳の部屋のまん中に、若い男が俯《うつぶ》せに倒れているのが十津川の眼に飛び込んできた。

テーブルの脇である。

十津川が抱き起こすと、かすかに甘い匂いがした。

「死んでいる。青酸死だ」

と、十津川は、蒼《あお》ざめた顔で鈴木刑事にいった。

鈴木刑事は、黙って肯《うなず》き、部屋の隅にある電話に飛びついた。彼が、捜査本部に連絡している間、十津川は、死体を床に置き、部屋の中を調べた。

テーブルの上に、からのコップが横になっている。恐らく、このコップで、青酸カリを飲んだのだろう。

カラーテレビ、洋服ダンス、それに小型の整理ダンスが置いてある。十津川は、まず洋服ダンスを調べてみたが、何着か服がぶら下がっているだけだった。次に整理ダンスの引出しを、上からあけていった。

二段目の引出しをあけ、そこにあった風呂敷《ふろしき》をどけると、大きな革張りの箱が出てきた。取り出して、ふたをあけてみる。

「あのナイフだ!」

と、十津川は、思わず、鈴木刑事に向って大声をあげていた。

古びた革張りのケースに、二つの殺人事件に使われたのと同じ彫刻入りのナイフが、一本だけ入っていた。前は三本入っていたのだろう。ナイフの形に凹《へこ》んだところが二つ、カラになっている。

十津川は、その箱をテーブルの上にのせてから、もう一度、床に倒れている死体に眼をやった。

この男が、あの車の持ち主の小池哲也に間違いはあるまい。とすると、犯人は、やはりこの男ということになるのか。この男は、殺人事件の容疑者を脅して金を儲《もう》けることを考えつき、次々に、脅迫していったのか。そして、拒絶した相手は、あのナイフで殺した。今度、西沢豊を脅迫したが、逆に警察に追いつめられ、自殺した。そうなのだろうか。

十津川は、管理人を呼んで来て、死体を確認させた。

中年の、不精ひげを生やした管理人は、怯《おび》えた目で、床の死体を見、十津川たちを見た。

「警察の者だが、これは、小池哲也に間違いないかね？」

十津川がきくと、管理人は、小さく肯いた。

「小池さんですよ」

「今日の午後、車で外出したはずなんだが気がつかなかったかね？」

「ええ。いちいち、住んでる人のことは気に留めてないし、ここには、非常口もありますから」

「小池さんは、何をやっていたのかな？」

「それがよくわからないんです。昼間も部屋にいたりしましたから、普通のサラリーマンじゃないことは確かですが」

「いつからここに住んでいたのかね？」

「三か月前に引越して来られたんです。その前は、なんでも、多摩川の近くに住んでいたようなことを聞きましたが」

「多摩川の近くね」

そのことから、十津川は、二人目の被害者である鈴村尚子のことを思い出した。彼女が容疑者にされた事件は、多摩川署で扱ったものだったということをである。それに、今日、五百万円を多摩川の近くの二本榎に置けと命令したのも、前にあの辺りに住んでいて、地理にくわしかったからかもしれない。

どうやら、この仏様が、前の二件の殺人事件の犯人らしい。もし、そうなら、連続殺人事件は、犯人の自殺をもって終止符が打たれたことになるのだ。

11

小池哲也の遺体が、解剖に廻《まわ》されると、十津川たちは、この男の過去を徹底的に洗ってみた。

殺人こそやっていないが、窃盗、婦女暴行、サギと四つの前科がある男だった。小悪党という言葉が、ぴったりくるような過去である。サギは結婚サギで、一見二枚目の容貌《ようぼう》を利用して、女を引っかけては金を巻きあげて、多摩川署に逮捕されている。こんな男だから、殺人容疑者を脅迫したということも十分に考えられるのだ。何よりも、脅迫状の署名のT・Kとイニシアルが一致している。

解剖の結果、死因はやはり青酸カリによる毒死とわかった。死亡推定時刻は、午後二時より三時までの間と、報告には書いてあった。十津川たちのパトカーに追われてマンションに逃げ帰ったあと、すぐ毒を飲んで死んだと考えるべきなのだろう。

主任の吉牟田《よしむだ》警部補は、小池哲也の自殺によって、二つの殺人事件は終ったと宣言した。

大部分の刑事が、主任の意見に賛成した。

一人だけ、このストーリーに反対したのは、十津川である。彼にしても、確固とした理由があって反対したわけではなかった。ただ、小池哲也が犯人というストーリーに、何となく、ぴったりこないものがあっただけのことである。

十津川が、もう一度、事件を調べ直したいというと、主任の吉牟田警部補は、嫌な顔をした。

「というと、他に犯人がいるというわけかね？」

「と思うのですが」

「あいまいだな。小池哲也が犯人じゃないとしたら、一体、誰が犯人だと思うんだね？」

「わかりません。が、彼が犯人では、納得出来ないものが残ってしまうのです」

「どんな点が納得出来ないのかね？」

「まず、自殺です。小池のようなしたたかな男が、われわれに追われたからといって、簡単に自殺してしまったというのが、どうにも納得出来ないのです。しかも、わざわざ自宅へ帰って、青酸カリを飲んだというのは、何とも不可思議です」

「しかし、あり得ないとはいえんだろう！　追いつめられた殺人者が、自殺の道を選ぶというのは」

「かもしれませんが、私には、死に方がモロすぎる感じがして仕方がないのです。他にも納得の出来ない点があります。彼が、脅迫した二人の男女を殺してしまったことです。なぜ、殺す必要があったのでしょうか？」

「相手が金を出さなかったから殺したんだろう」

「しかし、殺す必要はなかったと思います。相手二人は、どちらも後暗いところがあって、警察には届けられない立場でしたからね。今まで、せいぜい結婚サギぐらいしかやってなかった小池が、突然、殺人鬼に変化したのもおかしいと思いませんか。しかも、一本三十万円もするナイフで殺しています。計算がメチャクチャです」

「多分、あのナイフは、どこからか盗んだものだろう。小池は、値打ちを知らずに凶器に使ったんじゃないのかね」

「もう一つ、脅迫の署名に、T・Kと自分のイニシアルを書いていたのも納得出来ないのです。新聞を切り抜いた活字を使って筆跡をかくしているのに、なぜ、イニシアルだけは正確なものを使用したんでしょうか？」

「すると、君は、今度の事件は一体何だというんだね？」

「上条雄一郎と鈴村尚子を殺したのは、小池哲也ではなかったということです。何者かが二人を殺し、罪を小池哲也にかぶせ、自殺に見せかけて殺したんです」

12

「誰が、そんな馬鹿なことをしたというのかね？　第一、動機は何だ？　金か？」

「違います。脅迫状も、罠《わな》だとすれば、動機も違ってきます。考えられるのは、怨恨《えんこん》です」

「怨恨だって？」

主任は、顔をしかめた。

「三人は、バラバラの人間だよ。それを共通に恨んでる人間がいるというのかね？　一人一人考えてみたまえ。上条雄一郎は、去年の夏、伊豆で一人の女性を殺した疑いが持たれていた。その家族が彼を恨んでいたということは想像出来る。だがね。その家族は、鈴村尚子に恨みを抱くかね？」

「わかっています。三人を一様に恨む人間がいるとは、私にも思えません」

「じゃあ、犯人像が出来上がらないじゃないか」

「今は、確かに、どんな犯人像なのか、皆目、見当がつきません。しかし、小池哲也が殺されたのだとしたら、この三人には、何か共通したものがあるはずです。共通の敵といってもいいわけです。そんなものがあるはずです」

「三人は、いずれも悪党だ。前の二人は、起訴こそされなかったが、殺人を犯した容疑は十分だし、小池哲也は前科があった。そんな悪党たちに共通した敵といえば、一つしかないじゃないか」

主任は、肩をすくめて苦笑した。が急に、その笑いが、分厚い唇のところで凍りついてしまった。

「まさか、君は？」

「主任のおっしゃりたいことはわかります」

と、十津川は吉牟田警部補の顔を、まっすぐに見つめて、

「三人の人間が悪党で、犯罪者である以上、彼等にとって、共通の敵は、われわれ警察です」

「君は、警察の人間が二人の男女をナイフで殺し、もう一人を毒殺したとでもいうのかね？」

「そうはいっていません」

「しかし、君の言葉は、そう聞こえるがね？」

「私は、可能性を考えているだけです。可能性がある以上、調べてみたい。私は、そう思っているだけです」

「私がいかんといったら？」

「命令には従います。しかし、今、疑問について調べず、ほおかむりをしてしまったら、いつか、その疑問が噴き出しますよ。そのときには、収拾がつかなくなるかもしれませんよ」

「――――」

主任は、何かいいかけてから、その言葉を呑《の》み込んで、黙って腕を組み、しばらく考えていた。

「二十四時間だけ、君に時間をあげよう。その間に、気のすむように調べてみたまえ。それで何も出なかったら、今度の事件は、小池哲也の自殺で終止符を打つんだ。わかったね？」

「わかりました。鈴木刑事と一緒にやらせて貰《もら》います」

13

捜査本部を出ると、鈴木刑事が、不安気に、

「何か目算でもあるのかね？」

と、十津川にきいた。

「別にない。まず、殺された二人の男女のことから調べ直してみるつもりだ」

「どんな風に？」

「上条雄一郎と鈴村尚子は、それぞれ、殺人事件の容疑者として取調べを受けている。二人を取調べた刑事の名前を知りたいと思っているのさ」

「もし、同じ刑事が、二つの事件を扱っていたとすれば、その刑事が怪しいというわけか？」

「そうだ」

「しかし、二つの事件は、伊豆と多摩川で起きてるんだ。管轄が違うよ」

「わかってる。だが、調べたい。おれの推理が違っていれば、おれだって救われるからね」

二人は、多摩川署に出かけた。

いつか会った八木という若い刑事が、十津川たちを覚えていた。

「今度は、何のご用です？」

と、八木刑事は、微笑しながら、十津川と鈴木刑事を見た。

「また、鈴村尚子の件ですよ。彼女を調べたのは、あなたでしたね？」

「ええ。僕一人が、あの事件を扱ったわけじゃありませんが」

「確か七人で担当したんでしたね？」

「ええ。それがどうかしましたか？」

「その七人の中に、静岡県警から来た人はいませんか？」

「静岡県警ですか？」

八木刑事は、首をひねっていたが、

「ああ、角田《つのだ》さんが、確か、静岡県警から来たはずですよ」

その言葉に、十津川は、思わず鈴木刑事と顔を見合わせた。

「静岡県警から、こちらへ来たのはいつですか？」

「去年の十月です。十月一日付で、こちらへ来たんです。角田さんに、何かご用ですか？」

「どんな人です？」

「捜査のベテランですよ。僕もずい分、教えられました。あの人の捜査方法は、勘に頼っていて古いという人もいますが、僕は、そうは思いませんでした。鈴村尚子を一番先に怪しいと睨《にら》んだのも角田さんだし、僕も、彼女が犯人と確信していますよ。今でもね」

「性格は？」

「間違ったことの嫌いな人ですよ。正義漢ですね。がんこだな。今の世の中では、貴重ながんこさだと、僕は思っています」

「会いたいな。いい人らしいから」

「残念ですが、角田さんは、一か月前に辞めました」

「辞めた？　なぜです？」

「自分では、もう年齢《とし》だから勇退するんだといっていました。署長は、まだ五十八歳だし、豊かな経験を生かして欲しいと慰留したんですがね」

「あなたは、どう思ってるんです？」

「何がですか？」

「角田さんが辞めた理由です。あなたも、年齢で辞めたと思っているんですか？　そうはみえないが」

「五十八でも、元気でしたからね。多分、新しいやり方に嫌気がさしたんじゃないですか。証拠第一で、真犯人に違いないと思っても、証拠がなければ、みすみす、野放しにしておかなければならない今の捜査にです」

「じゃあ、このナイフに見覚えはありませんか？」

　十津川は、例のナイフをポケットから取り出して、八木刑事の前に置いた。

「もちろん、ありますよ。連続殺人に使われた凶器でしょう」

「私がきいているのは、角田さんに関してということです」

「じゃあ、角田さんがあなた方に連絡したんですね」

「何をです？」

「ナイフのことですよ。盗難にあったんです」

「角田さんが、そういったんですか？」

「ええ」

「じゃあ、やはり、このナイフは角田さんの持ち物だったんですね？」

「角田さんが勇退したとき、うちの署が贈ったものなんですよ。なんでも、署長がフランスで買ったものだそうです。柄のところに彫ってある言葉の意味がわかりますか？」

「いや」

「ギリシャ語で、『正義』という意味だそうですよ」

「角田さんの住所を教えて貰えませんか。電話番号も。われわれも、お会いして、経験談をうかがいたいもんですからね」

14

十津川と鈴木刑事は、暗い顔で多摩川署を出た。

「君の考えが当っていたようだな」

と、鈴木刑事が、歩きながらいった。十津川は、「正義か」と、呟《つぶや》いた。

「角田刑事は、歯がゆくなって、自分で判決を下す気になったんだろうね。私刑《リンチ》は悪いが、角田刑事の気持が、わからないこともない。伊豆と、ここで、続けて二人も、殺人犯人と確信しながら、証拠がないために、釈放せざるを得なかったんだからね」

「それで、『正義』と彫ったナイフで二人を殺したか」

「自分では、正義を行ったと思っているのかもしれん。そうしておいて、結婚サギで挙げたことのある小池哲也に罪をかぶせて、自殺に見せかけて殺したんだな。元刑事だから、小池哲也のライターを手に入れるのも楽だったろうし、自分を調べた刑事では、小池のほうも、安心して部屋に入れたと思うね」

「車を運転していたのも、角田刑事か」

「多分ね。われわれが見張っているのを承知で、小池哲也の車を運転してやって来たんだ」

そこまでいってから、十津川は、赤電話を見つけて、角田元刑事に電話をかけた。

「電話で何といったんだ？」

と、鈴木刑事がきいた。

「これから、『正義』について、お話を聞きにうかがいたいといっただけだよ」

「それで、返事は？」

「お待ちしているといったよ」

と、十津川はいった。

角田元刑事の家についたとき、小さな家のまわりに、人垣が出来ているのが、二人の眼に入った。

中年の駐在所の巡査を見つけて、十津川は、

「どうしたのかね？」

ときいた。

「この家の主《あるじ》が、自殺したんです。なんでも、元はベテランの警察官だったそうですよ」

「遺書は？」

「何も見つかりません。なぜ、自殺したんでしょうな？」

その質問には答えず、十津川と鈴木刑事は、ゆっくりと背中を見せて歩き出した。

「角田元刑事は、今度は、自分に対して『正義』を行ったわけだ」

と、十津川は小さく溜息《ためいき》をついた。

「どう報告するつもりだ？」

鈴木刑事がきいた。

「ありのままを報告するよ。それをどうするかは、主任に委《まか》せる。今度は、主任が、『正義』について判断する番だからね」

と、十津川はいった。

危険な遺産

1

私は、窓からその男を眺めていた。

三つ揃いの背広をきちんと着た六十歳くらいの男である。頭はかなり薄くなっているが、それがかえって、その男を誠実そうに見せていた。黒い鞄《かばん》を左手に提げている。

襟のところに光っているバッジを見て、私は、その男が弁護士らしいと気づいた。彼は、『森恭介《もりきょうすけ》探偵事務所』の看板を見上げて、さっきから迷っているのだ。弁護士なら、気おくれということは考えられない。恐らく、この探偵が信頼出来るかどうか、値ぶみをしているのだろう。
五、六分もしてから、やっと決心がついたらしく、男は、ドアを開け、狭い階段をのぼって私の事務所に入って来た。
「あんたが森恭介さんかね？」

と、男は、眼鏡越しに、私を見た。また、私を値ぶみするような眼だった。

「そうです」

と、私が肯《うなず》くと、男は、葉巻を取り出してから、

「君は信頼出来るかね？」

「さあ。どうですかね」

「君はいくつかね？」

「三十五歳と二か月ですが、それがどうかしましたか」

「若いね」

「つまり信頼がおけないということですか」

私が苦笑すると、男は、葉巻に火をつけた。私の顔を見ながら、白い煙を吐き出した。

「別にそうはいっていない。まあ、君に頼むことにしよう。君が有能でなければ、他の探偵をまた、雇えばいいんだから」

「明快ですね」

「そう。私は、何事もはっきりしているのが好きでね。私は、弁護士の松田《まつだ》伸吉《しんきち》だ。中央弁護士会に所属している」

「弁護士ということは、その眩《まぶ》しいバッジでわかりましたよ」

と、私は、少し皮肉をいってやった。

「それで、どんなご用件ですか？」

「私は、古山《ふるやま》機械の顧問弁護士を長いことやってきた。古山機械は知っているだろうね？」

「知っていますよ。資本金五億六千万円。各種自動販売機の専門メーカーとしては一流。前に一度、信用調査を頼まれてきたことがありますから、経理内容がしっかりしていることはよくわかっています」

「信用調査をね。依頼人の名前は誰かね？」

「それはいえませんよ。古山機械の下請けになるかどうか迷っていた小さな町工場の主人です。

続きを伺いましょうか？」

「よろしい。社長の名前は、古山藤太郎《とうたろう》だ。多分、それも知っているだろうね？」

「年齢六十七歳。妻由花子《ゆかこ》五十九歳。子供はなし。趣味は競馬。馬を六頭持ち、そのうち一頭がダービーに出場したことがある」

「そのとおりだ。君は、記憶力もいいんだね」

「それだけが取り柄のようなものでしてね」

「実は、古山社長が十日前に亡くなられた」

「そうですか」

私は、依頼されて、調べただけで、古山社長に会ってはいなかったが、そんなことでも、死んだとなると、一抹の寂しさが心をよぎるのを覚えた。

「奥さんがお悲しみでしょうな。確か、お子さんに恵まれなかったと覚えていますが」

「悲しいことに、その奥さんも、ショックから二日後に亡くなられた」

「それは、それは——」

「困ったことに、ご夫婦とも揃って身寄りがなかった。社長も、奥さんも今度の戦争で肉親を亡くされていてね。まあ、その孤独から、終戦直後に、結婚されたということもあるんだが」

「なるほど、そうなると、遺産相続で問題が起きているということですか？」

「そのとおりだ。会社のほうは、総株の五十二パーセントを社長夫妻が持っていたが、このほうは、差し当たって問題はない。現在、副社長の吉村《よしむら》氏が社長の代理をしている。業績は順調だからね。問題になるのは、個人資産のほうだ」

「どのくらいあるんですか？」

「大した額ではない、約八億九千万円にしか過ぎないからね」

確かに、今のインフレ時代では、腰を抜かすほどの大きな金額ではない。

だが、私の年収の少なくとも八十年分は楽にある。

2

松田弁護士は、二本目の葉巻に火をつけた。いい葉巻を吸っている。ハバナ葉巻だ。

「ところで、古山社長は、事故死でね。突然の死だったために、遺言状もなかった。それで遺産が宙に迷ってしまった」

「もったいない話ですね」

「ところで、私は弁護士として、遺産問題を処置しなければならない。もし、相続人がいなければ、私の一存で、古山教育資金といったものを作って、恵まれない若者の役に立てたいと思っている。というのは、古山社長は、自分が若いときに苦学したので、その方面の関心が深かったからね。しかし、これはあくまでも、遺産相続人が一人もいなかったらのことだったがね」

「だったというと、遺産相続人が見つかったわけですか？」

「ああ見つかったよ」

「それなら、なぜ、私の所へ来たんですか？　私に、遺産相続人を探してくれというのならわかりますがね」

「これからくわしく、話すよ。君も知っているとおり、古山夫妻の間に子供はなかった。十五年前に養子を貰《もら》ったが、病死した。それ以来、夫人が二度と同じ悲しみを持ちたくないというので、養子を貰うことはしなかった。子供が出来ない理由は、どうやら、夫人のほうにあったと思われる」

「なるほど。それで少しわかりかけてきましたよ」

「何がだね？」

弁護士は、眼鏡の奥から、じっと私を見つめた。私も、煙草を取り出して火をつけた。私のほうは、日本製のセブンスターだが。

「古山社長のほうは、男としての能力があったということでしょう。とすると、当然、古山氏が、どこかに作った子供がいることが十分に考えられる。正式には、籍に入っていない子供が見つかったということじゃないですか？」

「君は、なかなか頭がいい。気に入ったよ」

「それはどうも。しかし、相続人が見つかったのに、私に何をしろというんですか？」

「それを、これから、くわしく話すところだ。君の推理したとおり、古山社長は、なかなかの艶福家《えんぷくか》でね。仕事で日本中を飛び廻《まわ》っている間に、各地に好きな女が出来たらしいが、くわしくは私も知らん。ただ、事故死される前に、古山社長が、私に向って、そうした女性に子供を生ませたことがあるといわれた。そのときは、急逝されるとは考えていなかったから、その子供について、何も聞いていない。男か女か、いくつなのか、どこにいるのか、母親の名前が何というのかもだよ。私にわかったのは、古山氏の子供が、日本のどこかにいることだけだった。ただ、私は、全国紙に広告を出した。一週間たった。私の前に、古山社長の遺児だという人間が現われた。驚いたことに四人もだ」

「そいつは豪勢ですね。八億九千万円あれば、四人が分けても二億円以上にはなる。もっとも、相続税でごっそり持っていかれるでしょうが、それでも、億単位の金額は確実ですからね」

「そんな呑気《のんき》なことはいってられないんだ。古山社長は、私に、その子供のことで、性別も、年齢も、母親の名前もいわなかったが、一人しかいないということだけは聞いていたんだよ」

「そいつは面白い」

と、私は、思わず、不謹慎な声を出した。案の定、松田弁護士は、渋い顔を作った。

「私にとっては、面白いどころの話じゃない。四人の中から、本物を見つけ出して、古山社長の遺産を渡さなきゃ、弁護士としての仕事が終らんのだからね。それで、君に頼みたいことがあるというわけですよ。成功してくれれば、成功報酬として二百万円支払う」

「悪くないですね。その四人を調査して欲しいというわけでしょう。本当に古山社長の子供かどうか調べるという――」

「いや。違う」

「違うんですか？」

私は、拍子抜けして、弁護士を見た。

「一体、僕に何をやらせようというんですか？」

3

「調査は、すでに私の手でやったのだよ」

と、弁護士は、眼鏡を外し、それを真っ白なハンカチでゆっくり拭《ふ》きながら、私にいった。

「私も、一応は名の通った弁護士だ。そのくらいのことは、すぐ手を打つ。私の事務所で働いている若者に、さっそく、四人を調べさせた」

松田弁護士は、眼鏡をかけ直し、脇に置いてあった黒い鞄《かばん》から、四枚の書類を取り出して、テーブルの上においた。

「これが、四人の調査結果だ。女一人に男三人。年齢も十九歳から三十二歳とまちまちだ。ところで、調査の結果だが、四人とも、これこそ古山社長の子供だという証拠は見つからなかったが、といって、違うという確認もつかめなかった。それが当然かもしれんのだ。いくら調べても、古山社長の籍に入っていないんだから、わかるわけがない。困ったことに、四人とも、母親がすでに死亡していて、母親から話を聞くことが出来ないのだ」

「血液型は調べたんですか？」

「もちろん、調べたよ。ニセモノなら、血液型を調べるといったら、狼狽《ろうばい》するだろうとも思ったわけだが、誰一人、あわてなかった。調べた血液型は、その書類に書いてある。古山社長の血液型は、B型だった」

「血液型の調査で、ニセモノとわかった人物はいないんですか？」

「いないんだ。今もいったように、四人とも母親が死んでしまっている。そのうち、二人の母親については、血液型がわかったが、ぴったりと合うんだよ、つまり、二人とも、血液型からいって、古山社長の子供ということになってしまうのだ」

「古山氏の子供だという証拠品を持っているのはいないんですか？　古山氏が、相手の女に与えた指輪とか、会社の株券とか」

「いいところに眼をつけたといってあげたいが、何の証拠にもならんのだよ。古山機械の株券を千株も持っているやつもいるよ。古山社長が、五年前、亡くなった母に、くれたものだというのさ。だが、果たして、古山社長が贈ったものかどうかわからん。名義は、亡くなった母親になっているからね。指輪を持っているやつもいるよ。金の指輪で、『FからM』と彫ってある。そいつにいわせると、母親の名前は美代子《みよこ》で、古山のイニシアルと、美代子のイニシアルだというんだ。しかし、Fは古田かもしれんし、藤野かもしれん。古山社長の子供だという証拠にはならんのだ」

「古山氏のことを、どのくらい知っているかで決めたらどうなんですか？」

「それも、駄目だね。四人の中には、古山社長の趣味や、生活信条や、食べ物の好き嫌いまでよく知っている者がいた」

「なぜ、駄目なんですか？」

「タネ本が、ちゃんとあるからだ」

松田弁護士は、今度は、黒い鞄の中から、一冊の本を取り出して、私に見せた。

〈古山藤太郎『わが人生観』〉

なかなか、装幀《そうてい》の素晴らしい本だった。

ゴーストライターが書いたものだろうが、古山藤太郎が生れてから現在までのことが一人称で書いてあった。松田弁護士のいうとおり、趣味や、生活信条や、食べ物の好き嫌いまで書いてある。

「それで、その四人は、今、どうしているんです?」

「一応、田園調布の古山邸に入れてあるよ。家政婦が、彼等の食事の世話をしている」

「なぜ、ホテルに泊らせないんですか?」

「彼等の反応を見たいのだよ。食事のときには、四人は、いやでも一緒になる。そんなとき、ニセモノは、ボロを出すかもしれん。それに、古山社長の自宅に住まわせておけば、古山社長の本当の子供でなければわからないようなことを思い出すかもしれんと考えたからだ」

「それで、あなたの希望するような反応は見つかったんですか?」

「三日たったが、全く見つからん」

松田弁護士は、大きく肩をすくめて見せた。

「大変ですね」

「大変だよ。といって、いつまでもこのままでは困る。何とかして、早く、本当の子供を見つけ出したいんだ。それで、役に立つ人間はいないかと探しているうちに、この探偵事務所の看板が眼についたというわけだ」

「しかし、調査は、もうすんでしまっているわけでしょう？」

「やるべき調査は、すべてやったと思っているよ」

「じゃあ、僕に何をやらせようというんですか？」

「君に、五人目の遺産相続人になって貰いたいんだよ」

4

「それは、本気ですか？」

「もちろん、本気だとも。四人の中から本モノを探し出す方法は、これしかないと思うようになったのだ。つまり、君を四人の中に入れて、一緒に生活している間にニセモノと本モノを君に見わけて貰いたいのだ」

「なるほど。面白い趣向ですが、そういう話になると、成功報酬の二百万円は、安過ぎますね」

「なぜだ？」

「危険がつきまとう仕事とわかったからですよ。成功報酬は四百万円。たとえ失敗しても、半金の二百万円は頂く」

「私は、別に刑事事件を君に調べて欲しいといってるわけじゃないんだよ」

「しかし、刑事事件に発展する恐れは十分にありますからね」

「なぜだ？」

「あなたは、僕を遺産相続人として、彼等に紹介するわけでしょう？」

「そのとおりだ」

「四人が全部本モノなら、僕は安全ですが、そのうちの三人がニセモノのわけだから、僕を本モノだと思って、消そうと考えるかもしれません。だから危険だといったのです。僕の死体が転がれば、刑事事件になりますよ」

「わかった。君のいうとおりだ。危険な仕事かもしれん。よろしい。成功報酬四百万の要求をのむことにする。ただし、期限は一週間だ。それまでに、四人の中から本モノを見つけ出してくれ」

「きつい仕事ですが、やってみましょう」

と、私は肯《うなず》いた。四百万円の成功報酬も魅力だが、仕事も面白そうだと思ったのだ。

「では、細かい打ち合わせをしよう」

と、松田弁護士は膝《ひざ》を乗り出して、

「四人とも、一人でもライバルを蹴落《けお》とそうとするだろうから、君が辻褄《つじつま》の合わないことをいって、簡単にニセモノと見破られては困る。君の年齢は、確か三十五だったな？」

「そうです」

「とすると、古山社長が三十二歳のときの子供だ。両親は健在かね？」

「両方とも死にましたよ」

「それなら好都合だ。古山社長は、クラシックでね。芸者が好みだったから、母親は芸者だったことにしたまえ」

「それはいいですが、念のためにいっておくと、僕の母親は、中学校の国語の教師だったんですよ」

と、私はいったが、松田弁護士は、くそ面白くもないという顔で、「そうかね」といっただけだった。

翌日の午前十一時半頃、松田弁護士が、タクシーで私を迎えに来た。車に乗ってから、彼は心配そうに、「用意は出来たかね？」ときいた。

「大丈夫です。四人の身上調査書は、全部暗記しましたよ」

と、私は答えた。

私と松田弁護士を乗せたタクシーは十二時十分に、田園調布にある古山邸に着いた。

立派な邸《やしき》だった。門を入ってすぐの車庫には、ベンツと、ＢＭＷが並べて置いてある。庭の広いのも私の気に入った。一週間、ここで暮らさなければならないのなら、環境がいいほうが助かるからだ。秋に入っているので、芝生はやや黄味がかっていたが、見事な芝生が、庭一面に広がり、プールもあった。

「丁度、今頃は、みんな食堂にいるはずだ」

松田弁護士が、私を案内しながら、小声でいった。

家屋のほうは、二階建で、壁にツタをからませた古風な造りだった。亡くなった古山社長は、家の趣味もクラシックだったらしい。

入口のドアを開いてくれたのは六十歳くらいの小柄な男だった。

「ずっと、ここで働いてきた宮本《みやもと》さんだ」

と、松田弁護士が、私に、老人を紹介してくれた。昔風にいえば、執事といったところか。そういえば、下から、私の顔色をうかがうような眼をしている。

「あの老人には、僕の役目を知られているんですか？」

廊下を、食堂に向って歩きながら、私がきくと、松田弁護士は、首を横に振って、

「話してないよ。食事を作ってくれる家政婦にもだ」

食堂は、天井にシャンデリアが輝き、壁には、大きな名画がかかっているといった、洋画のシーンに出てきそうな感じだった。その絵一つでも何百万とすることだろう。

テーブルのまわりには、三人の男と、一人の女が腰を下ろしていた。身上調査書を読んでいたから、私は、全員の名前も、年齢も、血液型も知っていたが、もちろん、何も知らない顔をしていた。

「皆さんに紹介しましょう」

と、松田弁護士が、四人に声をかけた。

「こちらは、あなた方と同じく、遺産相続権を主張されて、私の所にお見えになった森恭介さんです」

それに対する四人の反応は、さまざまだった。殊更に、私を無視しようとする顔もあったし、憎しみに近い眼で睨《にら》む者もいたし、「まだいたの？」と、声に出していう者もいた。

私と、松田弁護士は、空いている椅子に腰を下ろした。四十歳ぐらいの、太った家政婦が、ワインと、ビフテキ料理を運んでくれた。ワインも上等だし、ビフテキも柔らかい。私は気に入った。庭は広いし、食事が美味《おい》しければ、今のところいうことはなかった。

「弁護士さん」

と、ベレー帽をかぶった男が、フォークを置いて、松田弁護士に話しかけた。私は、調査書の文字を思い出した。

相島秀夫《あいじまひでお》。三十二歳。四人の中では、一番の年長者だ。もう髪の毛が薄くなっていて、それをかくすために、ベレー帽をかぶっている。職業は、画家となっているが、私は相島秀夫という画家がいることは、知らなかった。

「何ですか？　相島さん」

と、松田弁護士が、ナイフとフォークをせわしなく動かしながらきく。老人にしては、なかなかの健啖家《けんたんか》だ。

「いつまで、こうしていればいいんです？　いつになったら、おやじの遺産を相続出来るんですか？」

顔が紅潮しているのは、怒っているというより、ワインに酔ったらしい。アルコールに弱い男なのだ。

「あと一週間待って頂きたい。何しろ、古山氏のお子さんは、一人しかおらんはずなのです。今、あなた方の中のどなたが、正当な遺産相続人であるか、極力、調査をすすめているところです。あと一週間で、必ず、結論が出るはずです」

「ボクが、正当な相続人で、他の人間は、ニセモノだよ」

「あなた以外の方も、同じようにおっしゃるので困っているのですよ」

「しかし、ボクは忙しいんだ。有名なS電気でも、ボクに、仕事を頼んできているんだよ」

「では、ご遠慮なく、仕事においで下さい。ただ、相続権は放棄したものとみなしますよ」

松田弁護士が、そっけなくいうと、相島秀夫は、舌うちをして、「わかったよ」といった。

「仕方がない。一週間、がまんするよ」

私は、思わずクスッと笑ってしまい、松田弁護士に、足を、いやっというほど踏まれてしまった。

5

昼食がすむと、四人は、食堂を出て行った。私と松田弁護士は、あとから食卓についたため、自然にあとに残る形になった。

「よろしく頼むよ」

と、松田弁護士は、小声で私にいい、食事がすむと、自分の事務所に帰って行った。

私は、ゆっくりと食事を終えると、煙草に火をつけて、中庭に出てみた。プールの水は、まだきれいだが、半分までに減っていた。落葉が四、五枚浮かんでいて、秋の深まりを感じさせた。二十五メートルに、八メートルの個人の邸のものとしては、かなり大きなプールである。

プールの向う側に、ゴルフの練習場があった。

さっきの相島秀夫が、やけ気味に、クラブを振り廻《まわ》しているのが見えた。あの様子では、ハンデは二ケタだろう。

ゴルフの練習場とは反対側、家屋にくっついたサンルームがあった。そこだけ真新しいところをみると、あとから建てたものだろう。

三十坪近い広さのサンルームで、中には、亜熱帯の植物が育ち、その間にサンデッキチェアが置いてあった。その一つに、相続人の一人の水野《みずの》リエが胸にタオルを巻き、サングラスをかけて、身体を伸ばしていた。

水野リエ。十九歳。北海道小樽《おたる》生まれ。高校を卒業すると同時に上京。現在は、テレビタレントになるべく勉強中。母親は、バーのマダムで、彼女が高校を卒業すると同時に亡くなった。

これが身上調査書にあった、水野リエの経歴である。

なかなかの美人だ。私は、まず、その女から当ってみることにした。

ガラス戸をあけて、サンルームに入る。中はむっとする暑さだった。アダンやパパイヤの樹の匂いが強い。私は、リエの隣のサンデッキチェアに腰を下ろし、ゆっくりと身体を伸ばした。

「いい気持だね」

と、私は彼女に声をかけた。水野リエは、首だけ、こっちに向け、サングラスをずらして私を見た。

「あんたは、確か森さんとかいったわね？」

「森恭介。三十五歳。よろしく頼むよ。しかし、驚いたね。遺産相続人が僕を含めて五人もいるというんだから」

私がいうと、リエは、ふんという顔になって、

「五人もいるわけじゃないわよ。本当の相続人は、あたし一人で、あとは全部ニセモノよ」

「君はそういいたいだろうが、僕にいわせれば、僕が本モノで、君を含めて、あとの四人がニセモノということになるんだ」

「あんたって、変に強気なのね」

「自信があるからさ。自信っていえば、ベレー帽の相島っていう男も自信満々みたいじゃないか」

「あれは、逆よ。自信がないもんだから、ギャアギャア騒ぎ立てているだけだわ。きっと、日にちがたつと、ニセモノだとわかっちゃうと、それが不安で仕方がないんじゃないの」

「なかなか、辛辣《しんらつ》なことをいうねえ。他の二人はどうかな？」

「どうかって？」

「君から見てのことだよ。いかにもニセモノらしく見えるかね？」

「今もいったように、あたし以外は、全部ニセモノよ。でも、あのベレー帽よりは、他の二人のほうがましだわ」

「ほう、なぜ？」

「他の人や、弁護士にいっちゃ駄目よ」

「もちろん、いわないさ。相島秀夫が、どうして、他の二人より駄目なんだね？」

私が重ねてきくと、リエは、今にもサンデッキチェアから落ちそうなくらいに、上半身を、私のほうに乗り出させて、

「昨日ね、あたしが、いつものように、ここで日光浴してたら、ベレー帽が入って来て、隣へ座ったのよ。そしてね。あたしに相談があるっていうの」

「そいつは面白いね。相談というのは、君と結婚したいとでもいったのかい？　君は、若くて魅力的だから」

「そんなんじゃないわ。八億九千万円の遺産を二人で山分けしようじゃないかっていうのよ。あたしと二人が手を組めば、絶対に勝てるっていうわけよ」

「つまり、取引の申し込みというわけか」

「そうなのよ。あたしと二人のうち、どっちかを、相続人になるように、力を合わせようってわけ」

「それで、オーケーしたのかい？」

「冗談じゃないわ。あたしは、本モノの古山社長の子供なんだもの。そんな妙なことをする必

要がないじゃない。そうでしょう?」

「確かにそのとおりだ」

「あんたが、そのベレー帽みたいに、協力しろなんていったって、あたしは断るわよ」

「僕だって、そんな馬鹿なことはいわないさ。こっちも、本モノの相続人だって自信があるからね。君に協力を頼む必要はない」

「それを聞いて安心したわ」

リエは、身体を戻し、小さなあくびをした。

私は、起きあがり、「ここは、少し暑いな」といって、サンルームを出た。

6

私は母屋に入った。二階には遊戯室があって、玉つきの台《ビリヤード》が置いてあった。そこで、背のひょろりと高い青年が、くわえ煙草で、ひとりで玉を突いていた。気取っている男だ。腕のほうは、ゴルフ場にいた相島秀夫と違ってかなり上手《うま》そうだ。

私は、また、その青年の身上調査書を思い出した。

江藤淳一郎《えとうじゅんいちろう》。二十七歳。岩手の大学を卒業後、上京、さまざまな職業についたが、現在は無職。ゴルフ、ビリヤード、など、アマチュアとしては、かなりの腕である。母親は、彼が五歳のとき、結婚し、二年前に死亡。

「なかなか上手いもんだ」

と、私は、拍手した。

江藤は、じろりと、私を見た。

「あんたもやるのかい？」

江藤は、吸殻を灰皿に投げすててから、私にきいた。

「少しはね。だが、君にはとうてい及ばないよ」

「ふん」

江藤は、キューを投げ出し、疲れたという顔で、傍の椅子に腰を下ろした。ワイシャツのポケットから、新しい煙草を取り出して火をつけて、

「あんたも、金の亡者かい？」

と、私を見上げてきいた。

「亡者というのはひどいね」

私は、苦笑し、江藤の傍に腰を下ろした。

「しかし、八億九千万円の遺産が欲しくて、名乗り出たんだろう？」

江藤は、相変らず、そっけないいい方をした。

「僕は、本当の相続人だからね。正当な権利を主張しているだけだよ」

と、私は、いってやった。

「本モノは、おれだよ。それより、おれに話しかけてきたのは、あのベレー帽みたいに取引を持ちかけるつもりなんじゃないのか？　いっておくが、おれは、どんな取引にも応じないぜ。

弱味なんか、これっぽっちもないんだから」

「ほう。あのベレー帽が、あんたに、取引をね?」

と、私は、呆《あき》れてきいた。

「そうさ。いやな奴さ」

「どんな風に、持ち込んだのかな? あんたを買収しようとしたのかね?」

「聞いてどうするんだ?」

「ただ、何となく興味があるだけだよ。どうも奇々怪々だからね」

「奇々怪々なのは、あのベレー帽だけだよ。ここに来てすぐのことさ。おれが、ひとりで玉を突いていたら、変になれなれしく近づいて来やがってさ。一緒にやらせろっていうんだ」

「彼は上手いのかね?」

「まるっきりさ。まあ、やるだけはやれるってところかな。そのうちに、急に声を低くしやがって、おれに、二人で力を合わせて、八億九千万円を手に入れようじゃないかっていうのさ」

「ほう」

「ベレー帽がいうのはこうさ。四人とも、これはっていう証拠は持っていないみたいだから、二人が力を合わせれば、財産を手に入れられるだろうっていうんだ」

「それで、どうしたんだね?」

「もちろん、断ったさ。おれは、本モノの相続人なんだからな。別に、誰と組まなくたっていいんだ。あんたもだよ」

「僕のほうも、誰かと組む気はないね」

と、私はいい、遊戯室を出た。

私は、最後の一人を探したが、中庭にも、ゴルフ練習場にもいなかった。

私は念のために、車庫へ足を運んでみた。最後の一人は、いかにも車が好きそうな若さだったからである。

私の予想は当っていた。その青年は、ベンツの運転席にすわって、煙草をふかしていた。

7

黒沼《くろぬま》マモル。二十二歳。工業高校卒業後、自動車メーカーでエンジニアとして働いていた。もちろん、運転免許証はもっているし、A級ライセンスを持っている。現在、彼が持っている車は、国産車である。

私はドアをあけ、助手席に身体を滑り込ませてから、「やあ」と、黒沼に声をかけた。

「やっぱり、ベンツはいいいな」

「最高さ。おれは、ベンツと、ポルシェが、宝物みたいに好きなんだ」

黒沼は、ハンドルを両手で叩《たた》いた。私は、煙草に火をつけた。

「八億九千万円の遺産が手に入れば、ベンツが何台買えるかな。こういう想像は楽しいもんだね」

「想像するのは自由だが、本当に、金を貰《もら》う権利があるのは、おれだけだ。それは、肝に命じておいて貰いたいね」

「僕も、同じ考えさ。ベレー帽みたいに、君と取引をする気はないね」

「取引？　何のことだい？」

「相島秀夫は、君に、取引を申し込んだはずだ。違うかね？」

私が、きめつけるようにきくと、黒沼は、急に、顔をそむけてしまった。横を向いたまま、

「なぜ、知ってるんだ？」

「なに、勘さ。自信のない人間ほど、わあわあ騒ぐものだ。今日、食堂で、相島が、弁護士に、文句をつけたとき、これは自信のない証拠だなと思ったんだ。自信のない人間は、一人では不安だから、誰かと組みたがる。それで、相島が、君に取引を申し入れたんじゃないかと思ったのさ」

「あんたは頭がいいよ」

と、黒沼は、私を見て、ニヤッと笑った。

「確かに、あいつは、おれに、組まないかといってきたよ」

「やっぱりね。それで、どうしたんだ？」

「もちろん、断ってやったさ」

「それにしちゃあ、歯切れが悪いね」

「わかるかい？」

と、急に、黒沼の語調が、親しさを増した。

「そりゃあ、わかるさ。なぜ、自信がないんだ？　本モノじゃないからか？」

「とんでもない。おれは、本当の古山社長の子供さ。おふくろが亡くなるとき、おれにいったんだ。お前のおやじは、古山機械の社長だとね。だから、会社に押しかけたが門前払いだった。そして、今度のことになったわけだよ」

「じゃあ、自信を持てばいいじゃないか」

「あんたは、自分が、古山社長の子供に間違いないという証拠品を持っているのかい？」

「証拠品か。残念ながら、持ってないが、僕は本モノだよ」

「実は、おれも、持ってないのさ。だから不安なんだ」

「しかし、みんな、証拠品は持っていないんだろう？」

「ああ。そうらしい。だがさ、もしも、ニセモノが、どこからか、証拠品でも手に入れて持っていたら、ニセモノでも、相続人になっちまうぜ。昔、天一坊《てんいちぼう》とかいうのがいたじゃないか。あれはニセモノだが、持ってる物が本物だったんで、将軍になりかけたんだろう？」

「まあ、そうだが、誰か、そんなものを持っていそうなのかね？」

「わからないから不安なんだよ。ベレー帽じゃないということは、わかってるんだ。そんな証拠品を持ってれば、おれに、取引を申し込んでくるはずがないからな。あんたも、持ってないとなると、残るは、ノッポとタレントの卵だけなんだが」

　黒沼は、いらだった気持をぶつけるように、クラクションを何回も鳴らした。

8

夕食がすむと、私は、二階に上がり、当てがわれた部屋に入った。

ベッドで横になり、天井を見上げた。みんな、一くせも二くせもある人間のように思える。カーマニアの黒沼マモルが、一番正直に見えるが、あれだって、怪しいと思えば怪しいのだ。とにかく、本モノは、一人しかいないのだから。

起き上がり、煙草をくわえてベランダに出た。

中庭が見渡せた。夏ならば、プールの周囲に明かりがついているのだろうが、今は、暗くなっていて、わずかに、水面が、黒く輝いて見えるだけである。ベランダに立っていると、風が寒く感じられる季節になってしまっていた。

私は、部屋に入り、窓を閉めた。

九時頃、口が寂しくなって、階下の食堂へ降り、無断で、ジョニ黒とチーズを持ち出して、部屋に戻り、チビチビとやり出した。家政婦は、もう眠っている。

十時を過ぎ、腕時計を見て、私が首をかしげたとき、ふいに、窓の外が、ぱあっと明るくなった。

ベッドから飛び起きて、窓に眼をやると、窓の外が、まっ赤だった。

（火事か）

と、とっさに思った。

ドアを蹴破《けやぶ》るようにして、廊下に飛び出した。

隣の部屋から、白い煙が吹き出している。確か、隣の部屋には、テレビタレントの水野リエがいるはずだった。

私が、そう考えたとき、のっぽの江藤淳一郎と、カーマニアの黒沼マモルも、廊下に飛び出して来た。

「消火器だ！」

と、黒沼が叫んだとき、隣室のドアが開いて、白煙と一緒に、パジャマ姿の水野リエが転げるように、逃げ出して来た。

部屋をのぞくと、もう、チラチラと赤い炎が吹き出している。黒沼が消火器のノズルを向けて、消火液をまき散らした。江藤が、ぜいぜい息をしている水野リエを抱き起こしている。

そのとき、庭のほうで、ドボンという水音が聞こえた。一体、何だろう？　だが、それに気を取られている余裕はなかった。

私も、消火器を持って来て、黒沼に協力した。

十分ほどで、どうにか火は消しとめたが、部屋の中は、見るも無残に焼けただれてしまっていた。

「警察に電話して！」

と、気を取り直した水野リエが、金切り声で叫んだ。

「なぜ、警察に？」

と、私はきいた。

「誰かが、あたしを殺そうとしたのよ。あたしが眠っている間に、火をつけて」

「これは、寝タバコか何かじゃないのかね？」

「馬鹿をいわないでよ。あたしは、煙草は美容に悪いから吸わないのよ」

「放火か」

と、私が、焼けた部屋を見廻《みまわ》したとき、宮本老人が、よろめくような足取りで駈《か》け上がって来た。まっ青な顔をしている。私が、安心させるように、

「火はもう消えたよ」

と、声をかけると、宮本老人は、激しく首を横に振って、

「そんなんじゃありません。プールで、人が死んで浮かんでいるんです」

とたんに、私は、さっきの水音を思い出した。

9

疲れ切っている水野リエを二階に残して、私たち三人は、宮本老人に案内されて、階下へ降りて行った。

宮本老人のいったとおり、プールの暗い水面に、俯《うつぶ》せになった人間が浮かんでいた。老人が、懐中電灯を持って来て、プールを照らした。

頭の禿《は》げかかった男だった。男の傍に、ベレー帽が、沈みかけている。

(相島秀夫だ)

と、私が思ったとき、一番若い黒沼マモルがパジャマ姿のまま、プールに飛び込み、浮かんでいる身体と、帽子を、引き揚げた。

仰向けにされた男の顔は、やはり、相島秀夫だった。背広を着、靴下をはいたままの姿だった。もう完全に死んでいる。びっしょり濡《ぬ》れた前頭部に、打撲傷があった。上衣《うわぎ》のすその部分や、ズボンに、点々と、焼けこげのあとがあった。

「やっぱり、警察に電話しなければならないな」

と、私がいうと、宮本老人が、すぐ、電話のあるほうへ飛んでいった。
十二、三分して、パトカーがやって来た。その頃には、水野リエも二階から降りて来ていた。
吉牟田という刑事が、私たちを訊問《じんもん》した。

中肉中背の、平凡な顔の中年刑事である。

「さて、誰からはじめようかね？」

と吉牟田刑事は、私たちの顔を見渡した。

「僕が、まず話しましょう」

と、私が口を開き、刑事をみんなから少し離れた場所へ引っ張って行った。

私は、松田弁護士から、相続人探しを頼まれたことを、まず、話した。

「僕の話が本当かどうかは、松田弁護士に聞いて貰《もら》えばわかります。というわけで、あの三人は、僕が私立探偵だと知らないので、刑事さんに、ここへ来て貰ったんです」

「すると、八億九千万円の遺産をめぐる殺人というわけか」

「殺人事件だと、思いますか？」

「まだわからんよ。だが、十月末になって、しかも夜中に、プールで泳ぐ酔狂な人間もいないだろう。ところで、今夜の事件だが、君は、火事に驚いて、廊下に飛び出したんだな？」

「そうです。時間は、確か、十時三十五分頃です。この時間は、間違いありませんよ。ドアが開いて、水野リエが、飛び出して来るまえです」

「水音は、プールから聞こえたのに間違いないね？」

「確認したんじゃないからわかりませんが、この邸《やしき》で、プール以外に水音が聞こえる場所は、ちょっと考えられませんからね」

「水音が聞こえたとき、水野リエの他に、君の傍に誰がいたね？」

「江藤淳一郎も、黒沼マモルも、廊下にいましたよ」

「すると、三人とも、相島秀夫の件については、アリバイがあるわけだね？」

「まあ、そうなりますね」

「火事のほうだが、水野リエは、誰かが、火をつけて、自分を殺そうとしたといっているのだね？」

「そうです」

「事件が二つか。面白いな。この二つが、どう結びつくか」

吉牟田刑事が、額に手を当てたとき、松田弁護士が、あたふたと、駆け込んで来た。

「大変なことになったな」

と、松田弁護士は、息を切らせながら、私にいった。私が、肯《うなず》くより先に、吉牟田刑事が、弁護士をつかまえて、質問をはじめた。

私は、その間に、プールのほうにもどった。相島秀夫の遺体を鑑識が調べたあと、解剖のために、車で運ばれて行った。鑑識は、そのあと、焼けた水野リエの部屋の調査にとりかかった。

私は、暗いプールの水面を眺めた。丁度ベランダの端が、プールにかかっている。ベランダから、まっすぐに飛び降りれば、プールに落ちることになる。

吉牟田刑事は、二つの事件といった。水野リエの部屋に放火した犯人と、相島秀夫をプールに突き落として殺した犯人は同一人だろうか？

それとも、全く別の人間なのか？

それとも――

吉牟田刑事と話し終った松田弁護士が、私を、ゴルフ練習場のほうに呼んだ。

「君には、申しわけないことをしたね。こんな事件の渦中に巻き込んでしまって」

と、弁護士は、小さく、私に向って頭を下げた。

「構いませんよ。危険かもしれないというんで、成功報酬の額を倍にして頂いたんですから」

「もちろん、金は払うよ。ところで、君はもう、君の事務所に帰ったほうがいいな」

「しかし、まだ、誰が真の相続人か、わかっていないでしょう？」

「そうだ。だが、君が私立探偵で、私の依頼で四人の中にもぐり込んだことは、警察にわかってしまった。すぐ、残りの三人に知れてしまうよ。そうなったとき、君がここにいては、事が面倒になる」

「それもそうですね」

「それに、刑事に聞いたんだが、死んだ相島秀夫が、他の三人を買収しようとしていたんじゃないのか？」

「そのとおりです。ベレー帽は、ニセモノの可能性が強いんですね」

「そうなれば、本モノは残りの三人の中にいるわけだ。三人なら、何とか、私にも本モノが見つかるかもしれんからね」

10

私は、翌朝、自分の事務所に戻った。

吉牟田刑事が、やって来たのは、夜になってからである。

中年のこの刑事は、ひどく難しい顔をしていた。私は彼に椅子をすすめてから、

「その顔だと、捜査はあまり進展していないようですね」

「ああ。それで、君に、もう一度、事件のことをききに来たわけだ。水野リエの部屋は、放火だと確定したよ」

「夕方のテレビのニュースで見ましたよ。油をしみ込ませた布で、放火したようですね。それに、窓際が、火が強かったと」

「そうだ。もう一つ、相島秀夫の解剖結果だが、死因は、溺死《できし》ではなく、前頭部の打撲傷だ」

「そういえば、頭に傷がありましたね。それに、上衣のすそと、ズボンに焼けこげの痕《あと》があった――」

「それが悩みのタネさ。われわれは、最初、宮本老人に注目した。相島秀夫の死について、君を含めて、他の四人にはアリバイがあるからだ」

「僕も、あの老人には、興味がありますね」

「とにかく調べたところ、三十年間も、あの邸で働いていた男だよ。それだけに、変な相続人に、遺産が持っていかれるのが嫌で、殺しを計画したんじゃないかと考えたわけだよ」

「それで、まず、水野リエを焼き殺し、相島秀夫をプールに突き落としたというわけですか？」

「そうだ。プールの水は、半分しか入っていない。突き落とされると、頭から突っ込めば、プールの底に頭を打つ。溺死じゃなくて頭の傷が致命傷でもおかしくはないからね。ところが、上衣とズボンの焼けこげだ。宮本老人が犯人なら、それがおかしくなる。もう一つ、宮本老人には、アリバイがあったんだよ」

「どんなアリバイですか？」

「老人でも油断がならんね。あの邸のお手伝いさんと宮本老人がいい仲でね。水音がしたとき、二人は一緒にいたんだ」

と、吉牟田刑事は、苦笑した。

「そいつはいい」

「別によくはないさ。宮本老人が犯人でないと、一体、誰が犯人なのか。君に心当りはないかね？」

「犯人は、死んだ相島自身だったかもしれませんよ」

「なぜだ？」

「僕は、動機は、八億九千万円の相続権だと思うんです」

「そんなことは、わかってるさ」

「四人の中で、一番、自信がなくて、ニセモノくさかったのは、相島秀夫です」

「それは、昨日、君に聞いたよ。だから、相島が、水野リエを殺そうとして、部屋に火をつけたというのかね？」

「いや。殺す目的じゃないでしょう」

「なぜ？」

「殺すのなら、別に火をつけなくても、首をしめるなり、殴りつけるなり、ナイフで刺すなりすれば簡単だし、確実です。また、火をつけるなら、殺しておいてからにすべきでしょう。そうすれば、逃げられることはありませんからね」

「じゃあ、何のための放火だと思うのかね？」

「わかりませんが、一つだけ、可能性を考えてみました。水野リエが、何か、古山社長の子供であることを証明するようなものを持っていたということです。それを焼いてしまうために火をつけたんじゃないでしょうか。しかし、その証拠が、絶対的なものじゃなかったということじゃないかと思うんです。それでも、何も持っていない者には脅威です。とくに、自信のなかった相島にはね」

「なるほど、それで、放火した。そういえば相島の部屋は、彼女の隣だったから、ベランダ伝いに侵入出来たはずだな。火をつけて、またベランダから逃げようとしたとき、自分の服に火がついてしまった。あわてて火を消そうとして、プールに飛び込んだが、頭を打って死んでしまったというわけか。プールの水が半分しかなかったのが命取りになったというわけだ」

「そう僕は、考えたんですが」

「いや。なかなか、参考になったよ」

と吉牟田刑事はいい、帰って行った。

11

次の日の夕方、松田弁護士がやって来た。

彼は、事務所に入って来るなり、小切手を差し出した。額面は、四百万円になっている。

「約束の成功報酬だ。取っておいてくれたまえ」

「四百万円になっているところを見ると、本当の相続人がわかったんですか？」

「そうなのさ」

と、松田弁護士は、ニッコリと笑い、葉巻に火をつけて、美味《うま》そうに、煙を吐き出した。

「これも、君のおかげだ」

「一体、誰が、本当の相続人だったんですか？」

「水野リエだよ」

「やっぱり彼女ですか。しかし、なぜ、彼女だと、わかったんです？」

「一つは、彼女の持っていたハガキだ。これは、例の放火で焼けてしまったがね」

「何のハガキですか？」

「古山社長が、彼女に出したハガキさ。実は、私も見せて貰《もら》ったことがあったんだ。筆跡はよく似ていたが、筆跡鑑定というのは、非常に難しいものでね。確証には、ちょっとならないんじゃないかと思っていたんだが、そのために放火されたとなると、ハガキは本モノだったと考えられてきた」

「しかし、他の二人が、よく承認しましたね？」

「第二が、あの二人さ。二人とも、ニセモノだと私に打ちあけたんだよ。きっと、殺人にまで発展したんで、びくついてしまったんだと思うね。その中で、話してくれたんだが、あの二人も、水野リエの持っているハガキを盗み出して、焼き捨てようと考えていたらしいんだな。ひょっとすると、自分たちが相島秀夫みたいになっていたかもしれないと、蒼《あお》くなっていたよ。三人がニセモノとなれば、残った水野リエが、本当の相続人ということになるからね」

「じゃあ、彼女はご機嫌でしょう？」

「今、新聞記者に取り囲まれているよ」

「現代版シンデレラというわけですか」

「そうだ。これで、タレントとしても売り出すんじゃないかね。私もほっとしたよ。すべて君のおかげだ」

「さあ、どうですかね」

私は椅子から立ち上がり、窓のところまで歩いて行った。そのまま、振り返って松田弁護士を見た。

「まだ、事件は終っていませんよ」

と、私は、いった。

「馬鹿な。もう終っているよ」

弁護士が、笑った。私は、「違いますね」

と、いった。

「放火したのは、相島秀夫じゃないからです」

「何だって？」

「いいですか。相島は、四人の中で一番自信がなくて、そのために、他の三人を買収しようとした。それで、あの夜、僕は、待っていたんです」

「何をだ？」

「相島が、僕と取引をしに来るのをですよ。彼は僕が探偵とは知らないはずだから、当然来るはずでしょう？　ところが来なかった。それに、相島が、自信がなくて、買収しようという話は、考えてみれば、他の三人から聞いたんで、相島本人からは何も聞いていないんです。そう考えたとたん、相島より他の三人のほうが、インチキ臭く見えてきましてね。第一、三人とも、初めて会った、それも、ライバルのはずの僕に、あまりにも、ベラベラとしゃべってくれましたよ。それも、考えてみれば、相島が、ニセモノらしいという話ばかりなんですよ」

「それが、何だというのかね？」

「とにかく、おかしい。次は、火事です。有力な証拠であるハガキを燃やしてしまおうと考えて、放火した。ありそうな話です。しかし、よく考えてみるとおかしいんですよ。八億九千万円になるかもしれない大事なハガキですよ。そんなハガキだったら誰でもベッドに入ったときも身につけているはずです。ところが、彼女は、部屋で燃えてしまったという。妙ですな。それに、相島のほうも、ハガキがどこにあるかもわからずに、やみくもに火をつけている。これも、おかしいですよ」

「一体、何がいいたいのかね？」

「僕は、全く逆に考えてみたんですよ。あの三人がニセモノで、相島秀夫が、本モノではないかと」

「そんな馬鹿なことがあるか」

「いやいや。筋が通ってるんですよ。取引をしたのは、相島じゃなくて、三人のほうだった。彼等は、自分たちがニセモノと知っていた。とすれば、相島を消してしまわなければ、八億九千万円が手に入らないと考えた。しかし、やみくもに殺しては、当然、疑いが自分たちにかかってくる。それで、計画を立てた。まず、新入りの私に、相島がニセモノ臭いと三人が吹き込む。そうしておいて、放火ですよ。相島を消し、自分たちの一人を、相続人に仕立てあげるための放火です。あらかじめ、相島の前頭部を殴打して殺し、死体を、ベランダに縄で吊《つる》しておく。次に、火をつける。つけたのは、多分、水野リエ自身でしょう。そのあとは、計画どおりの芝居が進行した。死体をしばった紐《ひも》にも火をつけておいたから、紐が焼き切れたとき、相島の死体は、プールに落下して、水音を立てた。服も焼けこげています」

「しかし、そんなことをしたら、死体に、紐の焼け残りがくっついているはずじゃないかね？」

「そうです。しかしね。プールに飛び込んで死体を引き揚げたのは黒沼です。彼が、その紐を手早く、かくしてしまったのですよ。プールは暗かったし、僕も宮本老人も、事件に驚いて、そんなことには気が回りませんでしたからね」

「面白いだけですか？」

「面白い考えだ」

「何の意味かね？」

「僕は、真犯人が、あなただといってるんですよ」

私は、まっすぐ弁護士を見つめた。彼の顔が赧《あか》くなった。

「冗談も過ぎると、嫌味になるよ」

「残念ですが、冗談じゃありません。あの三人がなぜ、僕にベラベラと相島のことをしゃべったのか。それは、僕が、安全な人間と知っていたからですよ。他に考えようがない。つまり、僕が私立探偵だと知っていたということです。ということは、あなたが、三人に、僕のことを、あらかじめ話しておいたということになる」

「――――」

「八億九千万円に眼がくらんだのは、あなただったんだ。相続人が現われなければ、ニセの相続人を作って、遺産を自分のものにする気だった。ところが、相島秀夫が現われた。多分、あなたは、調査して、相島が本モノとわかったんだ。そこで、あなたは、三人のニセモノを作った。一人でなく、三人にしたところが、あなたの頭のいいところだな。そうしておいて、僕をやとい、本モノを見つけてくれと頼んだ。何のことはない、僕は、あなたに利用されたんだ。相島秀夫という本当の相続人を殺す目的にね。あなたの指図どおり、三人は、相島を殺し、三人の一人を相続人に作りあげた。焼かれたというハガキなんか、もともと、なかったんだと思いますね。そんなハガキがあれば、有力な証拠となりますからね。焼いたとなれば、あったんだという証言だけが残る。なかったんだとは誰も考えない。八億九千万円は、一体、どう分けるつもりなんですか？　弁護士さん」

危険なスポットライト

1

「早くいえば、僕に、その小娘のボディガードをやってくれということなんだろう？」

秋葉京介《あきばきようすけ》は、相手の言葉を途中でさえぎって、いくらか、面倒くさそうにいった。

男は、銀縁の眼鏡を、両手で持ちあげるようにしながら、

「小娘じゃありません。浅井京子《あさいきようこ》は、スターですよ。今や、新人歌手のナンバー・ワンで、若者の間の人気投票でも、一位になっているスターです」

「だが、十八歳の小娘なことは確かじゃないか」

秋葉は、冷ややかにいった。彼は、好き嫌いの激しい男である。テレビが嫌いだから、彼の事務所には、テレビが置いてない。何事につけても、プロには敬意を表するが、アマチュアは軽蔑《けいべつ》する。テレビ嫌いも、今、テレビに出てくるタレント、特に、歌謡番組に出てくるタレントの大部分がプロに見えないということである。

だから、当然、浅井京子などという若い女性歌手の名前も知らなかった。

「他の私立探偵に頼んだらどうだね？　職業別電話帳をめくれば、いくらでも出ているよ」

「そのくらいのことはわかっています。だが、信用のおける大きな探偵社は、ボディガードの仕事は引き受けてくれないし、個人の私立探偵は、信用がおけませんしね」

「僕なら信用がおけるというわけか？」

「あなたに、事件を解決して貰《もら》った有名人から、聞いて来たのですよ。その人によれば、あな

たは、どんな危険にでも平気で飛び込んでいくし、約束したことは、必ず果たしてくれるといっていました。その人の名前は──」

「僕は、過去は忘れることにしている。そのほうが、お互いに生き易いからな」

「お金なら、そちらの望むだけ払いますよ」

「金か。金より僕には、欲しいものがある」

「何です？」

「強いていえば、緊張感だ。危険な状況といってもいい。生き甲斐《がい》の感じられる状態だ。ジャリタレのお守りに、そんな緊張感があるかね？」

「彼女は、まだ十八歳ですが、大人の歌を唄《うた》える歌手です」

「そんなことをきいているわけじゃない。ただのお付きだったら、ファンの若者がいくらでもいるだろうから、そいつらに頼めといってるんだ。ニキビの華やかな、もやしみたいにひょろ高い奴等さ。喜んでやって来るんじゃないのか」

「そんなことじゃ安心出来ません」

「まさか、彼女の命が狙われてるわけじゃないだろう？」

「ひょっとすると、そうなるかわかりません」

「ふーん」

「実は、明後日から一週間、新宿の宝劇場でリサイタルをやるんですが、同じ新宿の東亜劇場で、中島《なかじま》ユカが、期日も同じく一週間、リサイタルを開くというんです」

「興味はないね」

「とんでもない。これは、明らかな挑戦ですよ。こっちのほうが先に企画を決めていたのに、向うが、殴り込んできたわけですからね」

男、名刺によれば、明和プロダクションの企画部員、伊東克己《いとうかつみ》は、血色のいい顔に、汗を吹き出させながら、熱心にいった。が、秋葉は、空返事をしただけである。眼の前の男にとっては、どんな大事なスターかもしれないが、秋葉の眼には、ただの小娘にしか過ぎない。彼女が一年に何億稼ごうがである。

「これは、完全に、嫌がらせです」

「しかし、君のところの浅井京子は、今や人気ナンバー・ワンなんだろう。それなら、どうということはないじゃないか？」

「そりゃあ、中島ユカなんかに、観客動員で負けると思っていませんが、他の心配があるんです。中島ユカのマネージャーは、名うての遣り手ですからね。もっと、端的にいえば、えげつない策士だから、勝ち目がないとわかっていて、同じ場所で、同じ日数のリサイタルをぶつけてくるはずがない。何か企《たくら》んでいると思うのです。それに、最近、急に、浅井京子に対して、妙な脅迫状がきだしたんですよ」

「脅迫状？」

初めて、秋葉の眼が光った。

2

「脅迫状は珍しいのかね?」

「彼女ぐらいのスターになれば、日に五、六十通のファンレターはきますから、その中には、結婚してくれなければ、殺してやるといった、若い男からの手紙も、よく入っています。まあ、熱狂的なファンですから問題はないんですが」

「勿体《もったい》ないな」

「え?」

「葉書や封筒や便箋《びんせん》がだよ。それで、今度の脅迫状は、どう違うんだね?」

「まず、筆跡をかくしていますし、結婚してくれなければ、といった無邪気なものではなくて、宝劇場のリサイタルを中止しろというもので、それが、ここ一週間の間に三通も舞い込んできたのです」

「警察に見せたのかね?」

「勿論《もちろん》、見せて、警備を頼みましたよ」

「それで?」

「会場の整理に、何人かの警官を差し向けてはやるが、そんな脅迫状を取り上げて、いちいち、調査は出来んといわれましたよ。毒舌で鳴るある評論家なんか、毎日のように脅迫状が舞い込んでいる。そういうのを、いちいち取り上げていたら、切りがないというのですよ」

「なるほどね。警察なら、そういうだろうね」

「警察は、事件が起きないと動いてくれないものだと、つくづく知らされました。それで、どうしても、あなたにお願いしたいのです」

「その脅迫状が、単なる悪戯《いたずら》だとは思えないのかね？」

「そうならいいんですが、私には、どうしても、悪戯とは思えないんです。まあ、見て下さい」

伊東は、洒落《しゃれ》たブレザーのポケットから、二つに折りたたんだ白い封筒を取り出して秋葉の前に置いた。

『明和プロダクション内・浅井京子様』と邦文タイプで打ってあった。中身の便箋にも、同じように、タイプが打ってあった。文章は、簡単なものだった。

〈宝劇場で、個人リサイタルをやるとは生意気だ。すぐ、取りやめよ。やめなければ、こちらにも覚悟がある。これは、単なる脅かしではない。　M〉

差出人の名前は、当然ながら書いてなかった。

「それと同じものが、もう三通もきているんです」

「あんたが、これを単なる悪戯じゃないと考えた理由を、まずききたいね」

秋葉は、煙草をくわえ、火をつけて相手を見た。伊東という男を、冷静に試している眼つきだった。

「いろいろありますが、第一に、一週間に、同じ文句のものを三通もよこすというのは、どう考えても、単なる悪戯とは思えないのです。第二に、うちの浅井京子も、向うの中島ユカも、同じ艶歌《えんか》調の歌手なんですよ。もし、浅井京子の嫌いな人間の脅迫状なら、当然、中島ユカのほうにも出してなければおかしい。そう思って、それとなく探ってみたんですが、向うには、そんな脅迫状は、きていないんですよ」

「まるで、向うのプロダクションの陰謀みたいないい方だな？」

秋葉が、煙草をくわえたまま小さく笑うと、伊東は、言葉を強め、

「他には考えられませんよ。この世界は、足の引っ張り合いだし、中島ユカにしてみれば、同じ若手の艶歌調歌手で、先輩に当るうちの浅井京子がポシャレば、彼女が、ぐっとのしてきますからね。向うは必死で、どんなことでもやりかねませんよ。ですから、あなたに、どうしても、リサイタルの期間中、彼女を守って頂きたいのです。彼女は、うちのドル箱ですからね。それに、この脅迫状を出した犯人を見つけ出して貰いたいんです。お願いします」

「犯人が、向うのプロダクションの人間だとあんたは、大喜びというわけだね」

「そうはいっていませんが、芸能界というところは、いろいろと裏のあるところですからね。とにかく、浅井京子のリサイタルは明後日に迫っているんです。助けて下さい。彼女を守ってやって下さい」

「あんたのプロダクションの人数は？」

「小さなプロダクションですが、二十人はいますが、それが、どうかしたんですか？」

「その中には、若くて、威勢のいい若者がいるんじゃないのか？　ボディガードなら、そいつらに頼んだらどうなんだ？　自分のところの大事な商品なんだから、一所懸命になって、守るんじゃないのかね？」

「確かに、うちの若い社員に、柔道三段なんてのがいますが、こういう事件になると、からきし頭が働かないのですよ。その道のプロじゃありませんから仕方がないんですが。それで、プロのあなたに、こうしてお願いに来たんです。頼みますよ。秋葉さん」

「少しばかり面白く思えてきたが、あんたが嘘をついているのが気に喰《く》わんな」

3

「とんでもない。嘘なんかついていませんよ」

「じゃあ、まだ、いい忘れているといってもいい」

「脅迫状のことは、全部、お話ししたはずですが」

「いや。この脅迫状を、浅井京子に見せたことを、まだいってないよ」

「え？」

伊東の顔色が変った。が、あわてて、手を横に振ると、

「大事なリサイタルを目前にしている彼女に、こんなものを見せられませんよ。彼女は、外見

はグラマーで、姐御肌《あねごはだ》なところがありますが、一方で、非常にナーバスな娘《こ》ですから」

「だが、見せたはずだ。そして、多分、彼女の反応が異常なので、あわてて、ボディガード探しをはじめたんだ」

「――――」

「黙ってしまったところをみると、どうやら当ったらしいな」

「何故、わかったんです？」

「単純な推理だよ。あんたは、少しお喋《しゃべ》りなのを除けば、かなりのインテリで、頭の回転も早いらしい。だから、この脅迫状の主が、粗暴な人間でないことも、文面を読んで、すぐ気がついたはずだ。落ち着いた文章だ。同じものが一週間に三通もきたから気味が悪いといったが、怖いという感じはなかったと思うね。むしろ、白紙の手紙かなんかのほうが怖かったはずだ。この文面を読むかぎり、話せばわかる感じの相手に思えるからだ。ただ一つ、僕が気になったのは、Mという署名だ。あんただって気になったはずだよ。だが、あんたには、何の意味かわからなかった。わかっていれば、それを警察に話して、今頃は片がついているはずだからね。あんたとなると、僕があんたなら、当然、彼女に、Mという署名に覚えがないかきいてみるね。あんたもそうしたはずだ。そして、彼女が、すぐ否と答えているか、全く知らない様子のどちらかだったら、あんたは、あわてて、僕のところへ駆けつけて来たりはしなかったろう。彼女は、黙っていたが、多分、この署名に驚きの表情を示した。理由をきいたがいおうとしない。それで心配になったあんたは、僕のところへ来た。違うかね？」

「もう一つ。この件について、あんたは警察には行かなかった。行ったが断られたというのも嘘だ。会場の警備のほうは、頼んだかもしれないがね」

「何故、そこまで？」

「子供でもわかることだよ。あんたは、今、彼女に、この脅迫状を見せたろうという僕の推理を認めた。もし、そのとき、彼女が、このMという署名に心当りがあるといい、何か喋っていれば、警察は動くはずだからだよ。そうなれば、あんたは、僕のところになんか来なかったろう。とすれば、彼女の態度から、何か秘密めいたものを感じて、あんたは、警察へいうのを怖がり、金で、秘密の守れる僕のところへやって来た。違うかね？」

「そのとおりです」

「最初から、全部話してくれたほうがよかったな」

「どうも、彼女のことを考えると話しにくくて――」

「人気に障るか――ね？」

秋葉は、意地の悪い眼つきをした。伊東は頭をかき、それでも、真剣な眼つきで、

「私たち明和プロにとっても、浅井京子にとっても、今が一番大事なときなんです。何とか脅迫状のことは内密にして、無事に、明後日からのリサイタルをやりたい。その一心で、つい、あなたに嘘をいってしまったんです。お怒りなら、いくらでも謝りますから、ぜひ彼女を守って下さい。お願いします」

「――」

「この脅迫状を見せた彼女の反応は、どうだったんだね？」

「あなたが、いわれたとおりでした。顔色が変ったんですが、私が何をきいても、答えてくれずに、知らないの一点張りです。何か知っているのは確かなんですが、ひどく怖がっているようで、大事なリサイタルの前でもあり、無理押ししてきくわけにもいかなくて——」

「少しずつ面白くなってくるな」

と、秋葉は、小さく笑った。彼の敏感な神経は、危険な空気を感じ取っていた。浅井京子という女性歌手には何の興味もなかったが、事件のほうには、興味を持ちはじめていた。

「じゃあ、引き受けてくれますか？」

「僕流のやり方でやっていいのなら、引き受けよう」

「それは、妙な噂が立つようなことにはならんでしょうね？」

「僕のほうは大丈夫だ。事件には興味があるが、浅井京子とかいう歌手には、何の興味もないからね。それより、あんたが注意したほうがいいのと違うのかね？」

「私が？　何故です？」

「窓の下に、スポーツカーが一台止まっている。白色のニッサンフェアレディだ。あれは、あんたが乗って来たんだろう？」

「ええ。そうですが——？」

「さっき見たとき、男が一人、座席の中をのぞいていた」

伊東はあわてて、窓のところに駈《か》け寄って、下を見た。秋葉は、笑って、

「もう、消えちゃったよ。だが、どこかで、あんたが出て来るのを待っているかもしれないな。相当熱心に見ていたからな」

「じゃあ、危険ですか？」

伊東の顔が少し蒼《あお》くなった。

「あれが、脅迫状の主か、その共犯者なら、今日は大丈夫だ」

「保証してくれますか？」

「心配なら、一緒に行ってやるよ」

4

街には夕暮が迫っていた。そして、寒かった。

伊東は、運転席に腰を下ろしながら、まだ不安気に、助手席に乗った秋葉の顔を見た。

「まさか、この車に、爆弾が仕掛けられてはいないでしょうね？」

「そいつは、映画の見過ぎだよ。あの脅迫状の主は、かなり理性的な人物だし、明後日までという時間がある。その間は、非常手段は取らんさ。そのつもりなら、もう、とっくにあんたの事務所にダイナマイトでも投げ込んでいるよ」

「そんなもんですか」

と、いいながらも、伊東は、恐る恐るスタータースイッチを入れ、アクセルを踏んだ。

「大丈夫のようですね？」

「当り前だよ」

二人を乗せた車は、ネオンの輝き出した大通りに出た。

「これから、浅井京子のマンションに行って彼女に会わせましょうか？」

「いや。その必要はない。あんたが話しても例の脅迫状については、何も話さなかったんだろう？　それなら、初対面の僕には、余計、何も話さないだろうからね。会う必要があったら、僕のほうから会いに行くさ」

「じゃあ、何処へ行きます？」

「何処でもいいさ。あんたが、これから行くところでいい」

と、いってから、秋葉は、眼の前のバックミラーを一寸《ちょっと》、動かした。

「怪我の功名だな」

「何がです？」

「車がつけて来ている。黒っぽい乗用車だ」

「どうします？　スピードをあげて、まきますか？　運転なら自信がありますが」

「折角、相手が姿を見せてくれたのに、そんな馬鹿なことをする必要はないだろう。ゆっくり走らせるんだ」

「わかりました」

伊東は、肯《うなず》き、制限速度を守って、ゆっくり走らせた。秋葉は、バックミラーに眼をやりながら、

「浅井京子の経歴は？」

「高校を卒業してから、うちが主催している新人発掘のオーディションに合格し、それから、ぱっと売り出したわけです。声もいいし、美人で、スタイルも抜群なので、最初から、スターになれると直感しましたね」

「そして、そのとおりスターになった？」

「とにかく、売れっ子になりました。今度のリサイタルが成功すれば、名実共に、スターになるでしょう」

「敵もさるものだな」

「何のことです？」

「つけて来る車のことさ。ナンバーを知りたいんだが、はっきり読めるところまで近づいて来ない。適当な間隔をあけている。かなり慣れているやつだ」

「どうします？」

「そうだな。二、三分このまま走ったら、尾行に気がついたふりをして、急にスピードを出して、一方通行のところがあれば、右に曲がって、片側に止まる」

「そのあとは？」

「向うまかせさ。あわてて右に曲がって来てくれれば、車のナンバーも読めるし、上手《うま》くいけば、運転している人間の顔も見られる。運転に自信があるそうだから委《まか》せるよ」

「やってみます」

伊東は、緊張した声でいい、急に強くアクセルを踏んだ。ぐーんと、車が加速される。秋葉はバックミラーの中の黒いセダンが、急に小さくなっていくのを見守った。だが、また、ぐいっと、大きくなってきた。向うもあわてて、スピードをあげたのだ。秋葉は、ニヤッとした。

次のT字路で、伊東は、ギイギイ、タイヤをきしませながら、車を右折させ、すぐ、ブレーキを踏んだ。

秋葉は、窓を開け、左を見た。

例の黒いセダンが、右に曲がって来て、そこに、秋葉たちの車が止まっているのを見て、あわてて、ブレーキをかけてから、また、あわてて、スピードをあげた。

「追いかけますか？」

と、伊東がきいた。秋葉は、煙草に火をつけてかち、「今日は、これでいい。見るものは見たからね」と、冷静にいった。その間にも、相手の車は、他の車の流れの中に消えて行った。

「車のナンバーも見たし、運転していた男の顔も確認したからね」

「私は、一瞬のことで、ナンバーだって、全部は、覚えきれませんでしたが」

「あんたは、右側にいたし、こんなことになれていないからだよ」

「どんな男でした？」

「年齢は三十二、三歳。腰を下ろしていたから正確にはわからないが、身長は、まず百七十センチから百七十五センチの間だな。紺の背広を着て、ネクタイは、朱色で、胸ポケットのハンカチと合わせていた。顔は細面で、髪は長くしていた。黒い、四角な眼鏡をかけていたが、あれはダテ眼鏡だ」

「どうして、そこまでわかります？」

「スピードを落として、こちらを見たからさ。多分、僕の顔を確認したかったんだろう。もし、あの眼鏡が本物なら、レンズにネオンが反射したはずだが、もろに眼が見えた。細い、いくらか、きつい感じの眼だ。ということは、つまり、レンズが入っていなかったということだよ」

「その男が、脅迫状の主でしょうか？」

伊東は、再び、車をスタートさせてから、秋葉にきいた。

「さあ、どうかな。ただ単に、尾行を頼まれた男かもしれん」

「例のMの署名ですが、Murder（殺人）かMurderer（殺人者）の略じゃないでしょうか？」

「違うね」

秋葉は、あっさりと否定した。が、伊東はやや不満気に、

「しかし、あんな物騒な脅迫状を送りつけてくる奴ですから、そのくらいのつもりで、Mと署名することは、十分に考えられるんじゃないですか？」

「全く、誰ともわからない脅迫者なら、あんたのいうことも考えられるが、浅井京子は、その脅迫状を見て顔色を変えたんだろう？」

「ええ」

「タイプされているから、筆跡に思い当ったわけじゃない。文章も、これといって特徴はない。となれば、彼女が思い当ったのは、Mという署名だけだ。それが、一般的なMurderなり

Murdererと考えられるかね？　もっと具体的な意味を持っていたからこそ、彼女は、思い当ることがあって、顔色を変えたんだ」

「とすると、誰かの名前のイニシアルでしょうか？　前田とか、松木とか」

「かもしれんし、浅井京子にだけわかる記号なのかもしれんな。だが、彼女が絶対に喋《しゃべ》らないというのなら、その意味を探り出さなきゃならないな」

「とにかく、彼女は、何にも知らないといって、問い詰めると、ヤケみたいに、それならリサイタルをやめるというんですから、彼女からききようがないんですよ」

「宝劇場のリサイタルをやめると、あんたのプロダクションは、どのくらい、損をするのかね？」

「そういうつもりで、いったんじゃありませんが」

と、伊東は、片手をハンドルから放して、頭をかいた。

(金か)

と、秋葉は呟《つぶや》いた。そういえば、MはMoneyのイニシアルでもある。

5

車は、新宿の宝劇場の近くで止まった。

「なかなか大きな劇場だな」

秋葉が感心したようにいうと、伊東は、自慢げに、

「収容人員は、千五百人です。新人のリサイタルで、この小屋を満員に出来るのは、うちの浅井京子ぐらいのものでしょうね」

劇場の前には、すでに『浅井京子リサイタル×月×日より』の大きな看板がかかっていて、中に入ると、舞台の上では、稽古《リハーサル》が行われていた。

キラキラ光る、スパンコールの沢山ついたドレスを身につけて、舞台の中央に立っているのが、浅井京子だろう。激しいアクションを繰り返すたびに、ドレスの割れ目から、形の良い脚が見えた。確かに、十八歳にしてはなかなかのグラマーだ。美人でもある。

「今回のリサイタルでは、ポピュラーと艶歌《えんか》調の両方を歌わせて、彼女が幅広い歌手であることを、アッピールするつもりです」

後ろのほうの椅子に並んで腰を下ろしてから、伊東がいった。

舞台の上で、彼女が引っ込むと、代わったコメディアンが三人出て来て、あまり上品ではないコントの練習をはじめた。個人リサイタルといっても、今は、本当に、個人で何時間かの舞台を持たせられる歌手は、数少ないのだろう。

「楽屋へ行って、彼女に紹介しましょうか？」

「いや。さっきもいったように、会う必要が出来たら、こっちから勝手に会いに行くよ」

秋葉は、煙草を捨てて、立ち上がった。伊東は不安気に、

「しかし、明後日には、リサイタルがはじまるんですが」

「わかってる。だが、今から、明日一杯は、時間があるんだろう」

「そうですが、その間に、脅迫状の主が見つかりますか？」

「努力してみるよ」

「これから、どちらへ？」

「僕流にやらせて貰《もら》う約束だったがね」

秋葉は、突き放すようにいい、劇場の外へ出た。

宝劇場から新宿歌舞伎町へかけての道は、この寒さにも拘《かかわ》らず、人の波である。物価値上げの激しさや、石油不足が問題になっていても、この盛り場の混雑は変っていない。パチンコ屋は、相変らず、ジャラジャラとやかましい音をひびかせているし、酔っ払いがわめき声をあげながら歩いている。世の中が面白くないから、余計、遊びに集まって来るのかもしれない。

秋葉は、宝劇場から、歩いて百メートルほどのところにある東亜劇場へ廻《まわ》ってみた。伊東がいったように、あちらには、『中島ユカ　大リサイクル』の看板がかかっていた。期間も同じなのは、やはり、張り合っているのだろう。

「中央新聞芸能部の落合《おちあい》という者だが、中島ユカさんのマネージャーに会いたいんだがね」

秋葉は、入口のところにいる若い男に、大学時代の友人の名前をいった。彼は、大新聞の権威など、信じない性格だが、この世界では通用するとみえて、すぐ、三十五、六の男が飛んで来た。

「日本第一プロの長井《ながい》です」

と、男は、名刺をくれたが、何となく受ける感じが、今まで一緒だった伊東という男に似ているのが面白かった。言葉遣いは丁寧だが、眼つきに相手を窺《うかが》うようなところが共通している。

「今、宝劇場のほうを見て来てね。明和プロの伊東君にいろいろ聞いて来たんだ」

秋葉がいうと、長井は、彼を、劇場内の喫煙室へ連れて行った。

「向うの様子は、どうでした?」

と真剣な眼つきできいた。

「リハーサルを一寸《ちよつと》見せて貰ったが、明和プロじゃ、あの劇場を、連日満員にしてみせると、意気込んでいたよ」

「それはどうですかね。あの大きな入れものが、一日でも一杯になれば、目っけものじゃありませんか」

「ひどいことをいうね」

「向うと、こっちじゃ、プロダクションの大きさが違いますからね。助演者の顔ぶれを見て下さいよ。こっちは、一人でも客を呼べる有名タレントが、ズラリと勢揃いしているが、向うさんは、碌《ろく》なのがいませんからねえ。まあ、勝負はついているようなものです」

長井は、その有名タレントの名前を、次々にあげてみせたが、残念ながら、秋葉の知らない名前ばかりだった。現代で、有名タレントということは、テレビによく出ているということだろうから、テレビを碌に見ない秋葉には、縁のない自慢話だった。

「ところで、明和プロの伊東君は、君たちが浅井京子のリサイタルを妨害していると、いっていたがね」

秋葉は、カマをかけるようにきいた。長井は、眼を三角にして、

「そんなことをいってるんですか？」

「同じ日に、近くの劇場で、リサイタルをぶつけてくるのは、明らかに、営業妨害だといっていたよ」

「何をいってるんですかねえ。この世界は、強い、人気のある者が勝つ。それしかないですよ。それに、どこで、いつ興行をやろうと自由でしょう。妨害呼ばわりとは、チャンチャラおかしいですね」

「こっちの中島ユカについても、何か暗い過去があるようなことを、僕にほのめかしていたがねえ」

秋葉がいうと、案の定、長井は、怒りを表情に表わして、

「そんな中傷をいってましたか。こういっては、何ですが、向うの浅井京子には、いろいろと、暗い噂があるんですよ」

と、秋葉が予期したとおりのことを口にした。

「ほう。どんな噂かね？」

「まず、年齢ですがね。十八歳なんていっていますが、あれは、明らかに嘘ですよ。二十歳。いや、少なくとも二十三、四歳のはずですよ」

「やっぱりね」

「あなたも、おわかりでしたか？」

「いや。わかっていたといえば嘘になるけど、見た感じが、十八歳にしては、大人っぽ過ぎるし、色気があり過ぎる感じだったんでね」

「そうでしょう。だから、高校を卒業してすぐ歌手になったという明和プロの宣伝は、明らかに嘘ですよ。こちらで調べたところでは、どうも、芳しくない職業に就いていたらしい」

「というと？」

「確証はないし、相手のことを悪くはいいたくないんですが、どうも、コールガールのようなことをやっていた時期があるようなんですよ」

「よく、そのことを、芸能週刊誌が書かずにいるね？」

「明和プロで、スターと呼べるのは、浅井京子一人ですからねえ。必死になって、守ってるからじゃありませんか」

長井は、意地の悪い眼つきになった。

「あんたのほうはどうなんだね？　中島ユカに何か秘密はないのかい？」

「とんでもない。うちの中島ユカは、正真正銘の十九歳。高校を出て、一年間音楽の勉強をしてから、新人として売り出したんですから、暗い過去なんか全くありませんよ。嘘と思われるんなら、戸籍謄本を取ってお見せしますよ」

相手は、むきになっていった。ここに、明和プロの伊東がいたら、もっと、凄《すさ》まじい毒舌合戦になったことだろう。

「日本第一プロの大きさは、どのくらいなのかね？　明和プロは、職員数が、二、三十人ということだったが」

「あんな群小プロと一緒にしないで下さい。うちは、名前どおり日本一で、職員も二百人近いし、抱えている有名タレントも百人以上ですからね。それから、向うは、営業妨害だといってるそうですが、とんでもない話で、あの宝劇場というのは、うちと契約している小屋なんですよ。そこへ、明和プロが、身の程知らずに、殴り込みをかけて来たんで、うちとしては、止むを得ず受けて立った形なんですよ。まあ、明後日になれば、向うさんは後悔するのが眼に見えていますがねえ」

「自信満々だね」

「品物が違いますよ。品物が」

長井マネージャーは、彼が品物だという有名タレントの名前を、もう一度、並べ立てて見せた。

6

秋葉は、彼にしては珍しく、というより、生れて初めて、芸能週刊誌を何冊か買い求めて、事務所へ戻った。ガスストーブをつけ、ソファに仰向《あおむ》けに寝転んで、芸能週刊誌に片端から眼を通した。

やたらに写真が多いのと、表紙の刺戟《しげき》的な惹句《じゃっく》と内容が違うのに閉口しながらも、秋葉は、その中から、浅井京子の今度のリサイタルに関する部分だけを読んでみた。大部分が、中島ユヵとの関係でとらえ、「新宿での決戦」とか「明和プロの殴り込み」などと、目次には書いてあっても、内容を読むと、秋葉には、何の参考にもならないつまらないことが並べてあった。秋葉は、そんな記事よりも、浅井京子のいくつかの写真を眺めた。どうみても、十八歳にしては、色っぽすぎる感じだった。本人や明和プロでも、それを意識してか、「十八歳で大人の歌を唄《うた》える歌手」というキャッチフレーズになっている。物はいいようだと、秋葉は、読みながら苦笑した。

夜になると、いつもは、事務所から百メートルほど離れたマンションに寝に戻るのだが、今日は、面倒くさいのと、引き受けた事件のことを考えたくて、事務所のソファに毛布をかぶって、寝ることにした。

脅迫状のMの署名は、何の意味なのか。尾行した車の男は一体誰なのか。あの男が脅迫者としたら、案外、この事件は簡単に片づくだろう。

そんなことを考えているうちに、いつか眠ってしまった。

寒さに、ふと眼を覚ましたのは、午前二時か三時頃である。そのとき、秋葉は、キナ臭い臭いを嗅《か》いだ。

その瞬間、彼は、動物的な直感で、危険を感じた。百七十五センチ、七十キロの彼の身体は、毛布ごと、ソファを飛び越え、壁との隙間に転がると、ピタッと床に伏せた。

次の瞬間、轟然《ごうぜん》たる爆発音と同時に、眼のくらむような閃光《せんこう》が、事務所の闇を引き裂いた。凄まじい音を立てて窓ガラスが割れ、天井から蛍光灯が落下して、粉々に吹き飛んだ。

炎と煙が、部屋に充満した。秋葉は、飛び起きると、煙の下をかいくぐって事務所を飛び出し、廊下にあった消火器を持ち込んで、燃えあがった炎を消した。

かすかな明かりの中で、さんたんたる事務所の光景が、秋葉の眼に映った。机は横倒しになり、電話は、吹き飛んで壁にぶつかったらしく、こわれて使いものにならなくなっていた。床一面に、天井から落下した蛍光灯の破片が散乱して、足の踏み場もない。そして煙。

ふと、消防車のサイレンの音が聞こえた。誰かが驚いて、一一九番したのだろう。秋葉は、いろいろときかれるのが嫌で、あわててマンションのほうに戻り、ベッドにもぐってしまった。

ドアのベルで、目が覚めたとき、秋葉は、身体中にズキズキする痛みを感じた。事務所が爆破された瞬間は、夢中で何も感じなかったのだが、爆風で、身体を、壁にぶつけていたのだろう。

ドアを開けると、入って来たのは、警視庁捜査一課の田島《たじま》警部だった。顔見知りであるといっても、いい意味ではない。秋葉は、事件を引き受けると、それが途中で刑事事件に発展しても、構わずに飛び込んでいく。自然に、警察の捜査とぶつかることにもなり、公務執行妨害で、ブタ箱に放り込まれたことも何度かあり、そのための顔見知りだったからである。秋葉も自分の信念を曲げないほうだが、田島という四十二歳の警部も頑固な男だった。

「君の事務所が爆破されたのは、もう知っているだろう？」

と、田島警部は、椅子に馬乗りにまたがって、カマをかけるようなきき方をした。

「いや。知らないな。今、起きたばかりだから」

「本当かね？」

「ああ。こんなことで嘘をついてもはじまらんからね」

「おかしいな」

田島警部は、疑わしげに、ジロジロと秋葉を見た。

「おかしいって、何が？」

「鑑識の調べによると、ダイナマイトの破片が見つかった。恐らく、廊下に面した回転窓から放り込んだんだろう」

「なるほどね。あそこは、いつも、鍵《かぎ》をかけないからね」

「それはいいが、ある証人の証言によると、爆破の直後、事務所から飛び出して来た人影が、廊下の消火器を持って引き返したというんだ。事実、カラになった消火器が、事務所に転がっていた。君は、爆発のとき、事務所にいたんじゃないのかね？」

「とんでもない。いつでも寝るのは、こっちだから、事務所にいるはずがないじゃないか？」

「じゃあ、消火器で、火を消したのは誰かね？」

「さあ。ダイナマイトを投げ込んだ奴が、急に怖くなって、あわてて、火を消したんじゃないかな」

「馬鹿なことをいうな。ところで、これから一緒に、署まで来て貰《もら》いたいんだが」

「何故？」

「ダイナマイトの犯人を捕まえたいから、君から事情をききたいんだ」

「そいつは、勘弁して貰いたいな」

「また、捜査に非協力的な態度を取るんだったら、覚悟があるぞ」

「僕は、何にも知らないんだから、協力のしようがないじゃないか」

「また、何か事件に首を突っ込んでいるんだろう？　だから、ダイナマイトを投げ込まれたんじゃないのか？　どんな事件を引き受けたんだ？」

「何にも。きっと、変質者か、酔っ払いがやったんだと思うね。署に同行したところで、これ以上のことはいえないよ。それに、僕は被害者なんだから、無理に連れて行くことも、拘留も出来ないはずだ」

「まあ、そうだが、これだけはいっておくぞ。また刑事事件に首を突っ込んでるなら、容赦なく、公務執行妨害で逮捕するからな」

「わかってるよ」

秋葉が手を振ると、田島警部は、もう一度ジロッと彼を睨《にら》んでから、やっと引き揚げて行った。

秋葉は、やれやれと、首をすくめてから、冷たい水で顔を洗った。

（ダイナマイトか）

秋葉が、事務所に泊っていると知っていて、犯人は、ダイナマイトを投げ込んだのか？　それとも、いないと思って、警告のためか、或《あるい》は、警察が秋葉から事情聴取することで足止めになるのを期待してやったのか。どちらにしろ、あのとき、寒さで眼が覚めなかったら、確実に死んでいただろう。

こんなとき、秋葉は恐怖より、闘争心をかき立てられる。犯人が、警告のつもりでやったのなら、明らかに、秋葉の性格を見誤ったのだ。

7

事務所の電話が使えないので、秋葉は、マンションの電話を使うことにした。もっとも、あの状態では、事務所の電話がこわれていなくても、出かければ、また、田島警部の質問ぜめにあうに決まっている。

秋葉は、電話帳で、東京陸運局のナンバーを探して、ダイヤルを回した。

「一週間前に、車を盗まれたんですがね。クラウンDXで、色は黒です。それを、昨日、四谷《よつや》から新宿に行く通りで見かけたんです。間違いなく僕の車でした。ただ、ナンバーが違っているんですよ。盗んで、ナンバープレートを付けかえたのかもしれないんで、ちょっと調べて貰いたいんですが」

と、秋葉は、昨日、見たナンバーを相手にいった。

係官は、そのナンバーを調べているようだったが、

「どうも、あなたの勘違いのようですな。そのナンバーは、去年の三月二十一日に、正式に登録されていますよ。車検も、トヨペットクラウンDXです」

「おかしいな。フロントのかすり傷といい、僕が盗まれた車そっくりなんですがねえ。どなた

の持ち物ということになっていますか？　出来たら、その方に、見せて頂いて、納得したいんですよ」

「いいでしょう。持ち主は、柴崎一郎《しばさきいちろう》。神田神保町《かんだじんぼうちょう》で、探偵事務所をやっている人ですよ」

「どうも——」

受話器を置いてから、秋葉は、腕時計に眼をやった。午前九時四十分。今日中に、脅迫状の主を見つけなければならないとしたら、あと、十四時間二十分しかない。

秋葉は、部屋を出ると、ここ六年間愛用している中古車に乗り込んだ。オースチンミニクーパーSである。中古だが、まだよく走ってくれる。

神田に着き、裏通りに入って行くと、五階建の雑居ビルの前に、例の車が止まっているのが見えた。ビルには、いろいろな看板がかかっていたが、その中に、『柴崎私立探偵事務所』の字も見えた。

秋葉は、通りの反対側に車を止め、ドアを開けて降りかけた。が、そのとき、問題の雑居ビルから、よろめくように飛び出して来た若い女の姿を見て、眼をすえた。サングラスをかけ、コートに顔を埋めるようにしていたが、間違いなく、昨日、宝劇場で見た浅井京子だったからである。

彼女は、そのまま、二十メートルばかり走り、そこに駐めてあったスポーツカーに乗り込んだ。白いポルシェだ。ポルシェは、彼女の気持を示すように、荒っぽく走り出し、たちまち見えなくなった。

秋葉は、嫌な予感に襲われた。だが、その予感が当っているかどうか、確かめなければならない。


彼は、わざと一呼吸おいてから、通りを横切り、雑居ビルの中に入って行った。

エレベーターのない古いビルで、やけに静かなのは、空部屋が多いためだろう。柴崎私立探偵事務所は、三階にあった。

ガラス戸に、金文字で、書いてあったが、そのドアは大きく開いていた。

秋葉は中に入り、後ろ手にそっと、ドアを閉めた。

昨日の車の男、すなわち、この部屋の主《あるじ》、柴崎一郎は、そこにいた。いや、いたという表現は、適切ではないだろう。秋葉の予感どおり、柴崎一郎は、椅子に腰を下ろした姿勢で死んでいたからである。

胸の心臓のあたりに、ジャックナイフが、突き刺さり、白いワイシャツに流れた血は、すでに、どす黒く変色していた。

頭は、がっくりと左に傾き、素通しの例の眼鏡は、床に落ちていた。だらりと垂れ下がった腕をつかみ、手首をにぎってみたが、脈は消えていた。

秋葉は、顔色も変えず、事務所の中を見廻《みまわ》した。部屋の中は、石油ストーブが燃え盛り、むっとするほど暑い。ストーブの針に眼をやると、石油タンクは、「空」に近いほうを指していた。だが、火をつけた時点で、満タンにしてあったかどうかわからないから、これから死亡推定時刻は推定出来ない。だが、血の乾き具合や、皮膚の色、身体の硬直状態からみて、そう長くはたっていないはずだ。せいぜいたっていて一時間ぐらいのものだろう。

壁際にはキャビネットが並び、机も大きく、書棚もある。秋葉の寒々とした事務所とは大違いだ。

キャビネットの引出しは、大部分が引きあけられ、中の書類が引っかき回されていた。

キャビネットだけではない。机の引出しも半分くらいまであけられていた。床に、何冊かの本が散乱しているところを見ると、誰かが、書棚まで調べたのだろう。

秋葉は、手袋をはめ、まず、キャビネットを調べてみた。報告書の写しが、ABC順に入っているが、量が大したことがないのは、それほど流行《はや》っていないのか。大部分は、浮気《うわき》に関する素行調査だった。秋葉は「M」のところを見たが、ラベルを貼った板《パネル》はあっても、Mの部分の報告書は、一つもなかった。偶然、Mのイニシアルの名前の人物を調査したことがなかったのか、それとも、そこの報告書だけ、誰かが持ち去ったのか即断は出来なかった。

机の引出しには、いろいろなものが入っていた。外国の旅行案内とか、ダンヒルのライター、煙草もダンヒルだった。それに、黒光りのする拳銃《けんじゅう》もあったが、それは、模造ガンだった。脅しに使ったのか、それとも、こんなオモチャが好きだったのか。

犯人は、どうやら、部屋中を探し回ったらしい。何を探したのか、それを見つけたのかどうかもわからない。

秋葉は、腕を組み、事務所の中を見廻したが、その眼が、椅子で死んでいる柴崎一郎のところで止まった。上衣《うわぎ》もズボンも乱れてはいない。多分、いきなり刺されたからだろうが、もし、犯人が探し忘れたところがあるとすれば、死体だけだろうと思った。

秋葉は、ゆっくりと死体に近づき、上衣のポケットから調べていった。キーホルダー。これは、多分、車とこの部屋のキーだろう。内ポケットに財布。中身は一万円札が八枚。が、秋葉には、金は興味はない。他人の名刺でも見つかればと思ったのだが、それは一枚もなかった。犯人は、死体も調べたのかもしれない。

（手掛りなしか）

秋葉は、舌うちをし、それでも、警察に知らせてやるために、机の上の受話器をつかんだ。田島警部が、すっ飛んで来るだろうと思いながら、一一〇番を回そうとしたとき、丁度、窓から陽が差し込んだ。机の表面が、キラリと光り、それまで気がつかなかった文字が、秋葉の眼に飛び込んできた。多分、被害者が、電話をかけているとき、そばにメモ用紙がなかったので、ボールペンで、机に書きつけたのだ。

前田《まえだ》克郎《かつろう》（26）Tel（377）×××

と、読めた。イニシアルはMだ。犯人が気がつかなかったとしたら、光線の具合で眼に入らなかったのだろうが、もっとも、被害者が、手帳にでも書き直していれば、それは、持ち去られている。メモ帳の類《たぐい》は一つもなかったからだ。

秋葉は、しばらく考えてから、ボールペンの字は、そのままにしておいて、一一〇番を回した。

「神田の柴崎という探偵事務所に、死体が転がっているよ。多分、当人だ」

8

秋葉は、ビルを出て、自分の車に戻ると、手袋をとって、セブンスターに火をつけた。サイレンを鳴らしながら、パトカーが駈《か》けつけて来るのが見えた。

秋葉は、止まったパトカーから、警官が、ビルに飛び込んで行くのを見ながら、直感で、今度の事件のクライマックスが近づいているのを感じた。誰かが殺されるということは、何かが動き出したことを意味しているからだ。

秋葉は、ミニクーパーを駅まで走らせ、そこの赤電話で、前田克郎という男に電話してみることにした。

昼前という時刻のせいか、神田駅の前は、人影がまばらだった。新聞売りのおばさんも退屈そうに、週刊誌を並べかえてみたりしている。

そんな光景を見ながら、秋葉は、覚えてきたダイヤルを回した。

若い女の声が出た。

「前田ですけど?」

「前田克郎さんに、用があるんだが」

「兄はいませんけど」

「兄というと、君は、妹さん？」

「ええ」

「兄さんに会いたいんだけどね」

「それは無理だわ。兄は、二週間前に死んだんですから。知らないんですか？」

「死んだ？　本当に？」

「自動車事故で死んだんです」

「そちらの場所は？」

「新宿の近くですけど」

と、若い女は、アパートの名前を教えてくれた。

秋葉は、首をかしげながら受話器を置いた。あの探偵事務所の机に書かれたボールペンの字は、新しいものだった。それなのに、その該当者は二週間前に自動車事故で死んでいるという。

（わからないな）

秋葉は、車のところまでもどりかけてから、ふと、新聞売りの屋台に並んでいる週刊誌に眼をやった。

「本日発売」という札のついた芸能週刊誌の表紙に『浅井京子の過去に暗い秘密。売春をやっていたのが明るみに！』と、書いてあった。

今度の事件に関係していなかったら、何の興味も持たなかったろう。だが、その言葉を見た瞬間、秋葉の手は、自然にその芸能週刊誌に伸びていた。

車に戻って、その頁《ページ》のところを開いてみた。長い記事ではなかった。が、芸能週刊誌特有のあいまいなものではなく、次のように断定してあった。

〈明日から新宿宝劇場で初リサイタルを開く売れっ子の新人歌手浅井京子に、いまわしい過去のあることが、本誌記者の調査でわかった。彼女は十八歳という年齢は、まっ赤な嘘で、本当は二十二歳。そして、二年間彼女が、前科二犯のヤクザと同棲《どうせい》し、コールガールをしていたことがわかった。この男は、前田克郎さん（二十六歳）で、彼が語るところによれば、当時、ゴーゴーバーで知り合って、その日に同棲し、彼女から進んで、コールガールの仕事をはじめたそうである。「十八歳で、男を知らないようなことをいっていますが、お笑いですよ。あんな男好きの女はいませんよ」と、前田さんは本誌記者に、笑いながらいっている。当時は、今、テレビドラマで、主役をやっているI・Yさんや、K・Nさんなども、彼女と遊んだ口だということである。十八歳にしては、色気があり過ぎるのも、この取材で理由がわかったといえよう〉

前田克郎の写真ものっていた。細面の眼の鋭い男で、ヤクザの感じがないでもない。写真の下には、『笑いながら、浅井京子の秘められた過去を語ってくれた前田克郎さん』と説明してあった。が、この男が、二週間前に事故死したとは、一言も書いてなかった。

前田克郎と、浅井京子が肩を組んで、伊豆あたりの海岸で撮ったらしい写真ものっていた。

彼女のほうは、今とは髪形も変っているが、水着姿のその女は彼女に間違いなかった。『前田さんと同棲し、コールガールをしていた頃の浅井京子』と、説明してある。

（妙な具合になってきやがったな）

助手席に雑誌を放り出してから、秋葉は呟《つぶや》いた。が、その顔に、困惑の色はなかった。むしろ、問題が錯綜《さくそう》してきたことを、面白がっていた。

秋葉は、車を首都高速に乗り入れ、初台《はつだい》インターチェンジから甲州街道へ出た。前田克郎の妹が教えてくれたアパートは、そこから二、三分のところにあった。

二階建の、鉄骨プレハブ造りのアパートである。1DKの六畳の部屋で、彼女は、電気ごたつにあたっていた。

名前は、前田ミキ子。二十歳で、近くの美容院で働いているという。そういえば、今日は火曜日で、東京では、美容院が休みの日である。

顔立ちは、写真の前田克郎によく似ていた。秋葉は、遠慮なく、すすめられるままに、こたつに足を突っ込んだ。

「あんた、兄さんの友だち？」

前田ミキ子は、お茶を入れながらきいた。

「まあね。彼が二週間前に事故死したというのは本当かね？」

「本当よ。新しいスポーツカーを買って、嬉《うれ》しがって乗り廻《まわ》していて、夜、晴海埠頭《はるみふとう》のところから、海へ落ちてしまったの。少し飲んでいたらしいって、警察はいってたわ」

「お兄さんは、何をしていたんだい？」

「知らないわ。何となくブラブラしてたみたいだけど、一か月ぐらい前から急に景気がよくなって、スポーツカーを買ったり、あたしにハンドバッグを買ってくれたりしてたんだけど」

「二年前に、浅井京子と同棲していたのは知ってる？」

「浅井京子って、あの歌手の？」

「ああ。そうだ」

「全然！　だって、あたしが上京して来たのは、半年前だもの。その前の兄さんの生活は知らないわ」

「前科があったことは？」

「なんか、喧嘩《けんか》して相手をケガさせて、刑務所に行ったことがあるって話してくれたことがあったわ。兄さんは、喧嘩早かったから」

「兄さんのアルバムとか、手紙なんかないかね？」

「それが、全然、ないのよ。嘘じゃないわ。それで、浅井京子と、兄が一緒に住んだことがあるって、本当なの？」

前田ミキ子は、眼を輝かせてきく。秋葉は、立ち上がってから、上衣《うわぎ》のポケットに丸めて入れてきた芸能週刊誌を、こたつの上に放り投げた。

「少なくとも、それには、関係があったと書いてあるよ」

9

新宿に出て、おそい昼食にカツライスを食べ、自分のマンションに一度戻ってみると、部屋の前を、明和プロの伊東が、銀縁の眼鏡を光らせながら、往《い》ったり来たりしていた。

「一体、何処へ行ってたんです？」

と、伊東は嚙みつくように、叫んだ。

「僕は、僕流にやるといったはずだよ。それに、明日までには、まだ、十時間以上ある」

「そんな吞気《のんき》なことをいってられなくなってしまったんです」

「浅井京子が、失踪《しっそう》でもしたかね？」

「何故、知ってるんです？」

「当てずっぽさ」

「とにかく、午前十時のリハーサルにも現われないし、自宅にもいないんです。心当りの場所は、全部連絡してみたんですが、皆目、見当がつかないんです。原因は、多分、Aという芸能週刊誌が、根も葉もないことを書き立てたからだと思ってるんですが」

「年齢が二十二歳で、二年前に、男と同棲してコールガールをやっていたというやつか」

「そうですよ。うちとしては、当然、その雑誌を告訴してやるつもりですが、肝心の本人がいないんじゃ、どうにもなりません」

「失踪したということは、あの記事が、事実だということの証拠じゃないのかね？」

「とんでもない。彼女は、絶対に無実です」

無実といういい方が、何となく奇妙だった。が、彼女のマネージャーの伊東にしてみれば、その言葉が一番、自分の気持にぴったりなのだろう。

「それで、脅迫状の件は、ひとまずおいて、あなたにも、浅井京子を探して貰《もら》いたいんですよ」

「お断りだな」

「何故です？」

「理由は二つある。第一に、僕が頼まれた仕事は、脅迫状の主を探すことで、ミーハー族のアイドルを探すことじゃない。第二に、脅迫状のことと、彼女の失踪とは、或《あるい》は繋がっているかもしれない」

「まさか。何故、そう思うんです？」

「証拠はない。ただ、何となく、そんな気がしただけさ」

「あなたの直感力は尊重しますが、とにかく、彼女を見つけ出すのに、何とか協力して下さい。リサイタルの開幕は、明日なんですからね」

それだけをいうと、伊東は、エレベーターに向って、突進して行った。

秋葉は、部屋に入り、ベッドに横になって天井に眼をやった。そのままの姿勢で煙草に火をつける。事件を考える時の彼のいつもの姿勢だ。だから、ベッドの周囲のじゅうたんは、吸殻で穴だらけになっている。

浅井京子と中島ユカという二人の女性歌手が、新宿でリサイタルを開く。それは、二つのプロダクションの競争でもある。そして、片方の浅井京子にだけ、リサイタルをやめろという脅迫状が届いた。

脅迫状の署名はＭ。浅井京子は、その署名に心当りがあるようだったという。柴崎という私立探偵が現われ、机の上に前田克郎という名前を書き残して、何者かに殺され、そのビルから、浅井京子が、あわてふためいて逃げ去った。そして、芸能週刊誌に出た浅井京子のスキャンダル。だが、その相手の前田克郎は、自動車事故で二週間前に死亡していた。最後は、浅井京子の失踪だ。

すべてが、辻褄《つじつま》が合っているようでもあり、全く辻褄が合っていないようでもある。

そうだ。その間に、秋葉の事務所が、ダイナマイトで爆破されるというショッキングな事件があった。が、理由があって、彼は、あの九死に一生を得た事件を、彼自身は、ほとんど重要視していなかった。危うく殺されかけたということだけで、そのために、判断を鈍らせることもなかったし、神経質《ナーバス》にもならなかった。その点、冷静な性格だが、第三者には、冷酷に映るのである。

あの事件は、自分を殺す目的のものではなかったと、秋葉は考えた。一瞬の目覚めがなかったら、確実に、死んでいただろうからといって、相手が、殺す目的だったとは思わないのだ。

それは、結果論だからだ。

もし、犯人が、確実に彼を殺す目的だったら、午前二時から三時という時刻に、秋葉が事務所にいることを、まず確かめてからダイナマイトを放り込んだに違いないからだ。常識的にみれば、あの時刻には、彼は、マンションのベッドにもぐっていると考えるのが普通の人間だからである。

昨日、事務所で寝てたのは例外だったのだ。だから、殺す目的だったら、当然、確かめるだろうし、確かめる方法は簡単だ。電気を消してソファに寝ているのだから、覗《のぞ》いてもわからない。だから、電話をかけるのが普通だろう。眠そうな声で、彼が電話に出てから、ダイナマイトを放り込めばいいのだ。

だから、犯人は、殺す目的ではなかった。

(ということは、犯人は、かなり良識的な人間だということになる)

無用な殺人はしないということだ。

その犯人が、殺人をしたとすれば、よほどの事情があったからだろう。

(問題は、動機だな)

と、秋葉が考えたとき、手荒くドアがノックされ、彼が開けるより先に、ドアを蹴破《けやぶ》るようにして、田島警部が飛び込んできた。

「一緒に来て貰おう」

と、田島警部は、怒鳴った。

「理由は、何だい?」

「私立探偵柴崎一郎殺害の参考人としてだ」

「とぼけても駄目だ。上手《うま》く立ち廻《まわ》って、指紋は残さなかったが、近くのビルで、お前さんが、あのビルから出て来て、例のオンボロミニクーパーに乗るのを目撃して、報告してくれた人がいるんだ」

「ほう」

「今でも、警察に協力する市民がいるんだねえ」

「警察は善良な市民の味方だ。お前さんみたいに邪魔ばかりしているのは例外だよ」

「まさか、僕があの男を殺したと思っているんじゃないだろうね？」

「それは、お前さんの態度いかんだな」

田島警部は、脅かすようにいった。

秋葉は、いや応なしに、捜査本部の置かれた神田警察署に連れて行かれた。ひょっとすると、浅井京子も連行されているのではないかと思ったが、彼女の姿はなかった。親切な通報者は、彼女がビルから出て来るのは見ていなかったらしい。

「前田克郎の妹にも会ったようだな？」

と田島警部は、鼻をうごめかしていった。机のあの文字には、警察も気がついたらしい。

「行ったが、それが、どうかしたのかね？」

「全部、話すんだ。誰に、何を頼まれて動き廻っているのか？　何故、あの探偵事務所に行ったり、君の事務所が爆破されたりしたのか？」

「依頼人のことは話せないね。ダイナマイトを投げ込んだのは、異常者だろう」

「警察を馬鹿にすると、参考人扱いを、殺人容疑者扱いにするぞ」

「そいつは無理だねえ。そんなことをすると、あんたが、あとになって、恥をかくだけだ。僕が見たとき、すでにあの探偵は死んでいたんだ。死後一時間は、過ぎていたからね」

「そんなことは、君にいわれんでもわかってる」

「それなら、真犯人を追いかけたらどうなんだね」

「そのためにも、君の協力が必要なんだ。君の頼まれた仕事は、一体、何だったんだ？」

「それはどうしても話せないね。われわれには依頼人の秘密を守るルールがあるからね」

「殺人事件だぞ」

「殺人だろうと何だろうと、ルールは守る。それが僕の信条でね。そのくらいのことは、長いつき合いだから、あんたにだってわかっているはずだ」

「だから、余計、しゃくに障るんだ！」

と、田島警部は、机を、こぶしで叩《たた》いた。

秋葉は、そのまま拘留されることになったが、午後五時になって、明和プロの伊東が、保釈金を払って、出してくれた。

10

伊東は、げっそりした顔をしていた。

「まだ、浅井京子の行方がわからないんですよ」

「例の芸能週刊誌の記事の真偽はどうだったんだ？」

「秘密は守れますか？」

「守ったからこそ、拘留されたんだ」

「そうでしたね。実は、彼女の年齢は、十八歳じゃなく二十二歳なんです。もっとも、こんなことは芸能界じゃ、ざらにあることで、どうということはないんですが、問題は、高校を出てから、歌手になるまでの二年間なんです。自分の家で、家事の手伝いをしていたという彼女の言葉を信じていたんですが、どうも、それが危うくなりました」

「何故？」

秋葉がきくと、伊東は、黙って、ポケットから花模様のついた小さな封筒を出した。中の便《びん》箋《せん》には、

〈伊東さん。申しわけありません。京子〉

とだけ書いてある。

「彼女のマンションから見つけたんです。それに、週刊誌側も、やけに自信満々なんで、弱っているんです」

伊東は、肩をすくめ、秋葉を、自分のスポーツカーに迎え入れた。

「彼女が失踪《しっそう》したままだと、あの記事を認めることになるし、リサイタルは駄目ですし、彼女の歌手生活自体、駄目になってしまいますよ。勿論《もちろん》、うちにとっても大変な痛手です。宝劇場のキャンセル料だけでも、大変な額ですし――」

「それで？」

「その上、彼女の父親は、今日、ちゃんと、彼女の給料を貰《もら》いに来たんですよ。もともと、やたら彼女のことでは口出しするので、気にくわんオヤジなんですが、給料より、今は、彼女の行方を探すほうが先でしょうと、皮肉を言ってやったんですが、蛙の面に何とかでしてね。探すのは、プロダクションの責任だ。もともと、安い給料で、こき使うから、娘は、堪えられなくなって失踪したんだって、われわれを非難するんだから、話になりませんよ」

「給料は安いのかね？」

「うちとしては、破格の扱いをしていますよ」

といったが、実際に金額は教えてくれなかった。

「前田克郎の妹には会って来たかね？」

「勿論、会いましたよ。それから、芸能週刊誌Ａにも行って来ました。例の写真のネガも見せて貰いましたが、雑誌にのった写真の他にも、彼女と二人で写っている写真がいくらもあるんです。まいりましたね」

「二重写しじゃないのか？」

「いや。違いますね。私も写真の心得はありますが、あれは、本物のネガです」

「面白くなってきたな」

「何ですって？」

「このまま、彼女が現われなかったら、どうする気だね？」

「社長が怒っているし、今月一杯で契約更改になりますんでね。スキャンダルが事実だと、もう、彼女の歌手生活は終りですから、契約は破棄ということになるでしょうね」

伊東は、重い吐息をついた。

「柴崎一郎という私立探偵が殺されたことは知っているかね？」

「ええ。われわれの車を尾行した男でしょう。テレビのニュースで見たし、警察でも聞かされましたよ」

「その事務所から、浅井京子が飛び出して来たのを、今朝、見たんだ。九時半頃だったかな」

「本当ですか？」

「ああ。そのあと、彼女は車に飛び乗って、何処かへ走り去った。君から、失踪を聞いたのは、その後だよ」

「まさか、彼女が殺人なんかを？」

「まず考えられないな。よほどの事情があれば別だが」

「しかし、彼女にとって、ますます、事態が悪くなったことは確かですよ」

伊東は、また、溜息《ためいき》をついた。

彼は、もう、探すべきところは、全部探してしまったといいながら、秋葉を、彼のマンションまで送ってくれた。

翌日、リサイタルの初日になっても、浅井京子の姿は、現われなかった。

スポーツ新聞は、芸能欄で、一斉に、そのことを書き立てた。彼女や、明和プロの無責任さを批判するものが大部分で、芸能週刊誌Aのスキャンダル記事が事実であることを、これで証明したようなものだと書いた新聞もいくつかあった。明和プロのほうは、完全な受け太刀で、社長談話として、『これ以上、社会に迷惑をかけるようなら、契約を破棄せざるを得ない』と書いてあった。

伊東は、相変らず、何の当てもなく、彼女の行方を追っているようだった。

秋葉は、友人の働いている中央新聞社を訪れ、有能な芸能部記者である落合に会った。

落合は、新聞社地下の喫茶店で会うなり、

「用というのは、浅井京子のことじゃないのか？　他に、今のところ、特ダネはないからね」

「そのとおりだが、彼女の実力はどんなもんだった？」

「冷静に見て、新人の中では、人気、実力ともナンバー・ワンだろうね。特に歌唱力は抜群だよ」

「日本第一プロの中島ユカと比べてどうかね？」

「正直にいえば、一味違うというところだね。もっとも、所属するプロの大きさが、段違いだから、その宣伝力の差で、どうにか張り合う形だが、同じ宣伝力だったら、水泳でいえば、浅井京子が一身長は確実に引き離しているだろうね」

「彼女に会ったことは？」

「勿論、この仕事をやってるから、何回か会っているよ」

「印象はどうだ？」

「美人で、頭が良くて、野心家だね。年齢十八歳が嘘なことは、よくあることだから、別にどうということはないがね」

「例のスキャンダルはどうだね？」

「あれは、明らかに明和プロのミスだよ。過去に何もなかったなんていう歌手やタレントは、まず皆無だ。だから、プロダクションが、ちゃんと手を打っている。つまり、金だね。あそこには、伊東という優秀な職員がいて、彼が、浅井京子のマネージャーをやっているはずだから、こういうことは上手《うま》く処理していると思っていたんだがねえ」

「明和プロの社長は知っているのかい？」

「ああ。それが、どうかしたのか？」

「性格や、経営方針はどうなんだ？」

「まあ、これは、どこのプロダクションでも似たりよったりだが、抱えている歌手やタレントは品物扱いで、稼げるだけ稼がせて、ポイというのが一般の風潮だね。特に、明和プロの社長は、土建屋出身だから、その傾向が強いようだな」

「なるほど」

「笑ったね？　何かおかしいことをいったか？」

「いや。今度の事件のカラクリが、やっとわかったからだ」

「どういうことだ？　それは――」

「多分、あと半月もしたら、わかってくるよ」

秋葉は自信を持っていった。

11

秋葉は、その日から、何もせずに、ただ、ブラブラと過ごした。警察は、やっきになって、ダイナマイト犯人と、柴崎一郎殺人の犯人を見つけ出そうと必死のようだが、なかなか、目当てがつかないらしかった。

明和プロのほうも、伊東をはじめとして全社員が、浅井京子を探しているようだったが、こちらも、いっこうに、行方がつかめない様子だった。

宝劇場が、契約違反で、五千万円の弁償を明和プロに要求したという記事も出た。そのせいか、浅井京子が失踪してから十日目、明和プロは、彼女との契約を破棄すると宣言した。「恩を仇《あだ》で返された」という社長の談話も出た。

もう、これで浅井京子の歌手生命は終りというのが、大方の意見のようだった。そんな記事を、秋葉は、皮肉な眼で読んだ。彼等は、事件の本質が、わかっていないのだ。

秋葉が、予想した半月が過ぎたとき、突然、浅井京子が、姿を現わした。

それから、一週間の、彼女をめぐる騒ぎは、ある意味では、わけがわからず、別の意味では、滑稽《こっけい》であった。

彼女は、押し寄せた記者たちに向って、芸能週刊誌の記事にショックを受けて、ひとりになりたくて、沖縄に行っていたと答えたが、週刊誌の記事については、押し黙って、肯定も否定もしなかった。

明和プロとの契約が切れて、フリーになったわけだが、どこのプロダクションも、怖がって、彼女に口をかけなかった。

その中で、日本第一プロダクションが、彼女と契約したというニュースが記事になり、秋葉をニヤッとさせた。彼の予想したとおりだったからである。

それから三日後、また秋葉の予想したことが起きた。

例の芸能週刊誌Aが、浅井京子のスキャンダル記事を、訂正する記事を、大々的にのせたのである。

記事を書いた記者は、責任をとらされ、退社させられたとも、書いてあった。出版社としたら、異常と思える扱いである。

訂正記事によると、彼女がコールガールをやっていたといわれる時期、九州の小さな食堂で働いていたという証人が現われたのだと、書いてあった。

浅井京子の談話ものせてあった。

「あの記事が出たとき、すぐ、反撥《はんぱつ》しようとしたんですけど、相手の前田さんが、亡くなっていて、それが出来ないので、絶望的な気持になって、姿をかくしたんです。あの人とは、九州の小さな食堂で働いていたときに、お客さんで来た人で、二回だけ、海水浴につき合っただけです。今度、証人の人が名乗り出て下さって、本当に助かりました。これからは、日本第一プロの新人として、一から出直すつもりです」

その記事が出たあとの騒ぎは、いささか、秋葉の予想をとおり越していた。日本人には、もともと、弱い者に味方する判官《ほうがん》びいきの心情がある。今や、浅井京子は、全国民の同情の的になった感があった。

テレビが、彼女を追いかけ廻《まわ》し、週刊誌と新聞が、それに続いた。

浅井京子は、今、前以上の人気者になってしまったのである。新宿の宝劇場まで、掌《てのひら》を返すように、彼女のリサイタルを、もう一度、受け入れると、日本第一プロに申し入れた。時の人として、満員になることは、約束ずみだからであろう。

（いよいよ、大詰めだな）

と、秋葉は、腰をあげ、久しぶりに、愛用のミニクーパーSに乗った。

12

新宿の宝劇場に着くと、前と同じように、浅井京子リサイタルの大看板がかかっていた。違っているのは、プロダクションが変ったのと、やたらに、記者たちが出入りし、切符の前売りが前以上にいいことだった。

秋葉は、車から降りると、劇場の中に入って行った。

リハーサルの間にも、彼女は、記者たちの質問攻めにあっていた。その答えは、また、ファンの同情をひくことだろう。

秋葉は、劇場の中に日本第一プロの社員、長井を見つけて、近寄って行った。

「うまくやったね?」

と、秋葉が声をかけると、長井は、「え?」という顔をした。

「一体、何のことです?」

「今は、浅井京子のマネージャーをやっているようだね?」

「ええ。貧乏くじを引いたと思っていましたが、ファンの皆様のご声援のおかげで、彼女も、どうやら人気を取り戻せたんで、ほっとしているところです」

「ファンの声援じゃなくて、君たちの巧妙なトリックだろう?」

「何のことかわかりませんが――?」

長井は、呆《ほう》けた顔になった。

「僕を少し甘く見たようだな」

「わかりませんねえ」

「すべてが、企《たくら》まれていたのさ。君たちの日本第一プロは、浅井京子を欲しかった。が、明和プロが、金の生る木を手放すはずがない。それで、君は一計を考えた。君がというより、日本第一プロがといってもいい。一方、彼女のほうも、野心家だから、明和プロのような群小プロダクションより、日本第一プロのような大きなところに移りたがっていた。だから、意見は一致していたわけだ」

「――――」

「まず、芸能週刊誌Aに、彼女の過去のスキャンダルを流した。多分、君たちのやとった私立探偵柴崎一郎に、やらせたんだろう。彼は証拠写真まで持っていたから、週刊誌ものってきた。その前に、一つの布石として、もっともらしい脅迫状を出し、Mと署名しておいた。前田克郎のイニシアルだから真実性があるし、浅井京子も、それを見て、驚いてみせたから、明和プロも、動揺した。そして、彼女が失踪《しっそう》となれば、記事の真実性が増して、明和プロは、契約を渋る。それを見越しての君たちの計画だったんだ。

勿論《もちろん》、前田克郎には最初、スポーツカーなどを与えて、買収しておいたんだが、口が軽そうなので、前もって、事故に見せかけて殺してしまった。浅井京子が、散々に、痛めつけられて、フリーになったところで、契約し、記事が嘘だという証人を登場させる。それが計画だったのだろうが、二つ、君たちにとって、計画に狂いが生れた。第一は、僕だ。だが、君は、僕を甘くみて、ダイナマイトで脅かせば、びくついて手を引くと考えた。第二は、やとった探偵、柴崎一郎の変心だ」

「――――」

「彼も馬鹿じゃないから、うすうす、君たちの計画に気がついて、君と、浅井京子を恐喝したんだ。別々に呼びつけてね。君がまず呼ばれたんだろうが、君は、彼の口を封じた。そのあとに、浅井京子が行ったんだ。それから、あの事務所の机に書かれた前田克郎の名前だが、多分、君が書いておいたんだろう。週刊誌の記事を、よりもっともらしくさせるためにだ。だが、あいにく、僕は欺されなかった。こんな事件には、馴《な》れてるんでね」

「証拠があるか？」

「今はない。だが、警察に知らせたら、大喜びで、君たちの周囲を調べ出すだろうな。君のアリバイや、ダイナマイトの出所をね。君たちと、あの探偵事務所との関係もだ。君は、あの男を殺したあと、契約書のようなものを探し出して持ち去ったんだろうが、私立探偵というのは、おしゃべりなものでね。他の誰かにしゃべるかもしれない。そうなると、まずいねえ。

それに、もう一つ、これは、勘ぐりかもしれないが、芸能週刊誌Aも、一枚かんでいるのじゃないか。あそこが一見、損したようだが、その保証は、日本第一プロが約束しているのかもしれないし、例の馘《くび》になった芸能週刊誌Aの記者が、日本第一プロに入ったということも聞いたんでね」

秋葉は、舞台にちらりと眼をやってから、

「じゃあ、今日中にでも、警察でもう一度会いたいね」

狙われた男

1

秋葉京介は、不遠慮に、自分の前に座っている男を値ぶみするように眺めた。

年齢は五十六、七歳といったところか。だが、年齢は、問題ではなかった。問題なのは、相手が持ち込んできた用件と、金があるかどうかということだ。秋葉には、他に興味はなかった。

「僕のことを、誰に聞いて来たんですか？」

秋葉は、煙草に火をつけながら、相手にきいた。

「友人の田口《たぐち》君から聞いた。新日本工業の重役をやっている——」

「ああ。覚えていますよ。僕のことをどういっていました？　危険な男だとは、いってませんでしたか？」

「それは——」

「ここで、遠慮は、ご無用。正直にいって下さったほうがいい」

秋葉は、ニヤッと笑ってみせた。相手は、口を、もごもごさせてから、

「確かに、あんたのことを、危険な男だといっていた。これは、私がいうんじゃない。友人の田口君が——」

「念を押さなくても構いませんよ」

「ただ、こうもいっていた。危険な男だが、頼り甲斐《がい》のある男でもあると」

「それで？」

「今、私は、困った事件に巻き込まれてしまっている。だから、あんたの力を借りたい。助けて貰《もら》いたいんだ」

「何故、警察へ行かないんです？　税金は払っているんでしょう？」

「警察に頼めるくらいなら、とっくに警察に頼んでいる。それが出来ないから、友人の田口君に聞いて、こうしてあんたを訪ねて来たんだ。だから、私を助けて貰いたい」

「なるほど」

秋葉は、ゆっくり、吸いかけの煙草をガラスの灰皿に押しつぶした。

「あんたの頼みというのを聞く前に、僕から断っておきたいことがある。僕は、一見、インテリ風に見えるかもしれないが、ヤクザな人間だ。あんたの友だちがいったように、危険な男でもある。一応、看板には、私立探偵と書いてあるが、あまり金にならない素行調査なんて仕事はやりたくない。金になる仕事だけやる。だから、もし、あんたが普通の私立探偵事務所に頼むような仕事を持って来たのなら、何も話さずに、帰って貰ったほうがいい」

「簡単な、調査みたいなことなら、あんたを訪ねたりはしない。もっと大変なことに、私は、巻き込まれてしまっているんだ」

「それなら、話を聞いてもよさそうですね。ただし、金は高いですよ。値段は、僕のほうからつける。アメリカと違って、この日本では、私立探偵という正式な職業はないんですよ。だから、拳銃《けんじゅう》はおろか、ナイフも持てない。危険な相手とも、素手で闘わなければなりません。もし、拳銃を使えば、相手を殺さなくても、所持していたというだけで、警察に逮捕されてしまう。また、刑事事件にぶつかれば、手を引かなくてはならない。つまり、あんたに頼まれた仕事をやっている最中に、警察が介入してきたら、僕は、手を引かなければ、逮捕されるという
ことですよ。だが、僕が手を引いてしまったら、あんたは、困るに違いない。困らないのなら、
最初から警察に頼んだでしょうからね。だから、僕は、警察に逮捕される危険を冒しても、仕
事を続けなければならない。だから、金は、こちらのいうとおり出して貰いたいのですよ」
「わかっている。あんたのいうだけ払う。いくら払えばいいんだね？」
男は、せかせかと、背広の内ポケットから、分厚い封筒を取り出した。中に入っているのが
一万円札なら、百万ぐらいはありそうである。
「金額は、仕事の性質によります。酒を飲みますか？」
「何故、酒を？」
「アルコールが入ったほうが、話しやすいこともありますからね」
「いや。酒はいらん」
男はいらいらした声でいった。よほど、神経が高ぶっているのだろう。
「じゃあ、話を伺いましょうか」
と、秋葉は、新しい煙草をくわえた。

2

「私は、かなりの金を持っている。水商売だが、十億ほどの金だ」

「羨《うらや》ましいですね」

と、別に、羨ましそうもなく、秋葉は肯《うなず》いて見せた。人間というやつは、金を持てば持ったで、それだけ心配ごとが増えるものだ。

「だが、敵も多い。やむを得ず、作ってしまった敵もいるし、私に対する嫉妬《しっと》から敵に回ったやつもいる」

「それで？」

「最近、私は、脅迫され続けている」

「脅迫されているんだったら、僕のところへ来るよりも、警察へ行ったほうがいいんじゃありませんか？　向うはタダで、あんたを守ってくれますよ」

「それが出来るくらいなら、こんなところへは来ない。まっすぐ警察へ行っている」

と、叫ぶようにいってから、男は、あわてて、

「こんなところといったのは、失言だ。許してくれ」

「構いませんよ。そういう言葉には慣れていますからね。ところで、脅迫されているのに警察にいえない理由というのを伺いましょうか？」

「それはだな。相手が脅迫の証拠を残さないからだ。だから、警察に訴えたって、取りあってくれないに決まっているんだ」

「証拠を残さないというと、どんな風に脅迫してくるんです？」

「最初は、電話だった。眠っていたら、夜中に、急に電話のベルが鳴った。私が出ると、男の

声で、一か月以内にお前を殺すというんだ。相手にしないでいると、二度、三度と、かかってきた。いずれも夜中にね」

「電話に、テープレコーダーを接続したらどうです。そのテープを持っていけば、警察は乗り出してくれるんじゃありませんか？」

「勿論、それは考えたさ。ところが、テープレコーダーを接続したとたんに、電話は、かかってこなくなってしまったんだ」

「相手は、他の手段で、脅迫してくるようになったわけですか？」

「そうだ」

「しかし、手紙による脅迫なら、それが証拠になって、警察へ訴えられるでしょう」

「手紙じゃない」

「じゃあ、相手は、どんな手段で、脅迫してくるんです？」

「例えば、これだ」

男は、ポケットから、一枚の小さな四角い板を取り出して、テーブルの上においた。幼児が、数字遊びをする小さな板である。その板には、15の数字が書いてあった。

「これが、どうかしたんですか？」

「私は、ソープランドやキャバレーを何軒かやっている。三日に一度、全部の店を廻《まわ》って、店の状態を調べることにしているんだが、先日、廻って帰って来たら、いつの間にか、この木札がポケットに入っていたんだ。これが、何を意味しているのか、最初は、わからなかった。どこかで、コートを間違えたと考えたくらいだ。だが――」

「電話で、男は、一か月以内に、あんたを殺すといった。とすると、つまりこの木札は、あと十五日で、あんたを殺すという意味になる。少なくとも、あんたは、そう考えた。違いますか？」

「最初は、気がつかなかったが、次に、店を廻ったとき、同じ木札がポケットに入っていて、それに、12の数字が書いてあったんで、意味がわかったんだ。だが、こんな子供の数字遊びの道具を持って、警察に行ったたって笑われるのが、オチだからね」

「敵も、なかなかやりますね。ところで、相手は、何が望みなんです？　ただ、やみくもにあんたを殺すといっているんじゃないでしょう？　それなら、一か月なんて悠長なことをいわずに、いきなりあんたを殺しているはずだ」

「勿論《もちろん》、最初の電話で、相手は、条件をいったよ」

「金を要求したんですね？」

「そうだ」

「とすると、単なる恐喝ですね」

「単なるとは、何だね？　私は命を狙われてるんだ」

相手が、怒鳴った。秋葉は、手を横に振って、

「これは、言葉の綾《あや》ですよ。ただ単に、あんたを殺すというだけの相手より、金を欲しがっている相手のほうが、仮面をはぐのが、楽だということです。あんたは、僕に、相手の正体を調

べさせたいんでしょう」

「そうだ」

「それなら、金を渡すときに、相手は、どうしても、こちらの前に姿を見せなければならない。そこが、恐喝者の辛《つら》いところでしてね」

「だが、そうはいかないんだ」

と、男は、蒼《あお》ざめた顔でいった。

「それは、どういうことです？　相手は、電話で、金を要求してきたんでしょう？」

「ああ。それも私の全財産だ」

「ほう」

「店も土地も売り払って、全部、現金にしろといった。さっきもいったように、十億という金だ」

「それで、その金を、どこへ持って来いと、いっているんです？」

「そうはいってない」

「じゃあ、どこかの銀行の預金口座へ振り込めと指示でもしてきたんですか？」

「そうもいってない」

「じゃあ、相手は、どうやって、十億という金を手に入れようとしているんです？」

「あんたは、信じないかもしれんが、相手は、一円も欲しがっていないんだ」

「しかし、電話で、相手は金のことをいったんでしょう？」

「いった。だが、やつは、こういったんだ。お前は、全財産を現金化して、それを、すべて慈善事業に寄付しろといったんだ」

3

一瞬、秋葉は、きょとんとした顔になって、男の顔を見つめた。だが、男は、硬い表情を崩さなかった。冗談でいっているのではないのだ。

「受話器の向うから聞こえてきた男の声を、私は、まだ忘れられん。やつは、こういったんだ。全財産を寄付なされば、あんたは、一躍有名人だとな」

「すると、相手のいった一か月というのは、あんたが、今、お持ちの店や土地を現金化する時間ということなわけですね？」

「やつも、そういっていたよ」

「だが、あんたには、全財産を、慈善事業に寄付する気は、全くないわけですね？」

「当り前じゃないか。苦労に苦労を重ねて、やっと、作りあげた財産なんだ。一文なしになるのは、まっ平ごめんだ」

「それで、僕に与えられた時間は、どのくらいあるんです？　あと何日間の間に、相手を見つけ出せばいいんです？」

「昨日、これが郵便受に入っていた」

と、男は、また、ポケットから小さな封筒を取り出した。何も書いていない白い封筒である。

中には、紙片がたった一枚入っていた。

「8」という大きな数字が印刷された紙である。

「昨日というと、僕に与えられた時間は、あと一週間ということですね」

「そうだ。やってくれるだろうね？　七日間の間に、相手が誰なのか、見つけ出してくれるだろうね？」

「高いですよ」

「構わんさ。いくら欲しい？」

「まず、百万頂きましょう」

「まずというのは？」

「成功したら、あと四百万頂きたい。何億という財産か、命を取られることを思えば、安いものでしょう」

「ここに、百万入っている」

と、男は、さっきの分厚い封筒を、前に押し出した。

秋葉は軽く上から押さえ、それが、札束の感触とわかると、調べもせずに、無造作に内ポケットに放り込んだ。

「中を調べなくてもいいのかね？」

男が呆《あき》れた顔でいうので、秋葉は、ニヤッと笑って見せた。

「あんたは、僕が、危険な男であることを知っているはずですからね。もし、この中に、いったとおりの金額が入っていなければ、あんたは、僕まで、敵に廻さなければならないことになる。あんたは、そんな馬鹿な人間ではないと思いますからね」

「まあ、それは、そうだが――」

「それでは、さっそく、仕事に取りかかりましょう」

「そうしてくれ」

「では、何故、僕に嘘をついたのか、それを教えてくれませんか？」

「嘘！　私は、嘘なんかついとらん。全部本当のことだ。脅迫されていることも、相手が全財産を慈善事業に寄付しろといったこともだ。やつは、私を、破産させる気なんだ。破産させるか、殺すか、どっちかにする気なんだ。こんなときに、嘘がつけるか」

「だが、あんたは、一つだけ嘘をつきましたよ」

と、秋葉は、微笑した。

「警察へ訴えられない理由として、あんたは、相手が上手《うま》く立ち廻っているので、訴えても信じて貰《もら》えないからだといった」

「そのとおりだから、仕方がないじゃないか。さっき見せたみたいな子供の玩具《おもちゃ》で、警察が話を信じてくれると思うかね？」

「いや。だが、テープレコーダーを取りつけたとたんに、相手が、電話を使わなくなったというのは、あまりにタイミングが良すぎる話ですしね。それに、相手は、あんたに、全財産を、慈善事業に寄付しろといってきたんでしょう。そうだとすると、義賊気取りのところもあるように見える。そういう男は、堂々と電話をかけてきたり、手紙をよこしたりするものなのですよ。だから、警察に、訴えられないのは、他に理由があるんじゃないですか?」

「――」

男の顔色が変った。どうやら図星だったらしい。恐らく、何億とかの財産を作るには、後暗いこともやり、それを、警察に知られるのが嫌で、秋葉のところに来たに違いない。

「まあ、いいでしょう」

と、秋葉は、また、ニヤッと笑って見せた。

「あんたが警察に行かなかったおかげで、僕のところへ、仕事が廻《まわ》ってきたわけですからね」

「そうだよ。そう考えて、つまらんことは、詮索《せんさく》せんで欲しい。あんたにやって貰わなきゃならんのは、私を脅している人間の、正体をつかんでくれることなんだ」

「そのためには、僕にも、知識が必要ですよ。あんたと、あんたの周囲の人間のね。まず、お名前から伺いましょうか」

4

〈川島大三郎《かわしまだいざぶろう》〉

と、男が、差し出した名刺には、書いてあった。大きな名刺で、裏を見ると、ずらりと肩書きが並んでいる。

東京キャバレー連合会副会長

東京特殊浴場連盟理事
川島不動産社長
エトセトラ、エトセトラである。

「ご家族は？」

「そんなことまでも話さなければならんのかね？」

「今のところ、相手は、あんただけを、狙っているように見えます。しかし、あんたの家族を狙わないという保障は、どこにもありませんからね」

「妻と、娘が一人いる。大学一年の娘だ。家内の名前は、文子《ふみこ》。娘のほうは、啓子《けいこ》だ」

「他には？」

「お手伝いが一人に、犬が一匹だ」

「電話の声は、確かに男でしたか？」

「間違いないよ。男だ。だが、鼻でもつまんでしゃべっているのか、不明瞭《めいりょう》で、若いのか年とってるのかわからなかった」

「すると、お手伝いさんは、除外出来ますね」

「勿論《もちろん》だ。彼女は、もう七年もうちにいるんだ。信用している」

「敵が多いといいましたね？」

「ああ。私には、沢山敵がいる。味方も多いがね」

「その中で、特にあんたを恨んでいると思われる人間のリストを、この次に会うときまでに作っておいてくれませんか？」

「この次というのは、いつのことだ？　あと一週間しかないんだぞ」

「あんたは、三日目ごとに、自分の店を廻ることになっているといいましたね。この次に廻るのは、いつです？」

「予定では、明日だが、一日一日と期限が迫ってくると、廻る気にもなれん」

「しかし、明日は、ぜひ、廻って頂きたいですね。いつもと同じように。僕も、お供をします」

「何故？」

「数字を書いた積木の玩具は、三度とも、店を廻っている間に、コートのポケットに入れられたわけでしょう。だから、僕としては、どんなコースなのか、知りたいのですよ」

「いいだろう。じゃあ、明日の午前九時に、私の家へ来てくれ」

「そのときまでに、さっきいったリストを作っておいて下さい」

と、秋葉はいった。

川島大三郎が、帰ってしまうと、秋葉は、窓のところまで行って、下を見下ろした。

銀色のロールス・ロイスに、川島が乗り込むところだった。

（資産十億で、ロールス・ロイスか）

秋葉の口元に、自然に、苦笑が浮かんだ。それから、椅子に腰を下ろし、長い足を投げ出した。

金は、あるところにあるものだと思う。この国では、金のない奴と、金のある奴の格差が、ますます広がっていくだろう。何億と持っている人間がいるかと思えば、四畳半のアパートで、うっせきした気持を醱酵《はっこう》させている人間もいるのだ。ただ、それだけでなく、マスコミが極度に発達した今は、金のあるほうを勝者として扱い、テレビに、その豪壮な邸宅や、別荘、ヨットなどを映していく。そのほうが、ニュースになるからだ。必然的に、四畳半の人間のほうは、ますます負け犬意識にかりたてられていく。今の社会は、金さえあれば、何でも可能な時代だ。つまり、逆にいえば、金がなければ、何も出来ない時代だということである。

野心だけがありながら、金のない人間には、我慢の出来ない時代でもあるだろう。だから、今度のような事件が起きてもおかしくはないし、金のある人間が、脅迫される事件は、ますます増えそうだ。そうなれば、秋葉の仕事も、増えてくるに違いない。何故なら、今日の客のように、どこか後暗いところのある人間ならば、脅迫されても、警察に保護を頼むのをためらうに違いないからである。

秋葉は、煙草に火をつけてから、電話に手を伸ばした。

秋葉には、何人かの部下がいる。いや、正確にいえば、部下というより、情報源といったほうがいいだろう。毎月、いくらかの小遣いを与えているだけの人間だが、彼等は、キャバレーのボーイだったり、一流会社のＯＬだったり、仕事は、さまざまだが、共通しているのは、うっせきした気持を抱き、何か事件があればと、待ち構えている。ある意味では危険な若者たちだということである。そういう若者たちのほうが、いざというときに、頼りになるのだ。

秋葉は、メモ帳を見て、新宿にあるソープランドのダイヤルを回した。電話口に出た女の子に、

「ボイラーマンの花井《はない》君を呼んでくれないか」

と、頼んだ。

花井は、二十五歳の青年である。大志を抱いて、青森から上京したのだが、さまざまな職業についた揚句、今は、ソープランドのボイラーマンになっている。この仕事に満足していないことは、そのいらだったようないつもの表情を見れば、誰の眼にも明らかである。

「秋葉だが、ちょっと会いたい」

と、秋葉は、いった。「時間がとれるか？」

「六時に、交代になりますから、それからなら、いつでも」

電話の向うの声が、はずんでくるのがわかる。

「じゃあ、七時に、新宿のいつもの喫茶店で会おう」

「今度は、どんな事件ですか？」

「それは、会ったときに話すよ」

と、秋葉は電話を切った。

5

新宿の喫茶店には、花井が先に来て待っていた。

きちんと三ツ揃えの背広を着ている。今は、服装から、相手の職業を判断するのが困難な時代である。

花井の眼が輝いている。彼が、こんな生き生きとした表情をするのは、秋葉と会っているときか、好きな女と寝るときぐらいだろう。

「この男を知っているか？」

と、秋葉は、川島大三郎の名刺を、花井に渡した。

「都内に何軒かソープランドやキャバレーを持っているそうだ」

と、秋葉が説明すると、花井は、説明の途中から、ニヤッと笑った。

「うちの店も、この川島の持ち物ですよ」

「そいつは、面白いな」

「社長が、秋葉さんに、頼みに行ったとすると、ボディガードか何かじゃないんですか？」

「何故、そう思うんだ？」

「敵の多い男ですからね。ずい分、憎まれていますから」

「何故、憎まれているんだ？　商売のやり方が、きたないからか？」

「まあ、そんなところです。店の責任者は、川島の妾《めかけ》ですよ。川島という男は、妾を何人も持っていて、それぞれに、店をやらせているそうです」

「三日に一回、全部の店を廻って歩くそうだね？」

「ええ。そのたびに、従業員の一人一人に、もっと働け、もっと稼げとハッパをかけていきますよ。あんなに金を持っていても、まだ金が欲しいんですかね。だから、従業員の評判も悪いですよ」

「どんな過去を持った男なんだ？」

「それが、よくわからないんですよ。常さんというボイラーマンが、おれと二人で働いているんですが、この常さんのいうところによると、川島は、今でこそ、ロールス・ロイスなんか乗り廻《まわ》しているが、昭和二十五、六年頃は、新宿の裏通りをチョロチョロ走り廻っていたチンピラヤクザだったそうです。それで今でも、肩のあたりに、安っぽい刺青《いれずみ》が残っているそうですよ」

「その常さんというのは、何故、そんなことを知ってるんだ？」

「何でも、昔、川島と一緒にグレていたことがあるからだそうです。二十年以上も、前のことだそうですがね。川島のほうは、昔のよしみで、拾って使ってやっているんだと、いいふらしているそうですが、おれの眼から見ると、安く、こき使っている感じですよ。ところで、仕事というのは、川島のボディガードですか？」

「ちょっと違う。他言は無用だが、何者ともわからない人間、多分、男だが、に、脅迫されているから、相手の正体を調べてくれというんだ」

秋葉が、事情を簡単に説明すると、花井は、眼を輝かせて、聞いていたが、

「面白いですねえ」

と、若者らしい言葉を口にした。

「何が面白いんだ？　川島みたいな男が脅迫されるのが痛快だという意味かい？」

「それもありますがね。相手のやり口ですよ。何百万よこせといったケチな恐喝じゃなくて、全財産を、慈善事業に寄付しろなんていうのは、痛快じゃありませんか。おれとしては、なんだか、そっちの犯人のほうに味方してやりたい気持ですね」

「現代の義賊扱いだな」

「自分は、一円も欲しがってないんだから、義賊ですよ」

「まさか、君じゃあるまいな？」

「とんでもない。おれは、もっと俗物で、金の欲しい人間ですからね」

「それを聞いて、安心したよ」

「それは、どういう意味ですか？」

「正直にいうとね。僕も、話を聞いたとき、君と同じように、現代の義賊という言葉が頭に浮かんだ。だがね。今どき、そんな酔狂な人間がいるだろうかと、疑い出したんだ。今は、金さえあれば、何でも出来る時代だ。誰だって、金が欲しいはずだ。それなのに、慈善事業に寄付しろと、脅迫するというのが、僕には、少し、お伽話《とぎばなし》めいて聞こえるんだ」

「じゃあ、秋葉さんは、どう思うんです？」

「今のところ、相手の狙いが、わからないんだ。君は、川島という男は、何億という財産を持ちながら、まだ、いくらでも金を欲しがっているといったね？」

「ええ。その上、ケチですよ。おれたちの給料でもボーナスでも、とにかく、渋いですからねえ」

「そんな男が、殺すぞと脅かされて、全財産を慈善事業に寄付すると思うかね？」

「全然。死んだって、金は出したがらないような男ですよ。だからこそ、秋葉さんのところに、相手を見つけてくれと頼みに行ったんでしょう。とくに、全財産なんていったら、殺されたって、出すもんですか」

「だろうね。犯人だって、そのくらいのことは知っているはずだ。それなのに、何故、全財産を慈善事業に寄付しろなどと、脅迫したのか、それがわからないんだ。つまり、犯人の狙いがわからないというわけだ」

「そうですね。おれは、どうしたらいいんです？」

「常さんという男から、川島の昔のことを、それとなく聞いておいてくれ。それから、明日、僕は、川島大三郎のお供をして、各店を廻るんだが、顔を合わせても、素知らぬ顔をしていてくれよ」

「心得ています」

花井は、ニッコリとした。秋葉は、封筒に入れた五万円を、相手のポケットに押し込んで、先に店を出た。

6

翌朝、正確に午前九時に、秋葉は、中目黒《なかめぐろ》にある川島の宏壮《こうそう》な邸《やしき》の門をくぐった。

川島は、迎えのロールス・ロイスが、まだ来ないので、不機嫌になっていたが、それでも、秋葉を怒らせては渡した百万がふいになると考え直したのか、広い庭を案内してくれたりした。池には、何百匹という鯉が泳いでいる。川島は、あの緋鯉《ひごい》は、一匹いくらの逸品だと、いちいち、自慢げに、秋葉に説明した。

その庭で、妻君と娘にも紹介された。

妻君が三十代の若さなのは、後妻なのだろう。さして美人ではないが、愛想が良かったが、大学へ行っている娘のほうは、警戒するような眼で秋葉を見、すぐ、姿をかくしてしまった。どうやら父親を尊敬していないし、父親のまわりの人間も、嫌いなようだった。

迎えのロールス・ロイスは、十五、六分ばかりおくれてやって来た。秘書の三十歳くらいの男と運転手は、車が混雑していたのでと、弁明したが、川島は、一分おくれれば、何万円の損だと、口汚く叱りつけてから、秋葉と一緒に、車に乗り込んだ。

それから、夜の十時近くまで、銀色のロールス・ロイスは、東京中を走り廻った。

ソープランドでは、帳簿を調査し、ソープ嬢には、それとなく売春を奨励し、開店直前のキャバレーでは、従業員全員を集めて、もっと稼ぐように訓示し、不動産会社では、日本一の不動産会社にするぞと、ハッパをかけた。

その途中の車の中で、秋葉は、川島から渡されたリストに眼を通した。三人の男の名前と住所、それに簡単な経歴が書いてあった。

森山秀次《もりやまひでつぐ》（五〇）　元キャバレー経営者
平林一郎《ひらばやしいちろう》（六二）　元特殊浴場経営者
園田《そのだ》　光《ひかる》（五七）　元地主

「全部、『元』がついていますね」

　と、秋葉は、全店見廻りの仕事が終ったあと、川島に向って話しかけた。車は川島の持っているキャバレーの一店にもどり、そこの店長室に、秋葉は案内された。

「その三人について、説明しておこう。最初の森山秀次は、実は以前、この店の持ち主だったんだ。だが、私が買い取った。勿論《もちろん》、正当な値段でだ。ところが、その後、生活が上手《うま》くいかないものだから、私のせいだと逆恨みしている」

「次の平林一郎も同じケースですか？」

「まあ、そうだ。平林も、店が上手くいかなくて、私に売り渡したくせに、私に逆恨みをして、盛んに、私が、店を欺し取ったと、いいふらしている。地主の園田も同じケースなんだ。私の不動産会社が、坪十万円で買った彼の土地が、一年で、五倍になった。おかげで私は、もうけさせて貰《もら》ったが、これは商売だよ。それなのに、園田は、自分が丸損したみたいに思って、私を恨んでいるんだ。私に欺されたといってね」

「全員、逆恨みというわけですか」

　と、秋葉は、座ってから、煙草を取り出そうとして、変な表情になった。紙片のようなものが、手に触れたのだ。小さく折りたたんだ紙片だった。

秋葉は、煙草をくわえてから、その紙片を広げてみた。


〈悪人に、つまらぬ手助けをするな〉


と、だけ、書いてあった。正確にいえば、それはペンで書いたものではなく、雑誌か何かから、活字を切り抜いて、貼りつけたものだった。

「何だね？」

と、川島が、のぞき込んだ。

秋葉は、黙って、その紙片を見せてから、

「あんたのコートのポケットも調べたほうがいいですね」

「――――」

川島は、脱いであったコートをつかみ、ポケットに手を突っ込んだ。再び、彼の手が出て来たとき、その指には、前に見た玩具《おもちゃ》の文字板がはさんであった。

「6」の数字だった。

「またか」

と、川島は、舌うちした。

「一体、どこで、誰が入れたんだろう？」

「犯人にとって、チャンスは、いくらでもありましたよ。あんたは、店に寄るたびに、コートを脱いだ」

「店の中は、暖房がきいているからな」

「脱いだコートを、あんたは、秘書に預けずに、近くに放り出して、店の従業員の訓示に熱中していた。だから、誰にでも、コートに近づけたはずです」

「そうだ」

「ところで、僕のことを、誰かに話しましたか？」

「家の者には話した。家内や娘が心配していたから、君に犯人を見つけてくれるように頼んだとね」

「他には？」

「秘書の中村《なかむら》にもだ。同行するとき、わけがわからなくては、困るからな」

と、川島は、傍にいる秘書に向って顎《あご》をしゃくって見せた。

「それは、昨日、話されたんですね？　僕の事務所から帰ったあとで」

「そうだ。いけなかったかね？」

「いや。別に。他に、僕のことを話した人はいませんか？」

「店の責任者には、一応、明日、秘書以外に一人同行する者がいるが、怪しい者じゃないと、電話でいっておいた」

「ボディガードだといったんじゃありませんか？」

「そういったかもしれん。それが、どうかしたのか？」

「正確なことを知りたいのですよ。昨日、僕が同行することを知らせたのは、奥さんと娘さん。それに、秘書の中村さん。あとは、各店の責任者ということですね。この人たち以外には、話してませんね？」

「ああ。話さん。だが、全店の従業員が、君を見たはずだから、みんな、私が、用心棒みたいな人間を連れていると思ったろうね」

7

秋葉は、翌日、川島の作ったリストの三人に会ってみることにした。

最初は、元キャバレー経営者だという森山秀次だった。この男は、小さな焼鳥屋の主人になっていた。

「あいつの悪口なら、一日話しても足りないよ」

と、森山は、コップ酒を呷《あお》った。

「最初、笑顔で近づいて来て、店を拡張すべきだと、助言してくれたんだ。金がないというと、五百万という金を、ポンと貸してくれもした。何と親切な男だと思ったよ。私は、その金で、店を大きくした。借りた金は、儲《もう》けて返せばいいと思ったんだ」

「それで？」

「客さえくれば、儲かる。だから、がんばった。ところが、駄目なんだ」

「キャバレー商売というのは、いい女の子がいなきゃ成りたたないんだ。だから、売れっ子のホステスの引き抜きが行われるんだが、店を拡げた翌日から、うちの娘《こ》が、やたらに引き抜かれるんだ」

「何故です？」

「なるほど。引き抜いたのは、川島大三郎というわけですね？」

「そうだ。向うは、何億という金を持っているのに、こっちは、借金でやっと店を拡げたばかりだ。引き抜き合戦になったら、勝てやしない。いい娘を、どんどん引き抜かれて、売り上げは、低下する。そのうちに、借金の返済期限がくる。店が抵当にしてあったから、あっという間に、あいつに乗っ取られてしまった。まるで、店を大きくして、くれてやったようなものよ」

森山は、自嘲《じちょう》して見せた。

「じゃあ、川島を恨んでいますね？」

「最初は、殺してやりたいと思ったさ。だが、もう、そんな気力もなくなった。それに、焼鳥屋も、結構楽しいからね」

「ご家族は？」

「婆さんが一人いるだけだよ」

と、店で働いている、同年輩ぐらいの女性を指さした。

「それに、私より、可哀そうな男もいるからね」

「平林一郎のことですか？」

「そんな男のことはしらん」

「じゃあ、園田光という人ですか？」

「いや。そんな男もしらん。私のいってるのは、川島の鞄《かばん》持ちをしている中村という若い男のことだよ」

「秘書の？」

「そうだ」

「何故、あの男が、可哀そうなんです？　川島大三郎の人使いが荒いからですか？」

「そんなことじゃない。あの男の親父も、私同様、キャバレーをやってたんだが、同じ手口で、川島に乗っ取られ、一文なしになって、田舎へ引っ込んでしまったからだよ」

「それなのに、何故、息子のほうが、川島の秘書なんかやっているんでしょう？」

「わからんが、川島の娘に惚《ほ》れているというのを聞いたことがある。惚れた弱味というやつだな。それで、親父の仇《かたき》の川島の鞄持ちを、れんめんとしてやっているのかもしれん。だから、可哀そうな男だといったんだ」

「面白い話ですね」

「そうかね」

森山は、ぶっきら棒にいい、また、コップ酒を呷った。

8

次に訪ねたのは、元特殊浴場経営者の平林一郎だった。

六十二歳のこの老人は、水商売の味が忘れられないのか、別のソープランドの人事係をやっていた。いわば、ソープ嬢を探してくる係である。

彼が話してくれたのも、前の森山秀次の話と同じだった。同じようなやり方で、店を乗っ取られたのだ。

「あの男は、相変らず、あくどいやり方で、店をふやしているようだね。こういうところで働いていると、そんなニュースが、いやでも耳に入ってくるよ」

「この店は、彼の経営じゃありませんね」

「当り前だ。死んだって、あいつの下でなんか働くものか」

「まだ、彼を憎んでいますね？」

「ああ。殺してやりたいくらいだ。だが、こんな年寄りに、何が出来る？　自分の店をなくしてからは、自分でも、急に老け込んだのがわかるよ」

「電話して、脅迫することは出来るでしょう？」

「何のことだね？　それは」

「失礼ですが、家族は？」

「いないよ。息子が一人いるが、結婚して、今、名古屋《なごや》だ」

「本当に、名古屋ですか？」

「何故、そんなことをきくんだ？」

「ひょっとすると、あんたが、刑事事件に巻き込まれるかもしれないからですよ。くわしいことは話せませんがね。あんたを、そんな目にあわせたくないのです」

「よくわからんが、昨日、息子からきた手紙がある」

老人は、封筒を見せた。差出人は、確かに名古屋で、中の文面から、息子であることは明らかだった。礼をいって、その手紙を返してから、

「ところで、今、川島大三郎の秘書をやっている中村という秘書のことを、よく、ご存じですか？」

「勿論《もちろん》、知ってるさ。あいつは、馬鹿だ」

「父親の店を乗っ取った川島の下で、働いているからですか？」

「そうだ。だから、呼びつけて、怒鳴りつけてやったことがある。そうしたら、どういったと思う？」

「川島の娘に惚れたといったんじゃありませんか」

「そうだ。だから、余計、馬鹿者だというんだ」

「川島の娘のほうは、どうなんです？　同じように彼に惚れているんですか？」

「そんなことまで、私はしらん」

老人は、吐き出すようにいった。

秋葉は、礼をいい、次に、元地主と、川島が書いた園田光を訪ねてみた。

川島は、元地主といったが、園田は、今でも、埼玉に、かなりの土地を持っていた。そのせいか、森山秀次や、平林一郎に比べて、悠然とした表情をしていた。

だが、秋葉が、川島大三郎の名前を口にしたとたん、ペッと唾《つば》を吐いた。

「あの男は、不動産屋じゃない。ペテン師だ」

「しかし、合法的に、土地を売ったわけでしょう」

「法律的にはそうだ。だが、ペテンだったんだ」

「何故です？」

「あいつに売った土地には、鉄道が通ることになっていたのにそれが通らないという噂が流れたんだ。噂だけじゃない。本物の新聞記者が来て、鉄道は、取りやめになったと話した。それを信じて安く売ったら、その記者も、やつとグルだったんだ」

「なるほどね」

「おかげで、何千万の損をした。いや、一億円は、損をしたはずだ」

「じゃあ、川島を憎んでいますね？」

「ああ」

「殺したいくらいに？」

「いや。そんなには、憎んでいないね」

「何故です？」

「実は、川島のやつに欺されたんで、用心深くなってね。あとの土地を、じっと売らずに持っていたんだ。他の地主は、土地の値段が上がるんで、どんどん売ったのにだよ。それがよかったんだな。ここにきて、グンとはね上がった。おかげで、川島に損させられた以上に、儲《もう》けさせて貰《もら》ったからね」

そういって、園田は、はじめて、ニヤッと笑った。

9

三人の話を聞いて、埼玉から東京に戻ったときには、すでに、暗くなっていた。

東京駅から、タクシーで、自分のマンションのある中野《なかの》まで来たときは、十時に近かった。

マンションの周囲は、住宅地で、冬の十時だと、もう人通りもない。タクシーが大通りから入ってくれないので、降りてから、秋葉は、コートの襟を立てて、だらだら坂を歩いて行った。

歩きながら、煙草をくわえ、ライターの火をつけようとした、秋葉は、急に立ち止まった。

立ち止まって、煙草をくわえたままで、ぐるりと、周囲を見廻《みまわ》した。

「出て来いよ」

と、秋葉は、闇に向って、落ち着いた声でいった。

「僕に用があるから、この寒いのに、じっと待っててくれたんだろう?」

その声に応じるように、電柱や、物かげから、黒い人影が、一つ、二つと、飛び出して来た。

全部で四人だった。

いや、もう一人、電柱のかげから出て来ない人影があった。その男だけが、黒っぽい鞄を提げていた。

四人の男は、ぐるりと秋葉を取り囲んだ。

「秋葉さんだね？」

と、一人が、ドスのきいた声でいった。

「ああ」

と、秋葉は、肯《うなず》いた。

「つまらないことから、手を引いて貰いたいんだがね」

「何のことだね？」

「わかってるはずだよ」

「手は引けないといったら？」

「引くといわせるより仕方がないね」

「その電柱のかげに隠れている男に、金で頼まれたのか？」

「そんなことは、お前さんの知ったことじゃない」

「なるほどね。だが、断っておくが、僕は、ジュニアミドルで、十回戦を三回やったことのある男だよ。それでもやるかね」

「――――」

秋葉の正面にいた男が、一瞬、ひるんだように、後ずさりした。その瞬間を狙って、秋葉は、飛び込むと、そいつの顎《あご》を、思いっきり殴りつけた。

「ぐえッ」

と、悲鳴をあげて、そいつの身体が、地べたに叩《たた》きつけられた。そのときには、秋葉は、もう、素早く、他の三人のほうを、振り向いていた。

「やるかね？」

と、秋葉は、もう一度、声をかけた。三人の男は、黙ったまま身構えている。こういうことには、慣れているという感じの身構え方だった。襲いかかって来ないのは、仲間の一人が、あまりに簡単にのされてしまったのを見て、用心深くなっただけのことだと感じた。その証拠に三人は、逃げる代わりに、じりじりと、少しずつ、秋葉との間合いをせばめて来た。今度は、三人一緒に飛びかかって来る気だ。喧嘩《けんか》なれしたヤクザ者らしい遣《や》り口だ。みんながヤクザを怖がるのは、彼等が、いつも群をなしているからだ。盛り場で、素人が、ヤクザにやられるのは、喧嘩がはじまったとたんに、さあッと仲間が集まって来て、素人を袋叩《ふくろだた》きにしてしまうからだ。一対一なら人間の力など、そう違うものではない。

ただ、秋葉の場合は、素人ではなかった。

右端の男に向って、殴りかかると見せて、とっさに、まん中の男に、飛びかかり、下腹のあたりを、思いっきり殴りつけた。このフェイントが見事に決まって、その男は、けもののような呻《うめ》き声をあげて、身体を二つ折りにして、道路に這《は》いつくばった。

連携が切れれば、ヤクザも弱い。あとの二人が、まごついている間に、秋葉は、倒れた男の頭上を飛び越してから、また、くるりと残りの二人に向って身構えた。

「まだやるかね？」

と、秋葉は、落ち着いて、同じことをいった。

残った二人の身体から、急速に、戦意が消えていくのが、手に取るようにわかった。無鉄砲なチンピラもいるが、本物のヤクザというのは、勝ち目のない喧嘩はしないものだ。

二人が、目くばせして、後ずさりしていくのを見てから、秋葉は、五人目の男が隠れている電柱を振り返った。が、鞄《かばん》を持った男の影は、いつの間にか消えてしまっていた。形勢が悪いと見て、いちはやく逃げ出したのだろう。

秋葉は、舌うちをして、電柱のところまで歩いて行った。

ライターをつけて、男のいたあたりを照らしてみた。

何か落ちている。取り上げて見ると、通勤定期だった。まだ、あと二か月あまり有効期間がある。

〈中村俊夫《としお》　三十歳〉

と、名前が書いてあった。

（あの秘書か）

と、秋葉は難しい顔になって呟《つぶや》いた。

10

翌日、昼近くに目覚めた秋葉は、事務所に出かける代わりに、知り合いの女の一人に電話をかけた。

バーのホステスで、遊びの相手でもあり、花井と同じように、秋葉の情報源の一人でもあった。

今、起きたばかりだと、眠そうな声を出す相手へ、

「頼みたいことがある。すぐ、マンションのほうへ来てくれ」

と、命令するようにいって、電話を切った。

一時間近くたって、柴野《しばの》亜木子《あきこ》は、毛皮のコートを羽織った格好で、部屋に飛び込んで来た。

「外は、寒いわよォ」

と、大げさに肩をすくめてから、

「こんな昼間から、呼んでくれるなんて、珍しいわね」

といい、部屋のカーテンを閉めようとする。

秋葉は、苦笑して、

「寝るのもいいが、その前に、仕事を頼みたいんだ」

「どんな仕事？」

「君は、事務的な声が出せるか？」

「事務的って、どんな声よ？」

「嫌いな男に、引導を渡すときの声でいい。それでわからなければ、いつもの甘ったれた声の

反対の声だ」

「それで、どうするの？」

「ここへ電話をかけて貰いたい」

秋葉は、川島大三郎の自宅の電話番号を書いて、亜木子に渡した。

「多分、お手伝いさんが出るだろうから、お嬢さんに急用だというんだ」

「まさか、そのお嬢さんというのが、あんたの新しい恋人じゃないでしょうね？」

「ちょっとした美人だが、名前も知らないよ」

「それならいいわ。相手が出たらどうするの？」

「事務的な声で、ここに書いてあるとおり、相手にいって貰えばいい」

秋葉は、あらかじめ書いてあったメモを、亜木子に渡した。

〈こちらは、中野の服部《はっとり》外科ですが、中村俊夫さんという方が、交通事故で運ばれて来ました。しきりに、あなたに会いたがっていますから、至急、おいで下さい〉

「何なの？　これ」

「そのとおり、いってくれればいいんだ。どんな具合かと向うがきいたら、かなり重体だと答えてくれ」

「この服部外科って、どこかで聞いたような病院ね」

「このマンションのまん前にある病院だよ。早くやってくれ」

亜木子が、電話している間に、秋葉は、隣の部屋から双眼鏡を探し出して来た。

「かけたわよ」

と亜木子がいった。

「反応は、どうだった？」

「だいぶ、びっくりしてたみたい。これからどうするの？」

「これからが賭《か》けさ。彼女がやって来るかどうかね」

秋葉は、窓に行き、双眼鏡を、通りの向こうにある服部外科病院に向けた。丁度、真正面に病院の入口が見える。

三十分ほどして、まっ赤に塗られたスポーツカーが、病院の前へ止まり、運転して来た若い女が、駈《か》け込んで行くのが見えた。間違いなく、川島の邸《やしき》で見た娘だった。

そのまま、双眼鏡を向けていると、十分ばかりたって、彼女が、首をひねりながら、出て来るのが見えた。スポーツカーに乗り込みながら、顔をしかめているのは、誰かにかつがれたと気がついたためかもしれない。

スポーツカーが走り去ってしまうと、秋葉は、双眼鏡を、ベッドに放り出した。

「彼女は、やって来たの？」

と、亜木子がきいた。

「来たよ。どうやら、二人の間の愛情は本物らしい」

「あたしだって、あんたが入院したって聞いたら、飛んで行くわよ」

「そいつは、有難いね」

秋葉は、手を伸ばして、亜木子の身体を、背後から抱き寄せた。待っていたように、彼女は、力を抜いて、身体を持たせかけてきた。

「スカートのホックは、もっと外しやすくしとけよ」

と、秋葉は、ミニスカートに包まれた彼女のお尻《しり》を、ポンと平手で叩いた。

11

川島の秘書、中村俊夫のマンションは、四谷駅の近くにあった。六畳一間に、台所と浴室がついた、いわゆる1DKの狭いものだった。

秋葉は、夜おそく、中村が仕事から解放される時刻を見はからって、訪ねてみた。

秋葉が、ドアをノックすると、中村は、ワイシャツ姿で、顔を出した。帰宅したばかりの感じだった。

「何か用ですか?」

と、中村は、無愛想な声できいた。どうやら、秋葉が嫌いな感じだった。

「君の落とし物を拾ったんで、届けに来たのさ」

と、秋葉は、相手に、定期券を放り投げてから、勝手に、ずかずかと上がり込んだ。

石油ストーブが燃え、壁には、本棚が並んでいる。

「文学全集に、詩集か。君は、なかなかロマンチストなんだね」

「あんたに関係のないことだ」

「そうかもしれないが、礼ぐらいは、いって貰《もら》いたいね」

「金が欲しいんなら――」

「金か」

と、秋葉は、笑って、

「君は、逆さにふっても金は出そうもない。それよりききたいことがある」

「何だ？」

「川島大三郎をどう思ってる？」

「そんな質問には、答えたくない！」

「だろうね。ところで、定期券は、どうしていたんだ？」

「どうしていたというと？」

「まだ二か月もある定期券を落としたんだから、困ったろうということさ」

「ああ、困ったよ。だから、新しく定期を買ったよ。まさか、あんたが拾ったとは思ってなかったからね」

「その、新しく買った定期を見せて貰えないか？」

「見たって、仕方がないだろう？　他人の定期見たって」

「それが、どうしても見たいんだ。見たら、それで帰る」

「おかしな男だな」

中村は、硬い表情で、投げ出してあるコートのポケットから、新しく買った定期券を取り出した。

秋葉は、ちらりと見ただけで、すぐ返した。

「ありがとう。これで失礼する」

「あんたは、私立探偵か？」

今度は、中村のほうが質問した。秋葉は、答える代りに、

「そうだったら、どうなるんだ？」

「あんたを雇った人間にいいたいことがあるんだ」

「ほう。どんなことをいいたいんだ？」

「何人、私立探偵を雇って、僕のことを調べたって、無駄だといいたいんだ」

「何のことか、よくわからんね」

「とぼけなくたっていい。とにかく、あんたの雇い主に、そう伝えて貰えばいいんだ」

「何のことだかよくわからないが、まあ、考えておくよ」

と、秋葉は、急に難しい顔になっていい、中村の部屋を出た。

そのマンションを出て、大通りでタクシーを拾う間も、その難しい表情は続いていた。が、自分の事務所に帰ったときには、明るい笑顔になっていた。相手が、何をいいたかったか、わかったからである。

その日から、二日間、秋葉は、わざと、頼まれた仕事を放り出し、依頼人の川島大三郎にも、何の連絡もしなかった。

三日目、とうとう、しびれを切らしたように、川島から、秋葉に、電話がかかってきた。

「全然、報告がないが、一体、どうなったんだ？　相手が、私を殺すといった期限は、あと二日しかないんだぞ。おい、わかっているのか？」

「勿論《もちろん》、わかっていますよ。そのために、百万円貰ったことも、ちゃんと覚えていますよ」

「じゃあ、一体、調査のほうはどうなったんだ？」

「安心して下さい。あんたを脅迫した男の正体はわかりましたから」

「本当か？」

「嘘をついても仕方がないでしょう」

「じゃあ、すぐこちらに来て、報告してくれ」

「こちらというのは、どこの事務所です？」

「事務所じゃない。中目黒の邸のほうだ。家内や娘にも、話してやって欲しい。私が脅迫されるようになってから、一緒になって、心配してくれているからね」

「わかりました。すぐ、伺います」

と秋葉はいった。

12

邸の応接室には、川島大三郎と、後妻と、娘の三人が、秋葉を待ち構えていた。彼が入っていくと、川島が、

「さあ、早く話してくれ」

と、せかした。

秋葉は、わざと、ゆっくり煙草に火をつけてから、

「今度の仕事は、最初、話を伺ったとき、難しくなるような気がしました。何故なら、相手が、川島さんに向って、全財産を、慈善事業に寄付しろなどという、妙にロマンチックな、別ない方をすれば、妙に文学青年的な要求をしてきたからです。そこで、川島さんに、最も、自分を憎んでいると思う人間のリストを作って貰いました」

「じゃ、あの三人の中に、犯人がいたのか？」

「いや、あの三人は、調べてみましたが、いずれもシロです。あの人たちには、あんたを脅かすような気力もないし、慈善事業へ寄付しろなどという、気のきいた文句がいえるはずがありません」

「じゃあ、一体、誰なんだ？」

「まあ、落ち着いてゆっくり聞いて下さい。僕は、あんたと一緒に、全部の店を廻《まわ》りましたね。あのとき、犯人は、僕の服のポケットに警告状を投げ込みました。あれが、いわば、犯人の第

一のミスだったのですよ」

「何故だね？」

「恐らく、筆跡をかくすためでしょう。雑誌から切り抜いた活字を貼りつけてあったからです」

「それが何故、犯人のミスになるのかね？」

「即席では出来ない警告状だからですよ。あの警告状は、前もって作ってあったものです。つまり、僕が、あんたと一緒に店を廻ることを、前もって知っている人間に、犯人が限定されてしまうからです」

「それで、君のことを、誰に話したかと、私にきいたんだね？」

「そうです。その結果、まず、家族に話されたと、あんたは、いった。だが、奥さんやお嬢さんが、犯人のはずはありません。電話の相手は、男だそうですし、店を廻るとき、われわれと一緒ではありませんでしたから」

「当り前だ。家内や、娘が、犯人であってたまるものか」

「次は、各店の責任者です。しかし、どの店の責任者も、女性ですから、これも除外されます。すると、残るのは、秘書の中村俊夫だけです」

「あいつだったのか？　犯人は？」

「彼には、まず、動機があります。彼の父親は、昔、ソープランドをやっていたが、あんたに乗っ取られた形になっています」

「別に、乗っ取ったわけじゃない。経営が下手だから潰《つぶ》れ、それを、私が買い取った。それだけのことだ」

「それは、僕には、どうでもいいことです。とにかく、中村に、動機があることをいいたかっただけです」

「それで？」

「二月二十一日の夜、僕は、五人の男に、暗がりで待ち伏せされました。つまり、今度は、力で警告しようというわけです。幸い、向うのほうが弱かったので助かりましたが、その中の一人が、逃げるとき定期券を落として行きました。中村俊夫の名前の書いてある定期券です」

「うむ」

「それに、彼の部屋には、文学書が一杯並んでいました。彼は、なかなかのロマンチストだと思いましたね。いかにも、義賊めいたことをしそうな」

「すると、私の命を狙った男は、秘書の中村だというんだな？」

「そうです」

「畜生！　恩を仇《あだ》で返しおって、今日中に叩《たた》き出してやる。あいつは馘《くび》だ」

「そうですな。ああいう男は、叩き出したほうがいいでしょう」

「よし。決めた」

「では、成功報酬の四百万円を頂きましょうか」

「いいとも」

川島は、急に上機嫌になると、用意してあった封筒を、秋葉の前に差し出した。秋葉は、前のときと同じように、上から触っただけで、中身はくわしく調べもせず、内ポケットに入れて、「では」と、立ち上がった。

13

秋葉は、川島邸を出ると、五、六メートル歩いたところで立ち止まり、煙草に火をつけ、しばらく、じっと、夜空を見上げていた。

二、三分すると、川島邸から、あの娘が、秋葉に向って駈《か》けて来るのが見えた。

「ちょっと待って下さい」

と、娘は、息をはずませて、いった。秋葉は、微笑を浮かべて、相手を見た。

「僕も、あなたを待っていたところです。きっと、追いかけて来るだろうと思ってね」

「何故？」

「立話もなんだから、お茶でも飲みながら話しましょう」

と、秋葉は、彼女を、近くにある喫茶店に誘った。ウエートレスの運んで来たコーヒーには、彼女は、一口も手をつけず、

「あたしは、中村さんが、父の命を狙った犯人だなんて、絶対に信じられないんです」

「僕も同感ですよ」

「何ですって！」

「別に驚くことはないでしょう。同感だといっているだけですよ」

「じゃあ、さっきは、嘘の報告をしたんですか？」

「そうです」

「何故？」

「あなたのお父さんの気に入るような報告をしなければ、礼金を貰《もら》えませんからね。商売の辛《つら》いところです」

秋葉は、ニヤッと笑ってから、

「まさか、犯人は、あんた自身だと、本当のことをいっても、お父さんは、僕に金を払ってくれたと思いますか？」

「父が犯人？」

「そうです」

「でも、あたしには、わからないわ。何故、父が、自分自身を脅迫するんです？」

「答えは簡単ですよ。中村俊夫を、あなたから引き離すためです。あなたのお父さんは、あなたを、もっと、金持ちのところへ嫁にやりたかったんでしょう。だが、下手に、中村さんを追い払えば、あなたが、家出しかねない。だから、極悪人に仕立てあげて、あなたに諦《あきら》めさせせようとしたんです」

「それで、あなたは、金を貰って、父の片棒をかついだの？」

「形としてはね」

「どういうことなんですか」

「僕のいうことを、よく聞いて下さい。今度の事件は、最初から、おかしいと思っていたんです。全財産を、慈善事業に寄付しろなどという脅迫者なんて、話としては面白くても、現実性がありませんからね。そして、あなたのお父さんは、三人の怪しい人物のリストをくれた。ところが、この三人とも、脅迫者になるような元気のない人ばかりだった。恐らく、僕をあの三人に会わせたのは、そのうちの誰かが、中村さんについて、動機があることをしゃべるだろうと、期待したからでしょう。事実、リストの中の二人が、それをしゃべり、僕の疑いは、中村さんに向いた。ところが、川島さんは、やり過ぎた。その夜、五人の男に、僕を襲わせ、その一人は、中村さんの定期券を落として逃げた。そうすれば、僕の中村さんに対する疑いが、決定的になると思ったんでしょう」

「――――」

「ところが、川島さんは、ヘマをやってしまった。つまり、中村さんの定期券を、前もって盗んでおいて、現場に落としておいたからです。慎重にやりすぎたのが失敗でしたね」

「何故?」

「中村さんのところへ、定期券を届けたところ、彼は、すでに、新しい定期券を買っていた。もし、彼が犯人で、定期を落としたのなら、僕を襲った二月二十一日以後に、新しい定期を買ったはずです。ところが、中村さんの新しい定期は、二月十九日からになっているんです。それで、僕は、彼が犯人ではあり得ないと信じたんです。それに、中村さんは、こうもいった。

私立探偵に、何度も、いろいろと調べられたと」

「どういうことですの、それ」

「多分、あなたのお父さんが、私立探偵に、中村さんの素行を調査させたんでしょう。つき合っている女でもいたら、それで、あなたに諦めさせられると思ったんでしょう。だが中村さんは、あなた以外の女には、振り向きもしなかった。それで、今度は、非常手段に訴えたというわけです」

「それを知っていて、あなたは、金のために――」

「まあ、待って下さい。確かに、僕は、嘘の報告をした。金のためにね。だが、それが、同時に、中村さんや、あなたのためにもなると思ったからです」

「何故、あたしたちのためになるんです？」

「今のままだったら、中村さんは、駄目になってしまう。あなたが好きだから、いやいや川島さんの秘書をやっているに違いないからです。もう三十歳でしょう。自分のやりたいことをやるべきですよ。川島さんに叩き出されれば、いやでも、独立して、自分で仕事をせざるを得なくなります。多少、ロマンチスト過ぎるところはあるが、あのうるさい川島さんの秘書が勤まったのだから、たいていのことには、音をあげないはずです。それに、これは、あなたにとっても、いいことだと思ったのですよ」

「どうして？」

「あなたが、どれだけ中村さんを好きかは、あることがあって、僕は知っているのです。ところが、今まで、あなたは、中村さんの胸に飛び込むだけの勇気がなかった。父親の強い反対も理由の一つだったろうし、赤いしゃれたスポーツカーに乗れなくなるのも理由の一つだったかもしれない。だが、今度は、いやでも、あなたは、決心をつけなければならないわけですよ。僕は、あなたに、ふんぎりをつけさせてやりたかった。今の生活に甘んじるか、愛に生きるかのね」

「――――」

「あなたのお父さんは、今頃、喜び勇んで、電話で、中村さんに、お前は馘だと告げているはずですよ。彼を馘にしても、あなたが、家出することがなくなったと思ったからです。そうなると、中村さんは、東京を離れていくかもしれない」

「えッ」

「僕が、あなただったら、これからすぐ、彼の住いへ駈けつけますね」

「――――」

彼女は、黙って立ち上がると、店を出ていった。

秋葉は、煙草を取り出して、ゆっくり火をつけた。彼女が、彼の忠告に従うか、邸《やしき》に帰り、ぬるま湯の生活に戻るかは、彼女自身の問題である。

秋葉にとって、これで、もう、今度の仕事は、完全に終ったのだ。

私を殺さないで

1

夜になろうとしていた。

菊川《きくかわ》は、ご機嫌で、買い替えたばかりのスポーツカーを走らせていた。

車はピカピカの新車だし、東名《とうめい》高速は空《す》いていた。それに、隣りの助手席には、ピチピチした女の子が乗っている。

テレビタレントの愛川《あいかわ》マリだった。まだ、タレントの卵といったほうがいいかもしれない。それだけに、新鮮で、菊川も食欲がわいていた。彼女のほうでも、新進カメラマンの菊川に認められたら、自分を売り出すのに役に立つと、計算していた。魚心に水心というやつで、さっきから、ときどき、彼女のほうから身体を押しつけてくる。

「ラジオをつけるわよ」

と愛川マリがいい、手を伸ばして、スイッチを入れた。

〈ただ今から、リクエストタイムです〉

男のアナウンサーの声が聞こえた。若いディスクジョッキーの多い最近には珍しく、渋い中年の声だった。

「西井純《にしいじゅん》よ」

と、マリが、子供っぽい声でいった。

「ふん」と、菊川は、鼻を鳴らした。

「今どき、中年男のディスクジョッキーなんて、冴《さ》えねえなあ」

「でも、この声、一寸《ちょっと》しびれるじゃない」

と、マリが、いったとき、

〈では、最初のリクエスト曲をお送りします〉

と、その西井純が、気取った声でいった。

〈ええと、東京にお住いの菊川次郎さんへお送りする曲です〉

「先生の名前よ」

マリがニヤッと笑って、菊川を見た。菊川は、また、「ふん」と鼻を鳴らして、

「おれは、こんな番組にハガキを出したことはないぜ」

「違うのよ」

と、マリは、煙草をくわえてから、

「ハガキで自分の知ってる人に、何かの曲をプレゼントするのよ。だから、きっと、先生の知っている人が、ハガキを出したんだわ」

「ふーん」

〈これも、同じく東京にお住いの青木《あおき》順子《じゅんこ》さんからのプレゼントです。二年前の夏の思い出のためにと書いてあります。きっとロマンチックな出来事があったんでしょう〉

「へえ」

と、マリは、運転している菊川の顔を見て、ニヤニヤした。

「青木順子って、どんなひと？」

「おれは知らん」

「何だか怪しいぞオ」

「知らんといったら、知らん」

と、菊川が、強い声でいったとき、西井純が、こういった。

〈ではお送りします。曲は、『私を殺さないで』なかなか意味深な曲ですね〉

とたんに、菊川は、ハンドルの操作をあやまり、あやうく、ガードレールに激突しそうになった。

マリが、甲高い悲鳴をあげた。

どうにか、車は元の状態に戻ったが、菊川は、荒い息を吐き、道路の端に止めてしまった。

菊川の顔に、ベットリと脂汗が浮かんでいた。

「どうしたのよ。先生？」

マリも、息をはずませながら、菊川を見た。

「一瞬、手が滑ったんだ。それだけだ」

「もう少しで、死ぬところだったわよ」

「ああ」

「こんなとこで心中なんて嫌よ」

「わかってるさ。それより、ラジオを止めてくれ。その曲を聴いていると、いらいらしてくるんだ」

「でも、この『私を殺さないで』って、今、流行《はや》ってるのよ。フランス映画の主題曲で」

「いいから、止めるんだッ」

と、菊川が怒鳴った。

その見幕に驚いて、マリは、あわてて、ラジオのスイッチを切った。

2

菊川は、そのまま東京へ引き返した。愛川マリは、ブツブツと文句をいったが、菊川は怒鳴り返し、途中で放り出してしまった。それほど、ラジオの放送は、彼にとって、ショックだったのである。

翌日、菊川は、『ラジオ太陽』を訪ねた。

『ラジオ太陽』は、『太陽テレビ』の隣りにあり、小さいが、しゃれたビルだった。

受付で名刺を渡し、ディスクジョッキーをやっている西井純に会いたいと告げた。しばらく待たされた。受付嬢が、電話で西井の都合を問い合わせている間、菊川は、いらいらしながら、その前を往《い》ったり来たりした。

（青木順子が生きているはずがない）

と、菊川は、自分にいい聞かせた。

（きっと同名異人だ。それに、菊川次郎という名前だって、沢山いるはずだ――）

「あの——」

という受付嬢の声で、菊川は、現実に引き戻された。

「お会いするそうです」

と、彼女がいった。
二、三分して、三十五、六の痩せた男が、階段を降りて来た。一見神経質な感じのその男が、西井純だった。
西井は、菊川を地下の喫茶室へ案内した。

「菊川さんの写真は、いくつも拝見しています。センスが新しい」

と、西井は、如才のないいい方をした。菊川は、ニヤニヤしたが、すぐ難しい顔になって、

「昨夜、あなたがやったディスクジョッキーの中に、僕へプレゼントされたリクエスト曲があったんですが」

「そうでしたか？　何しろ、あの時間には、二十通近いハガキを読むものですから、どうも、——」

「リクエスト曲は、『私を殺さないで』ですよ」

「ええと。ああ思い出しましたよ。確かにありましたが、あなた宛《あて》とは思いませんでした。確か、贈り主は、女性でしたね」

「そのハガキを見せて貰《もら》えませんか？」

「何故、ご覧になりたいんです？」

「あの女性が、どうしても思い出せないんですよ。それで、どうも気になりましてねえ」

「なるほど。では、持って来ましょう」

西井は、気軽に立ち上がり、問題のハガキを持って来てくれた。

「これですよ」

と、渡されたハガキを、菊川は、険しい眼で見つめた。裏には、確かに、

〈東京に住んでいらっしゃる菊川次郎さんへ。二年前の夏の思い出のために。リクエスト曲『私を殺さないで』〉

と、書いてあった。

右下がりのクセの強い字に、菊川は覚えがあった。

菊川は、蒼《あお》ざめた顔で、差出人の文字を読んだ。

〈新宿区四谷三丁目　平和荘　青木順子〉

と、そこにも、右下がりの字が書いてあった。

「菊川さんの初恋の女性じゃないんですか？」

と、西井純が笑いながらきいた。「いや」と、菊川は、首を横に振った。

「僕の知らない人でした」

だが、菊川は、素早く、青木順子の住所を頭に叩《たた》き込んでいた。

菊川は、礼をいって、西井と別れた。

車に乗り込んだが、スタートさせる勇気がすぐにはわいてこなかった。

(青木順子は、二年前に死んだはずだ)

と、一方で思いながら、あのハガキにあった、クセの強い字は、彼女の字によく似ていると思う。

(だが、ひょっとして、彼女が生きていたら?)

と考えると、確かめるのが怖くなってくるのだ。

彼女が生きていた。二年前のあの事件を、世間に喋《しゃべ》り廻《まわ》ったら、折角築いた新進のカメラマンの地位が危うくなる。

菊川は、唇を噛んだ。

もし、青木順子が生きていて、復讐《ふくしゅう》の手はじめに、あんなリクエストのハガキを出したのだとすると、彼女は、菊川を叩きのめす気でいるのだ。

菊川は、ゆっくりと、車をスタートさせた。彼女が生きているのなら、どんな手段を使ってでも、その口を封じなければならない。

四谷三丁目につくと、わざと、人通りの少ない裏通りに車を止めた。

車を降りて、平和荘というアパートを探した。細い路地の奥に、そのアパートはあった。モルタル塗りの安アパートである。

菊川は、中年女の管理人に会った。

「ここに、青木順子という若い娘がいるはずなんだが」

と、きくと、管理人は、首をすくめた。

「そんな人はいませんよ」

「おかしいな。本当にいないのかい？」

「いませんよ。嘘だと思うんなら、そこに並んでいる郵便受けを見て下さいよ。青木なんて名前は一つもないでしょう？」

確かにそのとおりだった。

「じゃあ、こういう娘はいないかな」

と、菊川は、自分の知っている青木順子の人相を話してみた。が、管理人の返事は、同じだった。

「そんな人はいませんよ。何かあったんですか？　まさか、うちの名前を使って、その女がサギでも働いたんじゃないでしょうねえ」

「いや、いないならいいんだ」

菊川は、それだけいって、アパートを出た。

菊川は、車に戻った。私立探偵にでも頼んで、あのアパートを調べさせよう。そうすれば、管理人が嘘をついているかどうか、わかるだろう。

菊川は、車をスタートさせた。大通りへ出て、スピードをあげた。

(青木順子は、生きているのだろうか？　それとも、誰かが彼女の名前を使って、おれを脅迫しようとしているのだろうか？)

眼の前の信号が、赤に変った。

菊川は、あわててブレーキを踏んだ。が、どうしたことか、ブレーキが全然きかない。眼の前に、右側から出て来たダンプカーの巨大な横腹が、ものすごい勢いで、クローズアップしてきた。

一瞬の出来事だった。菊川の乗ったスポーツカーは、西陽の中で宙に舞い、舗道に叩きつけられた。

通行人が悲鳴をあげ、三十歳の新進カメラマンが死んだ。

3

最初、この事故を、殺人と考える者は誰もいなかった。

それにも拘《かかわ》らず、多くの新聞が、社会面で大きく写真入りで取り上げたのは、死んだ菊川が、売り出し中の若手カメラマンだったことと、最近になって、欠陥車が社会問題化しているためのようだった。

事実、ある新聞は、せっかちに、《ブレーキ故障が死を招く?》と、疑問符つきではあったが、自動車会社が頭にくるような見出しをつけた。

問題のスポーツカーのメーカーT自動車では、技術者を派遣して、事故の原因を調べさせた。その報告は、警察にも、コピーが送られたが、結論は、「構造上の欠陥は認められない」というものだった。

そして、報告書には、次の言葉が書き添えてあった。

〈人為的な細工が、ブレーキ系統に加えられた形跡がある〉

T自動車側のつもりでは、暗に、競争会社の陰謀を臭わせたのだろう。事実、その意味に受け取った人々もいたようだが、警察は、別の意味に受け取った。

特に、捜査一課の刑事たちは、この文章から、たった一つの意味しか考えなかった。

〈殺人の可能性がある〉

その意味だけだった。

勿論《もちろん》、捜査本部が設けられたわけではなく、ベテランの三崎《みさき》刑事一人が、捜査を命じられた。

三崎刑事の趣味は、カメラである。カメラ雑誌を買っていたから、死んだ菊川の名前は知っていた。

三崎は、まず、T自動車へ行き、事故原因を調べた二人の技師に会った。

「報告書の中にあった、人為的な細工というのは、具体的にどういうことですか？」

と、三崎はきいた。年長の技師が、メモを取り出して、

「事故を起こした車には、ブレーキ系統の故障はありませんでした。それなのにブレーキをかけた形跡がないのです。ということは、ブレーキに細工がしてあって、菊川さんが踏んだが、作動しなかったということだと思うのです」

「その証拠は、見つかったのですか？」

「いや。ああペチャンコになってしまえば、細工の跡は残りませんのでねえ」

と、技師は、首をすくめた。

「ブレーキに細工するのは、易しいですか？」

「割りと簡単ですね。ブレーキ板を踏んでも、下におりないようにするには、何かはさんでおけばいいんですからね。こんなのは、子供でも出来ますよ」

「なるほどね」

と、三崎は、肯《うなず》いた。どうやら、殺人事件の臭いが強くなってきたようだと、指先で、鼻の頭をこすった。

三崎は、翌日、テレビタレントの愛川マリに会った。菊川と親しくしていたと聞いたからである。

彼女から聞かされたのは、『ラジオ太陽』のリクエスト曲のことだった。

三崎の眼が光った。死ぬ前日のことだというが、何か関係があるのかもしれない。

「とにかく変だったわ。菊川先生の顔色が変っちゃったんだから」

と、マリは、大袈裟《おおげさ》に肩をすくめて、

「あのときは、本当に、ガードレールにぶつかって死ぬかと思ったわ」

「ハガキの主は、青木順子という名前だったんだね？」

「そうよ」

「二年前の夏の思い出のためにか――」

「きっと、二年前に何かあったのね」

「そのあと、すぐ、東京へ引き返してしまったんだね？」

「そうなの。バカバカしいったら、ありゃしなかったわ」

マリは、また肩をすくめてみせた。

三崎は、東京に引き返した菊川が、どうしたろうと考えた。考えられることは、一つしかなかった。『ラジオ太陽』に行き、問題のディスクジョッキーの担当者に会ったに違いない。

三崎も、『ラジオ太陽』に行き、西井純に会った。

西井が、三崎の考えの正しさを証明してくれた。菊川も、ここへ来て、問題のハガキを見て帰ったのだ。

三崎も、そのハガキを見せて貰《もら》った。彼も、菊川がそうしたように、まず本文を見、それから、住所と名前を見た。

「四谷三丁目か——」

と、三崎は、口の中で呟《つぶや》き、事故の現場が、その近くだったのを思い出した。これで、どうやら、青木順子と、菊川の死は結びついてきた。

（だが、青木順子とは、一体、何者なのだろう？）

三崎は、そのハガキを借りて、今度は、四谷三丁目の平和荘アパートを訪ねた。だが、そこで得られたのは、事故の日に、菊川も、青木順子のことをききに来たということだけだった。

管理人は、青木順子という住人はいないと主張した。

「事故で死んだ人も、ここに住んでいるはずだって、しつこくいってましたけどね。いないものは、仕方がありませんよ」

と、管理人は、顔をしかめて見せた。

三崎は、礼をいってアパートを出、事故のあった交叉点《こうさてん》に向って歩きながら、心に、疑問が、次々にわき出してくるのを感じた。

ブレーキに細工して、誰かが、菊川を殺したとすれば、犯人は、菊川が、アパートの管理人に会っている間に、やったことになる。『ラジオ太陽』からここまでは、無事に走って来ているからである。だが、何故、ここでやったのだろうか？　菊川の住んでいたマンションは、代々木《よよぎ》にある。あの駐車場でも、出来たはずだ。

青木順子とは、どんな女なのか。それに、二年前の夏に何があったのか。平和荘アパートは、全く無関係なのか。

三崎が、そうした数々の疑問を抱えて、当惑している間に、第二の殺人事件が起きた。

4

それは、最初、殺人事件とは考えられなかった。

相模湖《さがみこ》へ夜釣りに来て、一人の男が、足を踏み外して落ちた。そして溺死《できし》。と、どの新聞も書いたし、青木順子を追っていた三崎は、その記事を読みもしなかった。

事件に関係があると知ったのは、『ラジオ太陽』の西井純が、三崎を訪ねて来たからである。

「あの記事をご覧になりましたか？」

と、いきなり、切り出されて、三崎はとっさには、何のことかわからず、きょとんとしてい

ると、

「これですよ」

と西井は、新聞の切抜きを取り出して、三崎に見せた。

〈――豊《と》島《しま》区《く》池袋《いけぶくろ》三丁目の洋品店主、藤堂《とうどう》太《た》吉《きち》さん（四二）が、相模湖で水死体で発見された。昨日、夜釣りに来て落ちたものと思われる――〉

「これが、どうかしたんですか？」

「もう一つ、このハガキを読んで頂けば、私が、ここに来たわけが、おわかりになると思いますよ」

西井は、今度は、一枚のハガキを、三崎に見せた。

〈東京で洋品店をやっていらっしゃる藤堂太吉さんへ。伊豆での思い出に。リクエスト曲『私を殺さないで』――〉

ハガキには、そう書いてあった。差出人の欄には、「相模湖にて、J・A」と書いてある。

三崎の眼が光った。

「なるほどね。J・Aというのは、青木順子のイニシアルと一致しますね」

「ええ、新聞で、藤堂太吉という人が死んだと知って、初めて、あっと思ったんです。それで、あわてて、お知らせにあがったんです」

「このハガキは、ディスクジョッキーで放送したんですね？」

「ええ。放送しました。そのときは、例のハガキとは、文面が違うので、気がつかなかったんです。それに、J・Aも、まさか、青木順子と一致するとは考えませんでしたから」

「リクエスト曲は一致していますね」

「ええ。でも、この曲は、今、ひどく流行《はや》っていましてね。十通のうち、五通は、この曲をリクエストしてくるもんですから、つい、見過ごしてしまったんです」

「それで、藤堂という人も、ハガキを見に、ラジオ局へ来たんですか？」

「私のいないときに、電話で問い合わせてきたそうです」

「どんな問い合わせだったんです？」

「ハガキを、読んでくれといったそうです」

と、いってから、西井は、

「やっぱり、藤堂さんも、事故死でなく、殺されたんでしょうか？」

「その可能性がありますね」

「それで、青木順子という女のことで、何かわかりましたか？」

「残念ながら、まだわからないんですが、それで、貴方《あなた》に、お願いがあるんですよ」

「どんなことでしょうか？」

「ひょっとすると、三通目のリクエストハガキが、くるかもしれません。そうなったら、放送する前に、ハガキを、私に見せて貰いたいんですが」

「三通目がくるでしょうか？」

「可能性はありますよ」

「わかりました。同じハガキがきたら、放送前に、貴方にお知らせします。ハガキを選ぶ係の人に、よくいっておきましょう」

と、西井は、約束してくれた。

西井が帰ったあと、三崎は、池袋の藤堂太吉の店を訪ねてみることにした。

池袋駅から歩いて十分ほどのところにあるその洋品店は、カーテンが閉まり、忌中の紙が貼ってあった。

三崎は、未亡人に会った。いかにも平凡な感じの女で、刑事が訪ねて来たことに、戸惑っているのが、はっきりとわかった。

生前の夫が、何か警察に調べられるような悪いことをしていたのかとそれが不安らしかった。

「ご主人のことで、一寸《ちょっと》お話を伺いたくて来たのです。別に大したことではありません」

と、三崎は、相手を安心させるように、わざとゆっくりといった。

「ご主人の口から、青木順子という名前を聞いたことはありませんか？」

「いいえ」

と、彼女は、蒼白《あおじろ》い顔で否定した。嘘をついているようには見えなかった。

「では、菊川次郎というカメラマンの名前はいかがです？」

「いいえ、聞いたことがございませんけど」

「そうですか」

三崎は、失望した。念のために、最近、届いた手紙を持って来て貰ったが、その中には、青木順子の名前も、菊川次郎の名前もなかった。

三崎は、質問を変えてみた。

「二年前の夏、伊豆へ行かれませんでしたか？」

「二年前に、伊豆の何処でしょうか？」

「それがわからないのですよ。どうです？　伊豆の何処かへ行きませんでしたか？」

「あたしは行きませんでした。でも、主人は旅行好きですから、行ったかもしれません」

あいまいないい方だった。

三崎は、亡くなった藤堂太吉の使っていた部屋を見せて貰《もら》った。二階の三畳を書斎代わりにしていたという。

雑然とした部屋だったが、カメラが三台もあるのに気がついた。どれも、高級品だった。

三崎が日頃から欲しいと思っているカメラばかりである。

藤堂という男は、カメラの趣味があったのか。そうすると、菊川とは、カメラという点で結びつくのだろうか。

だが、どう結びつくのか、見当がつかない。

アルバムが、十冊近くあった。女性のヌード写真が、やたらに多い。その中に、青木順子がいるのかもしれないが、三崎にはわからなかった。菊川の写真はなかった。

三崎は、失望して、藤堂洋品店を出た。

5

二日間が空しく過ぎた。その間、三崎は、相模湖にも出かけてみた。そこでわかったのは、藤堂太吉と思われる男が、湖畔にあるホテルに来て、青木順子という泊り客がいないかときいて廻《まわ》ったことだけだった。「いない」という返事に、失望して帰って行ったが、そのあと、藤堂は、水死体で発見されたのである。

わかったのは、それだけだった。肝心のことは、何一つわからなかった。

『ラジオ太陽』の西井から電話が掛ってきたのは、そんなときだった。

「例のハガキが、またきたんです」

と、西井が甲高い声でいった。

「またきた？」

と、三崎の声が、思わず大きくなった。

「そうなんです。差出人の名前は、青木順子になっています」

「リクエスト曲は、例のやつですか？」

「そうです。『私を殺さないで』です。これからハガキを持って行きましょうか？」

「いや。こちらから行きます」

三崎は、受話器を置くと、部屋を飛び出した。

西井は、『ラジオ太陽』の入口で待っていてくれた。

三崎は、そこで、問題のハガキを受け取った。

西井のいうとおり、前の二通と同じ筆跡だった。

〈東京で、スーパーマーケットを経営していらっしゃる五十嵐達彦《いがらしたつひこ》さんへ。

二年前の八月の思い出に。

リクエスト曲『私を殺さないで』〉

差出人のところには、〈西伊豆にて、青木順子〉と、書いてあった。

「同じでしょう?」

と、西井がいった。三崎は肯《うなず》いた。

「放送前に知らせて頂いて助かりましたよ。第三の犠牲者は、出さなくて、すみそうですからね」

「この五十嵐という人も、前の二人と同じような目に遭うと思うんですか?」

「恐らくね」

「しかし、何故、狙われるんですか」

「私も、それを知りたいんですよ。残念ながら、前の二人は死んでしまっているので、きくことが出来ませんでしたが、今度は、それがわかりそうですよ」

三崎は、礼をいって、西井とわかれると、近くの公衆電話ボックスに飛び込んで、電話帳を広げた。

五十嵐達彦という名前は、三つ並んでいた。

その三人に、三崎は、片っ端から電話をかけてみた。

その中の、六本木《ろっぽんぎ》の住人が、スーパーマーケットの持ち主だった。かなり大きなスーパーだった。

その社長室で、三崎は、五十嵐達彦に会った。

三十歳くらいの若い男だった。去年父親のあとをついで社長になったのだといった。

「いわば、親の七光りです」

と、五十嵐は、笑った。が、三崎が、問題のハガキを見せると、その笑顔は、急に凍りついてしまった。

血色のいい顔が、蒼《あお》ざめてしまった。三崎の予期したとおりの反応だった。

「青木順子という女を、ご存知ですね？」

と、三崎は、相手の顔を見つめた。

「いや」と、五十嵐は、殆《ほとん》ど反射的に首を横に振った。

「こんな女は知りませんよ」

「貴方は、嘘をついていますね」

「知らないから、知らないといっているだけです」

「しかし、そこに、はっきりと、スーパーマーケットを経営している五十嵐達彦さんへと書いてありますよ」

「だから、どうだというんです？　僕と同じ名前の人は、何人もいるでしょう？」

「ところが東京でスーパーマーケットをやっている五十嵐達彦は、貴方《あなた》だけです」

「――――」

「いいですか。貴方の他に、二人の男が、青木順子からリクエスト曲を贈られているのです。

そして、この二人は、死んでいるのですよ。名前は、菊川次郎と、藤堂太吉です」

「死んだ――のですか？」

「そうです。死んだんです。それも、殺されたという可能性が強いのですよ」

「――――」

「この二人を知っていますね？」

「いや、知らん。知りませんよ」

「青木順子というのは、一体、何者なんですか？」

「知りませんよ」

「私は、貴方を助けたいのですよ」

「何故、僕が殺されるんですか？　そんないい方は迷惑ですよ」

五十嵐は、顔をしかめ、吐き捨てるようないい方をした。

「しかし——」

と、三崎がいいかけると、五十嵐は、急に立ち上がって、社長室を飛び出してしまった。

「待って下さい」

三崎は、あわてて声をかけた。が、彼が、テーブルの上に置いたハガキを取り上げているうちに、階下で、エンジンの音がした。

三崎は、入口に向って走った。彼が外に飛び出したとき、五十嵐の乗ったスポーツカーは、うなるようなエンジンを残して、走り去ってしまった。

6

三崎は、ひとまず署に戻って、捜査一課に報告した。

「五十嵐は、恐らく、ハガキにあった西伊豆へ行ったんだろうと思います」

と、三崎はいった。

小太りの一課長は、椅子をきしませてから、

「青木順子に会いに行ったということかね？」

「そうです」

「しかし、西伊豆だけでは、探しようがないな」

「それで困っているのです」

「五十嵐が、西伊豆へ行ったとして、前の二人のようになると思うかね？」

「青木順子が、待ち構えているとすれば、前の二人と同じように事故死に見せかけて、殺される可能性があります」

「三人の男の共通点は見つかったのかね？」

「これはというものはありませんが、写真好きという点では一致しています」

「五十嵐も、カメラの趣味があるのかね？」

「彼の友人に聞いたんですが、父親のあとをついで、社長に就任するまでは、かなりカメラにこっていたそうです」

「しかし、それだけじゃあ、二年前の事件というのが、どんなものか、想像がつかんな」

「そうです。しかし、ここで考えていても、どうにもなりません。私を西伊豆へ行かせてくれませんか？」

と、三崎は、一課長に頼んだ。

「そうだな」

と、一課長は、しばらく考えてから、三崎の伊豆行を許可してくれた。

三崎は、その日のうちに、東京を発《た》った。

まず、静岡県警へ行った。助力を頼むつもりだった。

静岡へ行く列車の中で、三崎は、事件の経過を改めて振り返ってみた。

二年前の八月に、西伊豆で何か事件があったことは確かだ。もし、『私を殺さないで』というリクエスト曲が、象徴的な意味を持っているとすれば、殺人事件であろう。そこで殺されたのは、青木順子という女性なのかもしれない。とすると、ハガキの主は、青木順子の肉親か恋人ということになるが。

この推測が当っているとすれば、菊川、藤堂、五十嵐の三人は、二年前に、西伊豆で青木順子を殺した犯人ということになる。殺人事件だからこそ、五十嵐は、身に危険を感じながら、警察に助けを借りることが出来なかったのだろう。

ここまでは、推測出来るのだが、疑問のほうも、後から後からとわいてきて、三崎を当惑させた。

犯人は、何故、直接菊川たちに手紙を出さず、『ラジオ太陽』にハガキを出すというような、まどろっこしい方法をとったのだろうか。

何故『ラジオ太陽』にだけ投書がくるのか。他のラジオ局にも、犯人は投書したのだが、選ばれなかっただけなのか。それとも、青木順子が、『ラジオ太陽』なり、西井純が好きだったからなのか。また、西井純が、犯人ではないかという疑惑も、三崎の胸にはあった。彼なら、三枚のハガキに眼を通しているのだから、待ち受けていて殺すことも出来る。だが、証拠はなかったし、犯人にしては、警察に協力的であり過ぎる感じがする。とにかく、青木順子が、どんな女なのか、わからなくては話にならない。

静岡に着いたときは、夜に入っていた。

県警には、当直の刑事が三人いただけだったが、三崎の話を聞いて、すぐ、協力を約束してくれた。

テーブルの上に、伊豆半島の地図が広げられた。

「西伊豆といっても、広いですからねえ」

と、彼等の一人が、難しい顔でいった。

「それに、最近は、たいていのところへ車で行けるように道が通りましたからね。スポーツカーで行ったといっても、場所は限定出来ませんし」

「二年前の八月に、西伊豆で起きた事件がわかれば、場所を限定出来ると思うんですがね」

と、三崎はいった。五十嵐は、恐らく、その事件のあった場所に行ったに違いない。

「よし。調べてみましょう」

と県警の刑事たちは、キャビネットから二年前の八月中の日誌を取り出して来た。

「一体、どんな事件です？」

と、頁をめくりながらきいた。

「多分、殺人事件だと思います。被害者の名前は青木順子」

と、三崎はいった。

八月は、海水浴シーズンだけに、西伊豆でも水死事件が何件かあった。しかし、その中に、青木順子の名前はなかった。

殺人事件は、二件起きていた。が、二件とも被害者は男で、犯人は逮捕されている。

「他には、ありませんねえ」

と、県警の刑事が、いくらか疲れた声でいった。

(すると、まだ、死体が見つかっていないのだろうか)

と、三崎は考えた。

「とにかく、朝になったら、車で、西伊豆を走ってみましょう」

と、県警の刑事が、いってくれた。

その夜は、三崎は、県警の建物で寝た。

翌日、ジープを用意してくれた。県警の刑事一人と、三崎が乗り込み、出発しようとしたとき、若い警官が飛び出して来て、

「今、大瀬岬《おせみさき》で、男の死体が見つかったそうです」

と、いった。

7

詳細はわからないが、年齢は三十歳前後だという。五十嵐達彦と、その点は一致している。

「とにかく、行ってみましょう」

と、県警の刑事は、ジープをスタートさせた。

大瀬岬は、西海岸の肩口のところに、小さく突き出している岬である。

「あそこは、海岸が遠浅ですから、夏の盛りは海水浴客で賑《にぎ》やかですが、今頃になると、やっと静かになりますよ」

と、ジープを運転しながら、県警の刑事が説明してくれた。旅館は二軒あるが、冬には客がないので閉めてしまうのだという。

二時間近くかかった。大瀬岬にいった。岬の根元のところに駐車場があり、三崎たちはそこから歩いて行った。鉄分を含んでいるらしく、長く続く砂浜は赤かった。赤い砂は、美しいが不気味でもあった。

岬の中央部には、ビャクシンの森があった。その森の中から、駐在の巡査が姿を現わして、三崎たちを迎えた。

「見つかったのは、あの森の中です」

と、中年の巡査は、緊張した顔でいった。

「小さな池があるんですが、そこに浮かんでいるのを、地元の漁師が発見したんです。死体は、池の傍に引き揚げました」

「案内して下さい」

と、三崎はいった。

三崎たちは、ビャクシンの森に入った。細い遊歩道がついていたが、天にとどくような巨木が頭上を蔽《おお》っていて、ひどく薄暗かった。

百メートルほど歩くと、小さな池が現われた。水面は青かった。

男の死体は、池の傍に、仰向《あおむ》きに寝かされ、ムシロがかぶせてあった。

駐在の巡査が、ムシロをめくりあげた。あの男だった。間違いなく、五十嵐達彦だった。

三崎は、発見者だという漁師に会った。まっ黒に陽焼けした若者だった。彼は、この森の中にある神社にお参りに来て、死体を見つけたのだといった。

「なんか、黒っぽいものが、プカプカ池に浮かんでいたんで、よく見たら人間だったんだ。それで、驚いて駐在に知らせたんです」

「それで、私が駈《か》けつけたわけですが、最初は、酔っ払って落ちたんだろうと思いました」

と、駐在の巡査が、漁師の言葉を引き取るようにして、三崎に説明した。

「ところが、殺しとわかったんです」

「何故、殺しとわかったんです？」

「背中を見て下さい」

と、駐在の巡査は、無造作に死体をひっくり返した。

背中には、はっきりと突き傷があった。ポロシャツの上から、恐らく、ナイフででも刺したのだろう。

「殺しですね」

と、県警の刑事がいった。

三崎も、肯《うなず》いた。が、その顔には、当惑の色が浮かんでいた。何故、犯人は、今度にかぎって事故死に見せかけようとせず、はっきり殺しとわかるやり方をしたのだろうか。

三崎は、池をのぞき込んだ。

その途端、池の中央部に小波が立ち、それが見る見るうちに、三崎のほうに殺到してきた。

三崎は、ぎょっとして、思わず後ずさりした。よく見ると、それは魚だった。無数の魚が、池の底からわき上がって来て、三崎のほうへ集まって来るのだ。それは、何千、いや何万という鯉や鮒《ふな》だった。

「刑事さんの影が水に映ったものだから、魚たちが、餌にありつけると思って、集まって来たんです」

と、漁師がいった。この池は、神池と呼ばれて、禁釣池になっているので、魚が人に慣れているのだという。

それで、理由はわかったが、三崎は、ふと、無数の魚が五十嵐達彦の死体に群がっている光景を想像して、胸がむかついた。

死体は、ひとまず、近くの旅館へ運ばれた。県警の刑事が、きき込みをやってくれている間に、三崎は、東京に電話を入れ、捜査一課長に報告した。

「これで、殺人事件と確定しましたよ」

「犯人も、とうとうヘマをやって、尻尾《しっぽ》を出したというわけだな」

「そうかもしれないですが、あるいは、犯人は、わざと、今度にかぎって、事故死に見せかけなかったのかもしれません」

「というと？」

「犯人は最初から三人の男を殺すつもりだったのかもしれません。五十嵐達彦は、その最後の男だから、もう事故死に見せかける必要はないと思ったんじゃないでしょうか」

「なるほどね。犯人は三人目の五十嵐達彦を殺したことで、完全に目的を達したというわけか。そうだとすると、今頃は、祝杯をあげているかもしれんな」

「祝杯を、苦い酒にしてやりますよ」

といって、三崎は、電話を切った。

改めて、駐車場をのぞくと、東京ナンバーのスポーツカーがあった。五十嵐達彦が乗って来た車に違いなかった。だが、二軒の旅館とも、五十嵐が立ち寄った形跡はない。ということは、五十嵐は、ここに車を止めると、まっすぐ、ビャクシンの森に入り、あの神池に行ったことになる。

犯人は、彼がそうすることを知っていて、池の傍で待ち受けていたに違いない。

(二年前の八月に、この大瀬岬で、何かがあったに違いない)

三崎は、旅館の主人や従業員に、それをきいてみた。

だが、彼等は、顔を見合わせてから、

「ここ二、三年、これといった事件はありませんねえ、今日のは別ですが」

と、異口同音にいった。

「本当に、二年前の八月に、何も事件はなかったですか？」

「ええ。そりゃあ、夏には、どっと海水浴のお客が来ますから、溺《おぼ》れかけた人もいます。でも、幸い、ここで死んだ人は一人もおりませんよ」

「そうですか」

だろうか。

三崎は、失望した。ここで二年前に事件があったに違いないという推測は、間違っているの

三崎たちは、死体と一緒に、県警本部にもどった。死体は、司法解剖に回されるはずだった。

三崎は、県警の捜査一課長に、

「二年前の八月に、大瀬岬で何かあったに違いないという考えは、どうしても、捨て切れないんですがね」

と、いった。

「しかし、私にも、二年前の夏に、あそこで事件があったという記憶はありませんなあ」

と、一課長は、首をかしげたあと、八月ではなく、他の月ではないのかといった。青木順子のハガキには、はっきりと、二年前の八月と書いてあったはずである。だが、念のために、二年前の他の月の日誌も見せて貰《もら》うことにした。

六月、七月と調べてみたが、これはという事件は見つからなかった。

九月の日誌に移ったが、なかなか、ぴったりする事件の記載はない。半ば諦《あきら》めかけたとき、

〈伊豆下田《しもだ》沖で、身元不明の死体発見〉

の文字が飛び込んできた。

九月二十六日の日時になっている。

〈本日午前十時頃、下田沖で操業中の漁船S丸の網に、若い女の死体が引っかかった。死体は、長い間海水に浸《つか》っていたとみえてかなり崩れており、顔形もはっきりしない。推定年齢二十歳前後。身体にロープが巻きついていたことから殺人の疑いあり〉


「これはどう解決したんです？」

と、三崎は、傍にいた県警の刑事にきいた。

「それは未解決です」

と、県警の刑事はいった。

「死体の身元も確認出来ていないいんですか？」

「ええ」

「大瀬岬で死体を海に投げ込んだら、下田沖まで流れる可能性はありませんか？」

「考えられないことじゃありませんね」

「解剖の結果はどうだったんです？」

「あのときは、確か、死後一か月という報告でしたよ」

「すると、死んだのは八月ということですね」

と、三崎は眼を光らせた。これで、可能性が出てきたのだ。

県警の刑事の話では、顔が崩れてしまっていたので、肉づけをしたら、こんな顔になるだろうという一種のモンタージュ写真を作って県内に配ったのだという。

三崎は、その写真を見せて貰った。若い女の顔だった。なかなか美人だった。

（これが、青木順子だろうか？）

8

三崎は、その顔写真を持って東京に戻った。

東京にも、捜査本部が設けられ、捜査主任には、ベテランの矢部《やべ》警部が当ることになった。

三崎は、矢部主任に、写真の女が、青木順子に違いないと、自分の意見をいった。

「私も、そう思う」

と、矢部も、賛成した。

写真は、大量に焼き増しされ、全国の警察に配られ、同時に、新聞にも公表された。

新聞記事が出てから三日目に、反応があった。

調室でメモを読み直していた三崎に、若い警官が入って来て、

「面会人です」と告げた。

「誰だ？」

「若い女性で、あの写真の女のことを知っているといっています」

「そうか」

と、三崎は立ち上がった。

彼は、階段を降り、一階の応接室に足を運んだ。二十歳くらいの若い女が、ちょこんと椅子に腰を下ろしていた。

「写真の女性を、ご存知だそうですね？」

と、きくと、女は、コクンと肯いた。

「あたしの友だちです」

「名前は？」

「長谷川《はせがわ》きみ子さんです」

「長谷川きみ子？」

「ええ。きみちゃんです。一緒に喫茶店で働いていたんですけど、二年前の夏に、急に姿を消してしまったんです」

（長谷川きみ子か）

三崎は、失望を感じた。どうやら違うらしい。彼が黙っていると、女は、ハンドバッグから、写真を取り出して、彼に見せた。

二人の女が写っていた、一人は、眼の前の女でもう一人は、確かに、あの写真の女に似ていた。

「ね。間違いないでしょう？」

と、女がいった。

「そうらしいですね」

と、三崎は肯《うなず》いた。どうやら、彼女がいうとおり、下田沖で発見された死体は、長谷川きみ子という女性らしい。そうだとすると、事件とは無関係ということになる。

「青木順子ではないのか」

と思わず、失望して呟《つぶや》くと、女は、

「え？」というように、首をかしげた。

「刑事さんは、どうして、あたしの名前を知っていらっしゃるんです？」

「え？」

「あたしが、青木順子っていうんですけど」

「何だって？」

今度は、三崎が、顔色を変えてしまった。

「本当に君が青木順子か？」

「ええ」

「じゃあ、ハガキを出したのは君か？　菊川次郎や藤堂太吉を知っているね？　彼等を殺したのは君か？」

三崎が、矢つぎ早に質問すると、女は、きょとんとした顔になってしまった。

「何のことかわかりませんけど」

と、彼女はいった。とぼけている感じではなかった。

「しかし、君の名前は青木順子だろう？」

「ええ。でも」

「でも、何だ？」

「きみちゃんは、ときどき、あたしの名前を使ってましたから――」

「それは、本当かい？」

「ええ。そういう癖があったんです。彼女は」

「二年前の夏にいなくなったといったね？」

「ええ。八月の二十五、六日頃です。海へ行って来るっていってたんですけど」

「彼女に、恋人はいたかね？」

「いいえ」

「本当にいなかったの？」

「ええ。いませんでした」

「それから、彼女の字だが、右下がりのクセのある字を書いたかね？」

「ええ、ちょっと、男みたいな字なんです」

「彼女の家族は？」

「確か、新潟にいるといってました。両親と妹と」

（恋人がいなかったとすると、家族の誰かが、彼女のために復讐《ふくしゅう》したのだろうか？）

念のために、青木順子のアリバイが調べられた。が、菊川や、藤堂、それに、五十嵐が殺されたときには、確固としたアリバイがあった。

9

「どうも、わかりません」

と、三崎は、当惑した表情で、主任の矢部警部に報告した。

「殺された長谷川きみ子の恋人が、三人の男に復讐したんじゃないかと考えたんですが、彼女に恋人がいなかったというのは、事実のようです」

「家族のほうはどうなんだ？」

「これも、該当しません。とにかく、新聞に出るまで、彼女の死を知らなかったに違いありませんから。それに、犯人は、ハガキに青木順子の名前を使っているところからみて、長谷川きみ子を青木順子だと思っていた人間ということになって、家族は、条件に合わないと思うのです」

「しかし、まさか、正義の味方のスーパーマンが、三人の男を殺したわけでもないだろう」

と、矢部警部は、笑った。

三崎も、苦笑したが、生真面目な眼になって、

「ひょっとすると、正義の味方みたいな人間がいるのかもしれません」

「誰のことをいっているんだ？」

「動機を無視して、誰が一番、あの三人を殺し易い立場にいたかを考えてみたんですが、そうなると、三通のハガキを見た西井純ということになります」

「しかし、あの男と、死んだ長谷川きみ子とは結びつくのかね？」

「その点は、今のところ全く可能性はありません」

「それに、西井は、非常に協力的じゃないか。犯人なら、あれほど協力するだろうかね？」

「それなんですが――」

と、三崎は、あいまいにいってから、急に、眼を光らせた。

「それですよ。主任」

「何のことだ？」

「西井の協力ぶりです。三枚目の五十嵐へのハガキは、放送前に警察へ届けてくれました。それを感謝していたんですが、ひょっとすると、奴は、警察をメッセンジャー代りに使ったのかもしれません」

「どういうことだね？　それは」

「警察があのハガキを見れば、ハガキを持って五十嵐達彦を訪ねるに決まっています。事実、私はそうしました。電波で相手を脅かすのと同じように、奴は、電波代りに私を使ったのかもしれません」

「なるほどね」

と、矢部は、肯いた。が、

「だが、動機がわからないのは、痛いな。それに、西井が犯人だとして、何故、二年もたった今になって、急に犯行に走ったかということもわからんだろう？」

「ええ。わからないことは、いくらもありますが、とにかく、もう一度、西井に会って来ます」

と、三崎はいった。

『ラジオ太陽』の中は、相変らず活気に満ちていた。顔を知っているタレントが、せわしなく出入りしている。

三崎は、西井純と、地下の喫茶店で会った。

西井の顔には、かすかな疲労が見えた。

「貴方《あなた》は、長谷川きみ子という女を知っていますか？」

と、三崎がきいた。

「ハセガワ？」

西井は、ぼんやりとした顔でき返してきた。芝居とは思えなかった。この男は、青木順子と名乗っていた女の本名を知らないのだ。すると、彼女の恋人とは思えないが――。

「長谷川きみ子というのは、青木順子の本名ですよ」

「本名？　何のことです？」

「長谷川きみ子という二十歳の女がいました。この女は、友だちの名前を借用する妙なクセがありましてね。二年前に西伊豆で殺されたときも、青木順子と名乗っていたと思うのですよ」

「――――」

「何故、三人も殺したんです？」

10

西井の顔が、見る見るうちに蒼《あお》ざめていった。彼は、ふるえる手で、コップの水を飲み干した。

三崎は、勘が当ったのを感じた。

「何故、殺したんです？」

と、三崎は、押しかぶせるように、もう一度、きいた。

「彼女のためです」

と、西井は、低い声でいった。

「彼女のため？　貴方は、彼女の本名を知らなかった。そんな恋人がいるはずがない」

「恋人なんかじゃありません。口をきいたこともありませんよ」

「それなのに、何故、彼女のために、三人もの男を殺したんです？」

「私自身のためですよ」

と、いってから、西井は、また水を飲んだ。

「二年前のあの日、私は大瀬岬に行きました。八月末で、海水浴客も、まばらだった。そんな、ちょっとさびしい海が、私は好きなんです」

「それで？」

「何も起きなかったら、私は苦しまずにすんだんです。だが、見てしまったんです」

「何をです？」

「夏になると、あそこにはバンガローが建ちます。そのバンガローの一つを何気なくのぞいたら、あの三人の男と彼女がいたんです」

「――――」

「三人ともカメラを持っていました。話の様子では、三人は、何かの撮影会の帰りに、彼等だけ別行動をとって、車で大瀬岬に来たようでした。彼女のほうは、偶然、彼等の車に乗せて貰《もら》って、海へ来た様子でした。最初のうちは、笑いながら話していました。彼女は、自分の名前は、青木順子で、喫茶店で働いているようなことを、三人に話していました」

「それから？」

「そのうちに、様子がおかしくなってきたんです。三人はアルコールも入った様子でした。彼等は、急に獣のようになって、女を犯しはじめたのです。三人は代わるがわる自分の欲望を満足させたんです。そして、彼女が、ふらふらと立ち上がって、警察にいってやると叫んだとき、三人の男は、首をしめて殺してしまったんです。その間、私は、助けなければならないと思いながら、怖くて、ただ、じっと見ていただけなんです」

西井は、苦しそうに咳込《せきこ》んだ。

「私は卑怯《ひきよう》者です。私が、彼女を見殺しにしたんです」

「それで、彼女に代わって、三人の男に復讐したんですか？」

「そうです」

「しかし、何故、二年たった今になって、急にはじめたんですか？」

「最近、あの曲が、流行《はや》ってきたからです。『私を殺さないで』というリクエスト曲を読むたびに、殺さないでと叫んだ彼女の悲鳴が重なるんです。まるで、自分に代わって、仇《かたき》を討ってくれといっているように聞こえるんです。だから、だから私は――」

「あのハガキも、貴方が書いたんですね？」

「そうです」

「彼女の筆跡は、どうして知ったんですか？」

「あの三人が、彼女の死体を運び出したあと、私は、バンガローに入ってみたんです。何故、そうしたのか、私自身にもわかりません。そこで紙切れを拾ったんです。右下がりのクセのある字で、喫茶店の名前と、電話番号、それに青木順子と書いてありました。きっと最初のうち、三人の男をいい人間だと思って、連絡先を書いたんだろうと思います」

「なるほどね」

「三人もの人間を殺したのは悪いと思います。しかし、わかって頂きたいのです。私は、正義のためにやったんです。警察がやらなかったから、私が、代わりにやったんです」

「正義ねえ」

「信じてくれますか？」

「私は、警官ですよ」

「どういうことですか？」

「そんなに甘くない人間だということですよ」

と、三崎は、相手の顔を、まっすぐに見た。

西井の蒼い顔がゆがんだ。

「信じてくれないんですか？」

「貴方が、三人の男を殺したことは信じますよ。だが、正義のために、殺したというのは信じませんね」

「じゃあ、何のために、私が三人もの男を殺したと思うんです？」

「貴方自身のためだ」

「何の根拠があって、そんなことをいうんですか？」

「私が人間というものを知っているからですよ。怖くて、人が殺されるのを黙って見ていた卑怯者が、正義のために三人もの男を殺せるはずがない。違いますか？」

「じゃあ、二年前の事件も嘘だというのですか？」

「いや。二年前の夏、大瀬岬で一人の女が殺され、海に投げ込まれたのは事実だと思う。バンガローでのこともね。だが、肝心の点で、貴方は嘘をついた」

「どこです？」

「暴行し、殺したのは三人でなく、四人だったんだ。貴方も含めてね」

「そんな馬鹿な——」

「いいから聞き給え。貴方たち四人は、口をぬぐって別れた。そして二年たった。『私を殺さないで』という曲に影響されて、というのも嘘だ。さっき、貴方を待っている間に、噂を聞いたんだが、貴方は、今度、テレビのモーニングショーの司会役を頼まれたそうですね。ラジオで、声だけでやっていたときはよかったが、テレビに顔が映ることになって、貴方は急に、二年前の事件が怖くなったんだ。あの事件が明るみに出れば、折角のチャンスも、ふいになってしまう。知っている三人を消してしまえば、それで秘密は保てる。だが、三人の住所がわからない。わかっているのは、職業と、東京の人間だということだけだった。それで、あのリクエスト曲で、都合のいいところへ誘い出して殺したんだ。違うかね？」

解説

山前　譲

本書『夜ごと死の匂いが』には、トラベル・ミステリーの第一人者として圧倒的人気を保っている西村京太郎氏が、一九七一年から七七年にかけて諸雑誌に発表した七作の短編が収録されている。うち五作は七三年から七五年に書かれているが、この時期は西村氏の作品に大きな変化が見られる頃である。それは、内容的に見ればそれまでの社会派推理から、より推理小説としての面白さを求めた作品が多くなり、量的には長編の数が、肝臓を悪くして休養していた七四年を除いて、年四作以上と急激に増してきたこと、そして十津川《とつがわ》などのシリーズ・キャラクターを登場させるようになったということだ。

初めてシリーズ・キャラクターらしい人物が現れたのは、七三年に、本書に収録された「狙われた男」が初登場となる私立探偵の秋葉京介《あきばきょうすけ》だが、お馴染《なじ》みの十津川も、書下し長編の『赤い帆船《クルーザー》』と週刊誌に連載された長編『殺しのバンカーショット』で同年に初登場している。このようなシリーズ・キャラクターを創《つく》り出した理由はいろいろあるだろうが、そのひとつとして、七一年の長編『名探偵なんか怖くない』や翌年の長編『名探偵が多すぎる』といった〝名探偵シリーズ〟の執筆によって、シリーズ探偵に対する興味が高まったことがあったに違いない。

その十津川であるが、西村氏は最初あまり厳密に人物設定を考えていなかったようだ。初期の作品ではいろいろと矛盾した描写が多く、また、事件が起った時期を推理するデータ（特に月日）にも矛盾があって、十津川の事件簿を作ろうとするときには苦労する。

最初に登場した二長編でも、『赤い帆船《クルーザー》』では警視庁の警部補で、三十歳の中肉中背だがどこか鋼鉄《はがね》を思わせる身体つきで眼つきも鋭い、と書かれているが、『殺しのバンカーショット』では三十四歳で警部となっている。次の長編『日本ダービー殺人事件』（一九七四）では三十六歳で警部、次の『消えたタンカー』（一九七五）では年齢こそ三十七歳ながら警部補となっている。もっともこの事件は発生月日の曜日から計算すると七三年の事件なので、警部補でもおかしくはないのだが、するとこんどは年齢が合わなくなる。

一方、十津川の短編での初登場は七四年で、本書に収められた「危険な賞金」である。年齢はよく分らないがすでに捜査一課の警部となっている。次に十津川が登場する短編は翌七五年に書かれた、これも本書に収められている「危険な判決」だが、この作品で十津川は三十二歳、刑事になって十二年の刑事（警部でも警部補でもない）と設定されていて、まったく他の作品と矛盾した記述がある。続いて同年に発表された「回春連盟」や「第二の標的」でも十津川は刑事となっている。

これらの各作品に描かれた十津川なる人物を総合すると、最初の頃は、二十歳で刑事となった十津川と、大学を卒業後警視庁に入り、警部補、インターポールへの出向、警部と順調に昇進した十津川と、ふたりの十津川がいたと考えられなくもないが、もちろん現在大活躍の十津川警部は後者であるのは言うまでもない。

さて、続いてここに収録された各作品について見てみよう。なお、本書は最初、八五年十月に廣済堂文庫として刊行された。

巻頭の表題作「夜ごと死の匂いが」(「月刊小説」一九七七・九)では、十津川は警部で、部下としてお馴染みの亀井刑事が登場する。真夏の熱帯夜に、ボウ・ガンで女性が射《う》たれて殺されるという事件が続けて発生した。被害者が三人にもなり、十津川らは彼女たちの共通点を懸命に捜すが、なかなか見付からないまま、また類似の事件が起こる。今度は三十八歳の人妻でますます共通点が見付からない。さらに検討を加える十津川に、一番若い佐藤刑事が遠慮がちに発言した。はたして被害者を結ぶ糸とは何なのだろうか。動機捜しに工夫を凝らした作品である。

二編目は、前述のように十津川が短編に最初に登場する「危険な賞金」(「小説ＣＬＵＢ」一九七四・八増)だ。その街で開業して二十年、丁寧な診察で評判のよい医者が往診の帰りに路地で撲殺《ぼくさつ》される。捜査本部では流しの犯行説が有力だったが、十津川は疑問を持っていた。そんなとき、犯人に関する情報を提供してくれた人には五百万円差し上げます、という広告が新聞に載る。品のいい医者の陰に隠された意外な姿を探り、何人かの容疑者から犯人をつきとめていく十津川の姿は、今も昔も変わっていない。この作品で部下として登場する鈴木刑事は他の作品でも活躍している。

続く「危険な判決」（「別冊小説ＣＬＵＢ」一九七五・七）は、「夜ごと死の匂いが」と同じように連続殺人の動機捜しである。定職なくブラブラしている男と四十すぎの女ブローカーが、同じ種類の高価なナイフで殺される。いずれも後ろ暗いところのある人物だったが共通点が見当たらない。そんなところへＴ・Ｋと署名のある脅迫状が不動産業者に届く。十津川刑事は同僚の鈴木刑事とともに犯人像を組み立てていくが、社会派推理の味わいが濃い作品である。

同じ〝危険〟と題名につくが、一転して私立探偵が登場するのは「危険な遺産」（「小説ＣＬＵＢ」一九七四・十二増）である。ある会社社長が亡くなって、遺産相続人として四人が名乗りでてきた。いずれも社長が全国を飛び回っている時に生ませた子供ということだが、生前の社長の言葉によれば、子供はひとりのはずだった。私立探偵の森恭介《もりきょうすけ》は弁護士から誰が本当の子供か探ってほしいと頼まれ、社長宅へ乗り込む。

私立探偵の秋葉京介が登場するのは「危険なスポットライト」（「小説ＣＬＵＢ」一九七四・二増）と「狙われた男」（「小説推理」一九七三・三）である。秋葉のシリーズは七三年と七四年に集中して五作書かれたが、西村氏の私立探偵はその後、七六年の長編『消えた巨人軍』に始まる〝左文字進《さもんじすすむ》シリーズ〟へと引き継がれていく。「危険なスポットライト」では若い女性人気歌手のボディガードを、「狙われた男」では脅迫されているキャバレーなどを経営している男からの依頼を引き受けた秋葉が、鮮やかな推理を披露《ひろう》している。

最後の「私を殺さないで」（「推理」一九七一・十一）は、ラジオのリクエスト番組が事件の発端に利用されている。青木順子と署名のあるリクエスト葉書が次々と死を招くサスペンスフルな作品だ。この作品に少しだけ顔を出す矢部警部も、〝左文字進シリーズ〟他の西村作品のそこかしこに登場する人物である。

この『夜ごと死の匂いが』収録の短編が発表されたのはトラベル・ミステリーを執筆する前の、西村京太郎氏が色々なタイプの作品を試みていた頃である。そのなかで創り出された、十津川や秋葉京介といったシリーズ・キャラクターの活躍は、西村氏のファンなら見逃せないはずだ。

本書はフィクションであり、実在の人物、団体等とは一切関係ありません。

なお本書は、昭和60年10月15日廣済堂文庫として出版されたものを文庫化、改版したものです。（編集部）

夜《よ》ごと死《し》の匂《にお》いが

西村京太郎《にしむらきょうたろう》

昭和62年 4月10日　初版発行
平成30年 5月25日　改版初版発行
令和5年 10月15日　改版3版発行

発行者●山下直久

発行●株式会社KADOKAWA
〒102-8177　東京都千代田区富士見2-13-3
電話　0570-002-301(ナビダイヤル)

角川文庫 20940

印刷所●株式会社KADOKAWA
製本所●株式会社KADOKAWA

表紙画●和田三造

ISBN978-4-04-106985-1　C0193

角川文庫発刊に際して

角川源義

第二次世界大戦の敗北は、軍事力の敗北であった以上に、私たちの若い文化力の敗退であった。私たちの文化が戦争に対して如何に無力であり、単なるあだ花に過ぎなかったかを、私たちは身を以て体験し痛感した。西洋近代文化の摂取にとって、明治以後八十年の歳月は決して短かすぎたとは言えない。にもかかわらず、近代文化の伝統を確立し、自由な批判と柔軟な良識に富む文化層として自らを形成することに私たちは失敗して来た。そしてこれは、各層への文化の普及滲透を任務とする出版人の責任でもあった。

一九四五年以来、私たちは再び振出しに戻り、第一歩から踏み出すことを余儀なくされた。これは大きな不幸ではあるが、反面、これまでの混沌・未熟・歪曲の中にあった我が国の文化に秩序と確たる基礎を齎らすためには絶好の機会でもある。角川書店は、このような祖国の文化的危機にあたり、微力をも顧みず再建の礎石たるべき抱負と決意とをもって出発したが、ここに創立以来の念願を果すべく角川文庫を発刊する。これまで刊行されたあらゆる全集叢書文庫類の長所と短所とを検討し、古今東西の不朽の典籍を、良心的編集のもとに、廉価に、そして書架にふさわしい美本として、多くのひとびとに提供しようとする。しかし私たちは徒らに百科全書的な知識のジレッタントを作ることを目的とせず、あくまで祖国の文化に秩序と再建への道を示し、この文庫を角川書店の栄ある事業として、今後永久に継続発展せしめ、学芸と教養との殿堂として大成せんことを期したい。多くの読書子の愛情ある忠言と支持とによって、この希望と抱負とを完遂せしめられんことを願う。

一九四九年五月三日